蕭繼宗先生研究 ｜詩與詩學篇

王建生 著

總　　序

　　蕭先生出生湖南‧湘鄉婁底鎮，「漣水橫陳，鳳山對峙」的地方。物產豐盛，人才鼎盛，清末民國以來，湘籍人物特出者尤多，由於長在動盪不安的時代，內憂外患，兵連禍結，各地政黨紛起，中日戰爭，兩岸分治種種，中國社會在中共控制後，在農村推行農業集體化，在城市推行工業化。文革期間，使整個經濟過渡到「全民所有制」。文革後（1977），中共注重經濟效益和提高人民生活，也重視整個經濟的變化。尤其鄧小平南巡後，1992年前3季，大陸GNP成長率高達12%，比原來計畫提高一倍。在臺灣方面，從清末，劉銘傳主持臺灣建省，進行了多項現代化的建設。日據時代，臺胞抵抗10年之久，日人對臺灣的衛生、教育、法律、農業均有建樹，當時臺灣的經濟結構已與日本結合，民國34年（1945）臺灣光復以後，遣送大批的日本技術與管理人回國，使得臺灣的產業留下了大斷層，日據時代的第一級紳士，不是下了牢，就是逃到日本去，「半山」的臺胞接替這個位置。這些人往往是日據時代或是為了反抗日本人統治，或是為了其他原因而滯留大陸上。二二八事件後，政府清算各地的維持會或治安委員會成員。以後，臺灣興起中產階級，1949年政府撤退來臺，殖民統治架構之外，再加上國民黨從中國大陸帶來的統治結構，疊床架屋的中央地方行政機構，嚴密分佈的各級黨組織，數目龐大的軍隊與情治系統，分散各地。以後，臺灣省民也陸續被納入官僚體系的中下層。臺灣光復初期比較側重消極勞工保護，勞工行政，在政策上尚未展用人力發展的觀念。

　　民國70年（1981）內政部成立職業訓練局，將新型人力政策措施由勞工局劃出。76年（1987）8月成立行政勞工委員會。勞工權益，由於政治環境的變遷，勞資爭議案增多，產生社會負面影響，近年工商業的發展，與蔣經國主政時的政經政策有關，因此大陸提出「經濟學臺灣」的口號。經國先生逝世之前，也推行民主憲政，為中國政治發展建立一

長治久安的制度。包括：和平土改、解放農村生產力、扶植民營、利用外資、擴展外貿、均衡發展與普及教育。1970開始，投入十大建設，1982年，擬定十年經建計畫，推行十二項建設，加速各方面發展。民國64年（1975）蕭先生就任黨史會主任委員，以後為副秘書長，襄助經國先生，1985年臺灣與中共訂定貿易三項原則，1.兩岸不可直接貿易。2.臺商不得與大陸有接觸。3.政府開放轉口貿易，表示臺灣只願向大陸出口，但不准自大陸進口。1992年1月，由中共、臺灣、香港非官方機構所主辦，邀請兩岸三地的專家學者開大中華經濟協商作學術會議，會中試圖組織具有大中華經濟體系概念的機構，因政治因素，未實現。

　　民國99年（2010）6月簽訂ECFA，兩岸交流密切。101年（2012）馬英九總統就職典禮，標一個中華民國兩個地區的口號，使兩岸交流更為熱絡。臺灣的文學，分成古典與臺灣文學，康熙、雍正、乾隆早期除少數官方選集外，幾乎無個人詩集出版，嘉慶（1796-）至光緒乙未（1895）時，作品屬雕板印刷為主，日據時期，包括明治（1868-）、大正朝代（1912-），臺灣的印刷，進入新舊交替。昭和（1926-）改元至民國34年（1945），鉛印愈加方便，石印漸次淘汰。

　　大陸方面，民國25年（1936）10月，巴金、林語堂等發表戰鬥文藝，民國42（1953）到52年（1964）間，散文方面出版散文集有張秀亞、尹雪曼、杜衡之、蕭繼宗、方師鐸、陳之藩等人。在臺崛起的作家愈來愈多。以後有言情派、鄉土文學的發展。

　　至於蕭繼宗先生，出生於湖南湘鄉婁底鎮，自小為「神童」，以後入春元中學、南京中央政治學校，唸書時，尚留有部分詞作。以後，隨其生活轉變，創作詩詞甚多。民國28年（1939）7月至29年（1940）4月，任21集團軍總部同中校秘書，民國29年4月至29年9月，任豫鄂皖邊區戰地黨政分會同上校秘書，民國29年9月至34年（1945）8月，任皖報社社長，民國34年9月至37年（1948）7月任島市新聞處長。民國38、9（1949、1950），大陸變色，至杭州，同年，先生由香港至臺北，曾有「如此江山，行到天涯步步難」（〈減字木蘭花〉），也有仲尼

浮海,「悲大道之難行」,「片颿東渡,萬里孤征」,「塵海滄桑,浮沈何極」,「念故國之山川,情同辛陸」(〈友紅軒詞話・自序〉),思念故國之情,有如辛棄疾,陸放翁。

　　民國 39 年(1950)12 月至臺北任陸軍總司令部上校副組長(總司令黃杰),其中有轉任臺北廣電處,44 年(1955)8 月離職,轉至臺中東海大學任教,初任為東海大學講師,民國 46 年(1957),即 2 年後,升為副教授,可見蕭先生才情高。民國 48 年(1959)5 月至 50 年(1961)7 月,任中文系主任,50 年(1961)7 月至 64 年(1975)7 月,任教授職。其中 60 年(1971)8 月至 64 年(1975)6 月兼系主任,又,63 年(1974)2 月至 64 年(1975)6 月,兼教務長。從民國 47 年(1958)起,也兼任第 2 知識青年區黨部書記,黨部委員、指導委員,教授之餘,奉獻國民黨。也因此,蕭先生詩詞創作多表現愛國情操,令人敬佩。

　　民國 64 年(1975),蕭先生 61 歲,6 月 17 日轉任中國國民黨黨史會主任委員,其間,訪日、訪韓,為國辛勞,兼臺灣大學中文系教授。民國 65 年(1976)11 月,調升中央委員會副秘書長,至民國 67 年(1978)6 月,後調任正中書局董事長,任正中董事長時,聘政治大學胡春惠教授為總編輯,以為相知,民國 70 年(1981),正中書局印《玄覽堂叢書》,先生為之作敘。民國 74 年(1985),先生 71 歲,任正中書局董事長至此年。乃任教臺大,開「李白詩」、「花間詞」。民國 75 年(1986),退休,未兼課。

　　民國 76 年(1987),東海大學新建圖書館落成,館內有首任校長曾約農先生造象,由蕭先生撰寫〈象贊〉。次年 1 月 13 日,總統經國先生去世,舉國哀慟,先生挽辭云:「為國事勞,流盡最後一滴血。計天下利,贏來不朽萬世名」,知經國先生一輩子為國家勞苦,令人敬仰。9 月 9 日,完成《興懷集》,集蘭亭字作封面,書於 79 年(1990)3 月臺北學生書局出版。

　　民國 80 年(1991),先生開適家居,讀書、寫字、畫畫、多讀佛教經典。民國 83 年(1994)5 月 11 日,先生獲得第 2 屆國家文藝獎的「特

別貢獻獎」。民國85年（1996）3月11日，先生傍晚外出買畫紙，意外發生車禍，揮別人世，始料未及。

蕭先生交遊，包括同鄉、學界、藝文界、政治人物等方面。同鄉如：曾約農、曾寶蓀、何芸丈、魯渭平、魯滌平、魯實先、唐振楚、唐昌晉、趙滋藩等是。學界、藝文界如：胡適、屈萬里、漢穆敦（美國人）、韓泰東（韓國人）、侯思孟（法國人）、熊式一、高樹藩、張其昀、張默君、成惕軒、錢思亮、俞大綱、盧元駿、彭醇士、江絜生、陳紀瀅、翁文煒、阮毅成、杜負翁、張維翰、勞榦、戴君仁、吳德耀、孫克寬等先生，皆當代文壇或學術界之秀傑者。政治人物如：蔣經國、楊亮功、孫科、胡慶育等及其他國黨高層，往來多，不過本書所言交遊，仍以《興懷集》所載為主。

至於蕭先生古典詩及詩學方面，《興懷集》分成：酬酢、寫景、感懷、紀事、詠物、題畫、哲理等部分敘論。酬酢含題詩、題辭、送別、賀壽、哀輓等作品。寫景分作登山、臨水、遊覽、閒適等作。感懷詩分成：追憶往事、豁達、平淡人生、忠愛國家之情、關懷國際、感時懷鄉，表現生活趣味、親情等等也都以真感情為主。至於詩學研究方面，如《孟浩然詩說》，可說是一部精審、嚴謹的學術著作，不論分析篇章結構、標示典實出處、評論字句得失，更正前人評論欠佳者，疑非孟浩然詩者，斷為孟詩者，皆見其評論精闢，且兼論詩家、詩體。而蕭先生所著《中華民族詩歌》，含中華民族與詩歌，也含堅信心、一意志、宏氣度、富熱情、崇俠義、勵志節、愛和平、尚武德、恥屈辱、同敵愾、處艱難、扶正氣、將「民族」與「詩歌」淋漓發揮。

蕭先生詞與詞學研究方面。詞作為《友紅軒詞》，收錄於《興懷集》。詞分：酬酢、言情、游覽、紀事、詠物，且部分以西洋歌曲填詞，足見內容廣泛。酬酢方面，主要為當代文學家、國家要員，及同學、親友。言情方面，包括相思、懷舊、感懷、思鄉種種情懷。遊覽則作者所遊之山水美景，不論中外，一一達之。紀事詞，則載記所歷事件，包括率學生旅行，詠物詞亦有托意。而翻譯詞取自西洋詩篇，開創新局，蔚

為大觀。詞學研究成果，包括《友紅軒詞話》、《實用詞譜》、《花間集・評點校注》、《評訂・麝塵蓮寸集》，評訂皆鞭辟入裡，成一家之學。而《實用詞譜》，取前賢名作，汰其繁僻，獨創「音號」、「章句號」，成為新書，為後學者之模範。至於《評校・花間集》，匯集前賢意見，就平日所學，獨出心裁，精論《花間集》意。而《評訂・麝塵蓮寸集》，繼汪淵及其夫人程淑所集曠代奇書——《麝塵蓮寸集》，集句詞集，詳加評論，許振軒先生以為蕭先生評訂之作，「生花妙筆，發如珠妙語，所論至精，所評至當」，亦可為知音矣。

蕭先生散文方面，分成三部分，其一是《獨往集》為代表，其二以《興懷集》所錄散文，其三為所編注《先秦文學選注》。《獨往集》富於幽默與正義感。在輕鬆的筆調中，蘊藏著重要的理論，在嚴正的批評下，常著詼諧。內容方面，有思想性，如〈數理哲學〉，說中國社會迷信「好日子」，每逢「不宜」七扣八減，說不定一年三百六十五天都是「諸事不宜」。再如〈佛說大圓通經〉，直指世人，妄生分別，產生種種變詐。內容屬文學性的，如〈掉書袋〉，談文學作品中「用典」問題，隸事太多，就如倉庫，讀來不易。〈論立言〉，要「好名心」與支配力相結合，還要向科學方面找出路。《獨往集》有關生活的作品，與女性有關的如〈嫁錢〉、〈整容〉、〈小腳與時裝〉，論生死問題的，如〈解脫〉，論自由與共產世界的，如〈中年哀樂〉、〈鬼與錢〉等，也提到大度山上生活，如〈耶誕偶拾〉等等。立論精闢，極具可看性。至於《興懷集》中散文，有序跋、遊記、傳記、賞析、評介等各體文字，如行雲流水、適人、適時、適地而作。至於《先秦文學選注》，雖有文學性質，卻偏學術性。所收名篇，除各有專書如《詩》、《書》、《易》等外，包括《逸周書》3篇、《國語》7篇、《戰國策》21篇、《春秋公羊傳》7篇、《春秋穀梁傳》6篇、《晏子春秋》9篇、《列子》4篇、《慎子》2篇、《尹文子》2篇、《商君書》5篇、《尸子》2篇、《公孫龍子》1篇、《孫子》4篇、《吳子》3篇、宋玉〈賦〉6篇、李斯〈文〉7篇、都16家，89篇，除少數專書外，可說是匯集先秦文學精華，雖然該書以李曰剛《先秦文彙》為藍本，但蕭先生此作，不論「注釋」與「選文」，都比《先秦文彙》簡要、明白。

至於《湘鄉方言》，以為「先正（曾文正公）遺風，特崇淳朴」，「吐音嘲哳，每與人殊」，「邦人以此自豪，亦不忘本」，餘閒之時，「就記憶所及，雜綴成書」。至於篇中所錄，「其音、其義、其物、其情皆予童卯目擊身經而心會者」。換言之，該書為方言書籍，分成聲韻及語彙兩部分，取材寬廣，並取經傳、小說家之言以為佐證，對於方言學術論證，用力甚勤。書中以《婁底方言詞典》校對（蕭先生為婁底人），並與其他字典、辭典印證。而《湘鄉方言》中，蕭先生有手批「精校本」，較通行本所載多，蓋該書出版後，蕭先生就記憶所及，所增補改正者。是以本書部分資料採自「精校本」，以完成先生心願。

　　蕭先生書法、繪畫等藝術成就方面。蕭先生書法，承前人書法藝術，能寫甲骨、金文、隸書、行書、楷書，善於各家書體，如行雲流水，自成一格，不論前輩、同輩及後輩學生，往往以書法相送。據云嚴家淦前總統，任總統時，指定要蕭先生書法。而蕭先生山水繪畫，自學有成，或許夫人曾學於溥儒，輾轉說明與先生唱和，琴瑟和鳴，令人欣羨。至於先生音樂，詞作如〈菩提樹〉、〈三疊阮郎歸〉、〈銀河落九天〉等，取西洋樂曲，填以詞作，知先生精於音樂矣。

　　而《幹侯墨緣集》搜集與先生有關之家書，長輩、友朋往來書信，乃至於學生請益尺牘，擇其精要，以為流傳，彌足珍惜。

　　綜上所述，蕭先生在文學，藝術上的造詣，古來罕有，今世少見，堪為一代文宗，其人其文，傳之永遠，當之無愧。有幸為蕭先生門生，撰著此書雖費時甚久，感念教誨之恩，久久不忘，遂成此作。

分冊序二：詩與詩學篇

　　有關蕭先生古典詩創與學術成就，在《蕭繼宗先生研究‧詩與詩學篇》這個分冊，包括：從《興懷集》探討古典詩創作，《孟浩然詩說》探討及《中華民族詩歌》的探討三個部分。從《興懷集》探討古典詩創方面，分成酬酢、寫景、遊覽、閑適、感懷、紀事、詠物、題畫、說理等論述。

　　先就酬酢說，分成題詩、題辭，像〈中國電視公司開播十周年題辭〉、〈曹志漪畫展戲為二絕句〉；送別如〈送柯安思退休歸國〉；賀壽、如〈寄懷高鐵叟壽恆〉、〈壽張默君七十〉、〈壽蔣經國先生七十〉；哀輓如〈何芸丈挽詞〉、〈為蕭子昇瑜賦遣悲懷〉等等。雖是應酬之作，出於作者真情，就其事功、事業而論，非一時阿諛。

　　寫景詩部分，含：登山、臨水、遊覽、閑適等類。登山如〈龍首嵓雲海〉、〈巫山高〉、〈登黃山望奕仙峯〉等等，一面言景，一面托之以情，有感於當時戰事，或諷諭現實。又〈遊指南宮〉，有感於青樹茂林，開發殆盡，憂他日不見青山！而臨水詩，如〈汎大江即景〉、〈舟次沅陵〉、〈歲近宜昌〉等等，言空無之境，言景亦言時局。而遊覽詩，如〈棲賢寺夜坐〉，有視覺、味覺、聽覺美感，〈漢城機上作〉，在漢城（首爾）飛機上，不忍遠眺中國，思念之情溢於言語。〈宿雅加達〉，有感於當地貧富懸殊。〈桂離宮〉，感慨今日殘敗，不及尋常百姓。閑適如〈臺北植物園賞新荷〉、〈植物園所見〉，書寫作者賞荷，遊植物園，一幅天然景象。〈壬戌十一月二十九日偕內子植物園看梅〉，則夫婦植物園賞梅之樂，盡在閑適之中。

　　感懷詩方面，包括追懷往事，如〈雜憶〉詩，雜憶民國 24 至 28 年間事，〈海上作〉，有感時局，不知何時太平。其次，表現豁達、平淡人生，如〈歌〉，在戰亂中，作者東奔西走，感慨人生渺，因此不必計較得失。〈己未二月初三日畫三松圖壽宗毓六十〉，所畫三松以喻家中老小三

人，志節高昂而婉轉。再次，表達忠愛國家之情，如〈悼三女士〉、〈五日弔屈原〉、〈甲子二月十五日中山樓作〉，有憂國之心。亦有關懷國際、感時懷鄉，如〈星洲偶感〉、〈東洋學術會議後感賦〉等等。又有表現生活趣味，親情，如〈病院中經大手術後自嘲〉及〈戊午歲除寄東兒金門〉表現親情。

紀事詩方面，如〈淘米沙沙〉，思及嬰孩之事。〈看月篇留別〉，言日寇入侵，狼煙漫火，人生似浮萍。〈九月三夜黛納颱風〉，敘颱風情景。

詠物詩，含詠植物方面，如〈蘭之華〉、言山間蘭花，為土著割刈，野生蒿草，不為人取，取與不取，任由他人。〈鬱金香〉，升華鬱金香之美，平易近人。亦有詠魚，如〈雲漢池觀魚〉，〈詠金佛〉，皆有言外之意。〈曼谷三友寺金佛〉，金佛以泥為巧藏，日軍不知，泰國尚得保留此金身。

而題畫詩，如〈題哲夫松圖〉，在美國加州玉屑滿地登守望峯絕頂，有哲夫松，言其美，托其隱。〈題黃山夢筆生花石圖〉，寫黃山夢筆生花石圖，如矛戟森列，其中有江淹彩筆，作者來此三次而未得，寄慨。其他在《興懷集・題畫》部分，所存題畫詩頗多。

至於說理詩，有〈擬寒山〉12首，寫心中癡心妄想，自說自話，未必合寒山之意。如有關自然界，花開花謝，弱肉強食，上帝創物，是否有心？宇宙有限？無限？天地萬物，相生相滅等等，窮人生道理，讀來饒有趣味。

由上面敘述，知蕭先生古典詩創作，除表達所述之事物、景物、感情之外，亦往往有寄托，有言外之意。須就其詩作中，一一分析，方見其真意。

本章寫景、感懷詩部分，曾發表於《東海中文學報》及學術論文研討會。

至於蕭先生詩論方面，有《孟浩然詩說》。

《孟浩然詩說》的特點，從分析篇章結構、標示典實出處、評論字

句得失、論前人評論欠佳、疑非孟詩、斷非孟詩、斷創作時間、評論精闢、疑詩句有誤、兼論其他詩家等等，皆是以表示其縱橫卓越，不肯俯仰隨人，是一部體大精思之作品（梁實秋評語）。第二章，就這些評論深入地探討。

而《中華民族詩歌》，中華民族詩歌強調：堅信心、一意志、宏氣度、富熱情、愛和平、尚武得、處艱難、扶正氣等等。表達蕭先生「為天地立心，為生民立命，為往聖繼絕學，為萬世開太平」的使命。書中就中華詩歌、文化道德，在字裏行間湧現。

目次

總序 i

分冊序二：詩與詩學篇 vii

第一章 從《興懷集》探討古典詩創作

一、酬酢 001

二、寫景 011

三、感懷 032

四、紀事 050

五、詠物 059

六、題畫 065

七、說理 083

第二章《孟浩然詩說》探討

一、分析篇章結構 098

二、標示典實出處 103

三、評論字句得失 113

四、更正前人評論欠佳者 120

五、疑非孟詩或斷為孟詩 138

六、斷為孟浩然早期創作者	154
七、評論精闢	157
八、兼論詩家、詩體	176

第三章 《中華民族詩歌》的探討

一、中華民族與詩歌	183
二、堅信心、一意志	188
三、宏氣度、富熱情	191
四、崇俠義、勵志節	194
五、愛和平、尚武德	198
六、恥屈辱、同敵愾	203
七、處艱難、扶正氣	208

結語	215
參考文獻	219

附：蕭繼宗先生研究系列書目（華藝學術出版社出版）
蕭繼宗先生研究：生平交遊篇

總序

分冊序一：生平交遊篇

第一章　蕭繼宗先生出生的環境
　　一、湖南、湘鄉婁底鎮（市）

第二章　蕭繼宗先生的時代環境
　　一、前言／二、社會經濟環境／三、文學環境

第三章　蕭繼宗先生傳
　　一、家世／二、幼年至三十歲時期／三、三十一至四十歲時期／四、四十一至六十歲時期／五、六十一至七十歲時期／六、七十一至卒年（八十二歲）時期

第四章　從《興懷集》中看蕭繼宗先生交遊
　　一、同鄉／二、學界與藝文界／三、政治人物

結語

附：蕭繼宗先生生平大事記年表

參考文獻

蕭繼宗先生研究：詩與詩學篇（本冊）

蕭繼宗先生研究：詞與詞學篇

總序

分冊序三：詞與詞學篇

第一章　蕭繼宗先生詞的創作
　　一、酬酢／二、言情／三、游覽／四、紀事／五、詠物／六、翻譯詞

第二章　蕭繼宗先生詞學研究成果
　　一、《友紅軒詞話》／二、《實用詞譜》／三、《花間集》評點校注／四、《評訂《麝塵蓮寸集》》
結語
參考文獻

蕭繼宗先生研究：藝術文化篇
總序
分冊序四：藝術文化篇
第一章　蕭繼宗先生散文的探討
　　一、《獨往集》內容探討／二、《興懷集》中散文的探討／三、碑銘、傳記
第二章　蕭繼宗先生其他學術著作
　　一、《湘鄉方言》／二、《先秦文學選注》
第三章　蕭繼宗先生的藝術成就
　　一、書法與書法史／二、書法藝術的成就／三、中國山水繪畫／四、繪畫的成就／五、音樂成就
結語
參考文獻

蕭繼宗先生研究：幹侯墨緣集
　　一、生平照片／二、書法作品／三、繪畫作品／四、名人手札

第一章　從《興懷集》探討古典詩創作

　　蕭繼宗先生（1915-1996）南京國立中央政治學校（即政治大學前身）畢業，韓國東國大學名譽文學博士，曾任東海大學中文系主任、中文研究所所長、教務長，美國加州大學洛杉磯分校（UCLA）客座教授。著有《獨往集》、《友紅軒詞》、《評校花間集》、《評校麝塵蓮寸集》、《實用詞譜》、《興懷集》、《Chinese Village Plays》等書。在古典文學方面成就很高，歸功於平日從事文藝研究、創作，與文藝工作的推展。尤其古典詩方面，在近現代人物中，可說是箇中翹楚。本章專就先生古典詩創作部份作一分析及探討。文中採用先生所著《興懷集》為底本。[1]今就其古典詩分成：酬酢、寫景、抒懷、紀事、反映時事、詠物與題畫、說理詩等部份來說明。

一、酬酢

　　宋‧嚴羽《滄浪詩話‧詩評》云：「和韻，最害人詩。古人酬唱，不次韻，此風盛于元白皮陸，而本朝諸賢，乃以此而鬥工。」[2]和韻酬唱雖然「最害人詩」，盛於元白之後，而宋代諸賢卻以此為好，以至後代，莫不如此，詩歌成為文人生活的重要部分，尤其交遊應酬，不可或缺。明‧都穆《南濠詩話》云：「古人詩有唱和者，蓋彼唱而我和之，初不拘體制兼襲其韻也。後乃有用人韻以答之者，觀老杜嚴武詩可見，然亦不一一次其韻也。至元、白、皮、陸諸公，始尚次韻，爭奇鬥險，多至數百言，往來至數十首，而其流弊至於今極矣。」[3]可見都穆也認為唱和詩，順其自然，不拘一體，至元白以後爭奇鬥勝者多，流弊亦出。

---

[1] 蕭繼宗：《興懷集》（臺北：學生書局，1990年），頁1。下引文皆同此本。不贅。
[2] 〔宋〕嚴羽：《滄浪詩話‧詩評》，收入何文煥輯：《歷代詩話》（臺北：藝文印書館本，1971年），頁23，總頁542。
[3] 〔明〕都穆：《南濠詩話》，收入臺靜農編：《百種詩話類編‧後編》（臺北：藝文印書館，1974年），頁1676。

清代黃子雲《野鴻詩的》卷七有：「凡題贈、送別、賀慶、哀輓之題，無一非詩，人皆目為酬應，不過捃摭套語以塞責，試問有唐各家集中，此等題十有七八。而偏有拔萃絕群之什者，何也？其法要如昌黎作文，尋題之間隙而入於中，自有至理存焉。」[4]所言題贈、送別、賀慶等酬酢作品、唐人詩集中，已占十之七八，雖多捃摭套語，仍有尋題之間隙而作，成為拔萃絕倫詩篇，不全是害人之詩也。

　　以下就蕭先生酬酢詩分成：題辭、贈、疊韻、賀壽、哀輓、次韻、分韻等等，依次說明如下：

（一）題詩、題辭

　　在《興懷集》有〈題范紹先先生頤園詩〉：

造意不必奇，遣辭無害淺。
詩中有我存，雲濤自舒卷。
與其傷拘攣，毋寧失縱誕。
憶昔鼎革初，孱儒奮弱管。
意氣凌重霄，髯張目亦睅。
誰知寥落四十年，萬口如瘖墮霸輓。
晏也婦人衣，側媚矜嘽緩。
郊也秋蟲吟，神氣先飄散。
每怪迂儒作腐語，讀之令人氣欲短。
九衢不走趨仄徑，道不遠人人自遠。
今夕偶對頤園詩，把卷忽然明倦眼。
范公豈[5]是蓬蒿人，蟠胸灝氣自流轉。
奏刀以神不以目，經首桑林隨卻窾。

4　〔清〕黃子雲：《野鴻詩的》，收入臺靜農編：《百種詩話類編・後編》，頁1660。
5　豈，原刊本漏掉，據蕭先生自行校堪改正本作「豈」。案：蕭先生自己校堪改於正本，乃整理其書籍時得之。

矯知遊龍穿屯雲，昂若神駒下峻坂。

渥洼之種能空群，絕塵千里不可挽。

胡為時世上羈縶，芻豆依人徒偃蹇？（《興懷集》，頁28）

詩作於民國43年（1954）甲午。詩言范紹先[6]為重義氣、在衰頹的時代，展現流轉灝氣，所作《頤園詩》，令人眼睛忽然明亮起來，詩中能表現意氣凌霄，君子正道之性情。

又如〈中國電視公司開播十周年題辭〉：

送彩飛聲逐日新，十年前已賞傳真。

鏡中歌舞年年好，老了觀場擊節人。（《興懷集》，頁47）

此為民國68年（1979）蕭先生作，時65歲，任國民黨中央委員會委員，或是中國電視公司邀請先生題作，以為十週年慶。

再如〈曹志漪畫展戲為二絕句〉，其一：

弄筆簪花敵老成，勝衣頭角已崢嶸。

願君一吐娥眉氣，畫史高懸女史名。（《興懷集》，頁38）

其二：

藝事千門一味禪，參來方悟鐵牛堅。

老夫頗悔出家晚，才俊原當屬少年。（《興懷集》，頁38）

此為民國57年（1968），蕭先生在臺中東海大學任教時作，以詩賀曹女士畫展。曹女士是《中央日報》董事長曹聖芬女公子。[7]詩中言其畫作「敵

---

[6] 范紹先熱愛文學和詩詞，係瑞赤烏詩社創始人之一。網址：http://www1.xingzi.gov.cn/xingzi/check.asp?nid=10878&newtype=17F2F。

[7] 曹志漪（VivianTsao），1950年出生於臺北，1968年，曹志漪進入師大美術系就讀，1977年，隨先生柯禮爾任教往沙烏地阿拉伯的吉達暫居，1985年因繪畫獲頒紐約州藝術審議會的客座藝術家獎。發表不少散文及美術著作於《雄獅美術》月刊和《中國時報》。網址：http://www.nmh.gov.tw/zh-tw/Exhibition/Content.aspx?Para=1|22|519&unkey=21。

老成」可見工夫深；盼在歷史上以女性畫家而著名。也以自己學畫時間晚，不如曹女士，以此自謙。

其他如：〈胡慶育以其潑墨詞見貽却寄〉(《興懷集》，頁31)、〈仿石濤黃山圖題似魯德福〉(《興懷集》，頁35)等是。

（二）送別詩

至於送別詩，如〈將之臺灣留別香江諸友〉：

翻作他鄉別，同深故國情；
關山縈旅夢，雪浪壯行程。
海外饒知己，人間有不平；
恩讎非大計，第一慰蒼生。(《興懷集》，頁25)

詩作於民國39年（1950），蕭先生由香港與友人皆他鄉之人，作別將至臺北，蓋民國38、9年，國民政府在大陸失去政權，隨即轉向臺灣，他鄉作別，關山夢縈，令人心惻。

〈送柯安思退休歸國〉一詩有序云：「柯安思（Miss Anne Cochran）女士，美之新澤西州人。生於我國廬山；幼隨父居皖北懷遠；及長，返美就學，旋復來華，前後執教燕京及東海大學，逾三十載。柯女士篤信基督，獻身教育，於中國尤愛熱——每懷大陸，輒為欷歔。」其詩云：

知君生小居中土，久客他鄉即故鄉。
目極河山悲破碎，手栽桃李播芬芳。
樹人原作百年計，信主真成卻老方。
記取餐蓮蓬島上，縱教歸去莫相忘。(《興懷集》，頁37)

此蕭先生於民國55年作，送別東海大學外文系柯安思教授，柯教授曾任外文系主任。大陸變色後，柯安思本著基督教精神，在東海大學獻身教育，令人敬佩。

又如〈寄侯思孟〉一詩有序云:「法籍漢學家侯思孟(Dovald Holzman)博士,過訪山齋,索拙著《孟浩然詩說》。瀕行,為余夫婦攝影。既歸國,以影片見貽,為詩報之。」其詩云:

綠陰深處是吾家,萬里朋來興自賒。
塵海相逢萍一聚,高談未覺日初斜。
索書聊贈襄陽集;款客惟烹凍頂茶。
歸去莫忘曾入畫,槿籬紅殺鳳凰花。(《興懷集》,頁39)

詩作於民國59年(1970)。侯思孟先生為法籍漢學家[8],向蕭先生請教,先生烹茶款待,並以所著《孟浩然詩說》相贈,多相勉之詞。

贈詩如〈午日拙文〈湘君湘夫人及大司命少司命四篇結構之研究〉寄屈萬里并塍以詩〉:

千載騷魂不可尋,空持菰黍費沈吟。
蟲魚瑣屑非吾事,蘭茝幽馨媵此心。
漫記江鄉傳楚些;安排粉黛唱巫音。
只今三姓惟公健,願共蒲觴細細斟。(《興懷集》,頁31)

此先生民國52年(1963)作。蕭先生以所作〈湘君湘夫人及大司命少司命四篇結構之研究〉(《東海學報》抽印本)寄送屈萬里先生,連同本詩,以為酬贈。屈先生,山東人,臺灣大學中文系教授,後選為中研院院士。屈原應為其祖先,當時屈、景、昭三姓為楚國貴族,己則為湖南人,生於楚地,藉屈原《楚辭》聊與屈萬里先生細論文。

此外,若〈寄懷高鐵叟壽恆〉(《興懷集》,頁22)、〈讀陶集寄懷趙南田長安〉(《興懷集》,頁23)、〈贈莊愛蓮〉(《興懷集》,頁32)、〈寄懷熊式一教授檀香山〉(《興懷集》,頁36)、〈寄鐵珊香港〉(《興懷集》,頁53)等皆是此類作品。

---

[8] 葉嘉瑩:《迦陵詩詞稿》(北京:中華書局,2008年),頁57。1970年葉教授在美國貞女島出席學術會議,曾與法國侯思孟合影。

（三）賀壽、哀輓

再就賀壽，哀輓之作。如〈壽張默君七十〉：

婦人在軍中，揚枹能殺賊；
未聞舉義旂，立身期稷契。
婦人事文章，觸手墜鏘澤；
未聞謝鉛華，錚錚健風骨。
婦人弄柔翰，簪花矜妙格；
未聞孿窠書，宛轉屈金鐵。
孔翠銜毛羽，鷹隼振雲翮。
斯人邁恆流，彫蟲獨不屑。
矯矯龍鸞姿，豈徒女中傑？
吾鄉盛文藻，並世多英哲。
數輩已高齡，中腸猶熾熱。
松老枝逾遒，梅老馨逾烈。
無為諱言老，上壽始耄耋。（《興懷集》，頁29）

詩作於民國43年（1954），蕭先生39歲。張默君女士，湖南湘鄉人[9]，雖女流，能文，善書法，習顏歐、爨草書，宛轉如屈鐵，剛勁有力；允武，舉義旗，在軍中殺賊，實為女中英傑，亦為同鄉之榮，而年已70，是以作詩祝賀也。

又，〈壽彭素翁醇士七十〉：

少日江西社，鷃雛老宿驚。

---

[9] 張默君（1883-1965）近代婦女運動家、教育家、記者。湖南湘鄉人，1912年發起成立神州婦女協會，任會長，1918年赴美國哥倫比亞大學教育學院學習，曾為紐約中國學生聯合會主席。1920年回國，任江蘇省第一女子師範學校校長，並主持《神州日報》、《上海時報》工作。1924年與孫中山私人機要秘書邵元沖結婚，先後擔任杭州市教育局長，南京考試院特種考試委員會委員，國民政府立法委員，國民黨中央監察委員。到臺灣後任考試院委員兼國民黨中央監察委員。著有《白華草堂詩集》、《默君詩草》二卷。網址：http://baike.baidu.com/view/477464.htm。

門庭原岌峻，頭角早崢嶸。
氣奪廬山秀，才侔錦水泓。
觀光遊上國，問道客神京。
遂接通入座，將為盛世鳴。
歸方傳法乳，韓杜繼英聲。
應辟春秋富，匡時物望清。
典章宏制作，政法預權衡。
當代羅英彥，遙期致太平。
小康速大敵，弱肉啟疆爭。
禹鼎播遷再[10]，神州寇盜橫。
禍深嗟板蕩，彫後識松貞。
行在麻鞋敝，長安弈局更。
勞生憂患備，叔世羽翰輕。
海上誰鼇客，江東獨步兵。
王臣宜蹇蹇，清議故觥觥[11]。
師道荀卿最，文章庾信成。
小城羈隱地，窮巷室家情。
同列欽先進，新交續舊盟。
延譽仍直諒，用道貴沖盈。
謬許仙舟客，聊因子墨卿。
雷門持布鼓，獻句祝聃彭。（《興懷集》，頁 35）

詩作於民國 54 年（1965），蕭先生 50，彭先生 70，相距 20 年。詩中言彭醇士先生[12]早歲文名盛，精於詩書畫，尤工山水。亦為法政人才，曾任立法委員。後因大陸變色，不改忠貞。轉徙臺灣，居處窮巷，文章老更成。末，「獻句祝聃彭」，以老子（聃）、彭祖之高壽祝賀，且合其姓。

---

[10] 詩中，「遷舟」的「舟」字，據蕭先生自校本改為「再」字。
[11] 詩中，「請議」的「請」字，據蕭先生自校本改為「清」字。
[12] 彭醇士，有江西第一才子之稱，渡海來臺的文人中，能以詩書畫並稱三絕者，唯獨溥心畬與彭醇士二先生。網址：http://www.artcave.com/newart/newart_Item_Detail.php?ID=131。

又,〈壽蔣經國先生七十〉:

憂患如山已不驚,思親報國出肫誠。
鐵肩早荷千鈞重,繭足無辭萬里行。
大孝終身猶孺慕,公忠舉世頌賢聲。
古稀今日原非老,此是人生第一程。(《興懷集》,頁48)

詩作於民國69年(1980),時蕭先生任職正中書局董事長。詩言總統經國先生思親報國,出於至誠,不辭辛勞,為國為民,而人生七十才開始,以為祝賀。這類詩,大體說來詩句典雅,溫厚,用事親切。

其他壽詩如〈壽李鶴齡將軍八十〉(《興懷集》,頁40)、〈壽蔣劼餘七十〉(《興懷集》,頁31)、〈五十生辰答百成贈詩〉(《興懷集》,頁35)、〈陳紀瀅七十生辰及寫作五十年徵詩〉(《興懷集》,頁46)、〈壽張曉峯八十〉(《興懷集》,頁48)、〈壽孫哲生七十〉(《興懷集》,頁30)。另有〈祝蔣經國先生連任總統〉(《興懷集》,頁50)。

而哀輓詩如〈何芸丈挽詞〉:

舞象年猶少,登龍感不任。
摳衣曾下拜,勸學每貽金。
豈獨銜恩甚;還同嫉惡深。
視安惟目語,誰識此時心。(《興懷集》,頁29)

自注:「民國十八年,公始主湘政。予以童子請謁,因持見相同,輒蒙伙助,賴以升學。晚歲公苦末疾,艱於言語。病篤時,予往醫院視疾,目語而已。」詩作於民國45年(1956),蕭先生41歲。言何先生主湘政時,蕭先生以童子請謁,蒙受資助升學,因感恩而作也。

又如〈為蕭子昇瑜賦遣悲懷〉:

天下無正圓,正圓亦微缺;
天下無正白,正白亦微黑。

福慧難兩兼，才貌不雙傑；
即令俱得之，浮生止頃刻。
夫人謫仙人，千載不一得；
夫婿擅才情，家世兩相敵。
瓊花倚玉樹，交枝相映發。
藝苑神仙侶，瀛海逍遙客。
美人無白頭，況乃過半百！
毋乃造物忌，鬼神陰所賊？
一旦賦分攜，人天長契闊。
死者良已矣，生者肝腸裂。
十首悼亡詩，一字一淚血。
吾聞佛家言：成住終壞滅。
天地尚復爾，人事那可必？
天意獨厚君，曾不吝福澤。
電光石火中，此生已奇跡。
沈憂徒傷人，於事竟何益？
開筴詩篇存，庋架縑緗積，
一日百摩娑，差可度晨夕。
願葆歲寒姿，毋為長鬱邑！（《興懷集》，頁32）

詩作於民國53年（1964），悲其同鄉蕭子昇先生[13]夫人凌孝隱才貌絕世，而卒於烏拉圭之孟都，子昇先生有〈弔亡詩〉十首，既歿七載未能釋懷，蕭先生乃有此作，取元稹〈遣悲懷〉之意[14]，以為「夫人謫仙人」、「夫婿

---

[13] 蕭子昇（1894-1976），又名旭東，後改名蕭瑜，湖南湘鄉人，湖南省立一師的高材生，1915年湖南省立第一師範畢業，1919年赴法國勤工儉學，1924年回國，曾任國立北京大學委員兼農學院院長，1952年去南美烏拉圭，從事教育。網址：http://www.chinavip.name/bbs/ShowPost.asp?ThreadID=1355。

[14] 參楊軍箋注：《元稹集編年箋注》（西安：三秦出版社，2005年），元和4年（809），頁172。〈三遣悲懷〉（《全唐詩》作〈遣悲懷三首〉），如第一首，「謝公最小偏憐女，自嫁黔婁百事乖。……今日俸錢過十萬，與君營奠復營齋。」

擅才情」，屬「藝苑神仙侶」。然則，人逃不過「成住壞滅」輪迴，夫人逝世，「沈憂徒傷人」，無補於事。以慰傷心之人。

至於用韻、次韻、和作、分韻等作，如〈和楊院長亮功遊溪頭詩〉：

東南廉鎮垺專征，老去千鍾一粟輕。
旌節不期臨草野，情懷何似聽蛩聲。
林寒晚約孤雲宿，地僻春饒萬木爭。
為水難於觀海後，濯纓粗愛小池清。（《興懷集》，頁41）

自注：「亮老嘗宿東海大學客館，有聽蛩詩，屬予書之壁間。又：溪頭有大學池。」（《興懷集》，頁41）詩作於民國63年（1974）甲寅。時任東海大學教務長。考試院楊亮功院長嘗宿東海客館，有〈聽蛩詩〉，與遊溪頭情境相似。而楊院長為國事奔波南北，見溪頭小小大學池，忙碌生活中，亦能清澈心靈。

又，〈次成惕軒高闈典試詩韻〉：

早自還都獻賦年，辭人爭說子雲賢。
蟾宮親受量才尺，鴻業原資潤色篇。
高弟傳文千穎退，佳兒奮迹一鞭先。
煎茶未厭歸時晚，來鳳簃前月正圓。（《興懷集》，頁48）

詩作於民國70年（1981），蕭先生在臺北。詩言成惕軒先生早有聞名，任考試委員，高闈典試，量才度尺，拔擢人才為志業，在政治大學講學，學生能傳薪火，其公子亦學有所成，足堪慰藉。末言成先生主持國家考試之辛勞。

再如：〈中華詩學研究所甲寅禊集分韻征詩得之字〉：

海上陽春三月時，東風夜發千花枝。
見說群賢作高會，花閒（間）觴詠追羲之。
羲之往矣高文在，割裂錦字征新詩。

諸公人手一杯酒，裁雲翦月宜難辭。

我足不曾出庭戶，勝流雅集非所知。

忽得官書責逋負，火急了納將毋癡。

俗夫投老飯不飽，請罷徭役從今茲！（《興懷集》，頁41）

詩作於民國63年（1974）甲寅，中華詩學研究會所禊集，仿傚東晉王羲之蘭亭集會，花間觴詠，裁雲翦月。時先生並未出門，而中華詩學研究所追討詩債，先生乃此詩了卻。

其他若：〈碧潭禊集分韻得綠字〉（《興懷集》，頁27）、〈次韻答百成寄懷之作〉（《興懷集》，頁34）、〈癸丑禊集分蘭亭字為韻得崇字即集蘭亭為之〉（《興懷集》，頁41）、〈丁巳重五盤谷詩人雅集用柬邀原韻〉（《興懷集》，頁46）、〈和袁企止江絜生二老市茶之作〉（《興懷集》，頁49）、〈小園用眉叔韻〉（《興懷集》，頁50）。此外又有〈除夕吳企雲索詩作短短歌〉（《興懷集》，頁21）、〈李峯吟女弟習花道常為予室中插花索詩即贈〉（《興懷集》，頁34），屬酬贈。

二、寫景

寫景詩主要包括登山、臨水、遊覽、閑適等方面。

元、楊載《詩法家數・登臨》云：「登臨之詩，不過感今懷古，寫景歎時，思國懷鄉，瀟灑遊適，或譏刺歸美，有一定之法律也。中間宜寫四面所見山川之景，庶幾移不動。」照楊載的說法，登山、臨水詩篇，借景以為感今懷古，思國懷鄉。至於遊覽詩，重在遊覽，以前稱為「征行」。《詩法家數・征行》認為「征行之詩，要發出悽愴之意，哀而不傷，怨而不亂。」[15] 清代王夫之《薑齋詩話》云：

情景名為二，而實不可離。神于詩者妙合無垠。巧者則有情中

---

[15] 〔元〕楊載：《詩法家數》，收入何文煥《歷代詩話》（臺北：藝文印書館，1971年），頁9。

景、景中情。景中情者如「長安一片月」，自然是孤淒憶遠之情；「影靜千官裏」，自然是喜達行在之情。[16]

又，沈德潛《說詩晬語》卷下云：「寫景寫情，不宜相礙，前說晴，後說雨，則相礙矣。」[17] 表示詩中情景應互相融合，不可相礙。也就是說，詩中言情言景整首要有統一性，又，李重華《貞一齋詩話》云：「寫景是詩家大半功夫，非直即眼生心；詩中有畫，實比興不踰乎此。」[18] 可知古典詩情景名二，實則又不可分離。

蕭先生寫景詩分為登山、臨水、遊覽、閑適四方面敘述。

(一) 登山詩

先就登山詩言，如〈龍首崙雲海〉：

獨騎龍首出雲端，不露之而與世看。
噓氣近堪通帝座，天飛政要海漫漫。(《興懷集》，頁 11)

龍首崙，在江西廬山。[19] 首言作者登龍首崙四面雲海，二句借《周禮・考工記》典故[20]，言雲海瀰漫，不露山之草木。三句以韓愈《雜說・龍說》

---

[16] 〔清〕王夫之：《薑齋詩話》，收入丁福保（仲祜）編：《清詩話》（臺北：西南書局，1979年），卷下。

[17] 〔清〕沈德潛：《說詩晬語》，收入丁福保（仲祜）編：《清詩話》（臺北：藝文印書館，1971年），卷下，頁 7a 面。

[18] 〔清〕李重華：《貞一齋詩說》，收入丁福保（仲祜）編：《清詩話》（臺北：西南書局，1979年），第 8 頁 b 面。

[19] 據《興懷集・古近體詩》由〈汎江即景〉至〈行次九江遊甘棠湖〉，皆為民國 26 年作，地點言南京、廬山。本首〈龍首崙雲海〉前一首為〈廬山過東林寺〉，依詩集似應以時間地點排列，故推測「龍首崙」應在江西廬山。考察臧勵龢等編：《中國古今地名大辭典》（臺北：商務印書館，1960 年，臺 1 版），頁 1267，云「龍首山」（不見龍首崙）云：1. 在遼寧西安縣東，2. 在福建霞浦縣北，3. 在陝西長安北，4. 在寧夏阿拉善額魯特部西南。又，據劉均仁原著，鹽英哲編著：《中國歷史地名大辭典》（東京：凌雲書坊，1980 年），第 5 冊，云，「龍首山」，在安徽旌德縣北四十里，山西北有龍潭，徽水經其下，與涇縣接界。由此推斷「龍首崙」應在江西廬山，或安徽旌德縣北四十里龍首山處。

[20] 《周禮・考工記・梓人》（臺北：臺灣商務印書館，1975 年，商務四部叢刊正編），卷 12，頁 220：「深其爪，出其目，作其鱗之而。」

篇典故,言龍變化可為帝,末,龍藏身於「政要」(大臣)之漫漫雲海。言情寫景融成一片。且詩有起承轉合變化,尤其三句,語氣一轉,全詩靈活。

又如〈巫山高〉:

巫山高,上與蒼天齊。
陰崖稜稜怒相向,猿猱莫度飛鳥低。
江濤湍急逝不竭,自來行子驚魂魄。
夜深孤月照空山,一十二峯峯頂白。
朝朝暮暮年復年,人閒想望高唐客。
若有人兮山之陽,雲為衣兮霓為裳,精華薆薆爛生光。
下視人閒塵飛揚,神之靈兮何所望?(《興懷集》,頁14)

此作於民國27年(1938),作者23歲。巫山,在湖北與四川交接處。唐‧崔令欽《教坊記》有〈巫山女〉、〈巫山一段雲〉教坊曲。[21] 郭茂倩《樂府詩集》〈漢鐃歌〉有〈巫山高〉[22]。詩中首言巫山之高與天齊,北山(陰崖)稜稜猿猴莫渡,鳥難飛,江濤急,古人行船為之驚恐,月照巫山十二峯,峯峯白頂,想起宋玉〈高唐賦〉典故,言楚襄王與宋玉游於雲夢之臺,與高唐之客相遇事[23]。高唐,天帝季女,名瑤姬,未行(嫁)而亡,對於巫山之陽,神女所在的巫山點染。詩又借用《楚辭‧九歌‧山鬼》典故[24],言高唐,即瑤姬、神女、山神,雲為衣,霓為裳,下視人間濁世塵土飛揚,戰事不停,如白居易〈長恨歌〉所說:「九重城闕煙

---

[21] 〔唐〕崔令欽著,任半塘箋訂:《教坊記箋訂》(臺北:宏業書局,1973年),〈曲名〉,頁64及102。
[22] 〔宋〕郭茂倩編:《樂府詩集》(臺北:臺灣商務印書館,1975年,商務四部叢刊),卷16,頁4,〈漢鐃歌〉,及頁6有〈巫山高〉。
[23] 有關高唐神女典故,張軍:《楚國神話原型研究》(臺北:文津出版社,1994年),〈二、高唐神女的原型與類型〉,頁27-61。所論頗為豐富,可供參考。
[24] 參王建生:《楚辭選評注》(臺北:秀威資訊科技公司,2009年),頁99。

塵生」、「黃埃散漫風蕭索」[25]，當不勝噓唏！此作者先言巫山，而有感戰爭而發。

又〈登黃山望奕仙峯〉自注：「清涼臺遠眺，有四峯削立，仿佛二人於松下對弈，一官服者負手旁觀；又一少年負囊趨而前。」（《興懷集》，頁 18）其詩云：

> 鴻濛未判初，有此一枰子。
> 神仙偶遊戲，知自何時始？
> 二叟坐深隱，堅壁各山峙；
> 真官壁上觀，袖手但凝視；
> 天童負豪注，黃白纍纍似。
> 仙手擅妙算，料敵知己彼。
> 鷸蚌苦相持，豈遽關生死？
> 昕夕久沉思，終年不移指。
> 爭此一著棊，廢卻多少事！
> 誰知楸枰外，世途益艱詭。
> 時局棼如絲，人情薄逾紙。
> 一步百機穽，險更甚於此。
> 不如松下坐，橘隱閱千祀。
> 得喪固無論，乃不知成毀。
> 為問爛柯人，可曾喻其旨？（《興懷集》，頁 18）

詩作於民國 30 年（1941）。黃山位於安徽翕縣西北。羅願《新安志》云：「舊名黟山，東南則翕，西南為休寧，相傳黃帝嘗命駕於容成子、浮丘公同遊，合丹於此，唐天寶六年敕改為黃山。」[26] 詩中言作者由清涼山遠眺，四峯削立，仿佛二人於松下枰上對弈，一官服者負手旁觀，一少年

---

[25] 參〔唐〕白居易：《白氏長慶集》（臺北：臺灣商務印書館，1975 年，商務四部叢刊正編縮印，明嘉靖刊本），卷 12，頁 63。

[26] 以上參〔日〕諸橋轍次：《大漢和辭典》（東京：大修館書店，1933 年），第 12 冊，「黃山」條。

負囊而前，以「鷸蚌相持」喻二人對弈，廢棄多少事，殊不知時局棼亂如絲，人情薄逾紙，翻手雲雨，機穽危險，不如松下坐，隱閱千祀。借景以抒懷。亦有遊仙情趣，而「時局棼如絲，人情薄逾紙。一步百機穽，險更甚於此」，諷諭現實。末二句，取《述異記》，言王質入爛柯山採樵，見二童子對奕，王質食一童子所給棗核，局終，歸里已及百歲。以喻奕仙峰二人，隱閱千年，勝過人間名利場上爭奪。

又，〈登天都峯絕頂〉：

側身上天都，八荒放眼初。
茲山富丘壑，一覽今無餘。
群峯類兒戲，撮土堆錙銖。
始知造化心，刻意工一隅。
其餘止陪襯，信手成粗疏。
此峯獨奇絕，他峯所不如。
尼采揭超人，矯矯出庸奴，
白日耀雪山，蒼隼擊天衢；
蒙莊齊物論，乃復稱藐姑，
秕糠舜與堯，冰雪為肌膚。
眾生何芸芸，紛如甕附蛆。
我坐萬山頂，昂首聊長嘘。
吐故納真氣，灌頂承醍醐。
白雲涌腳根，天風遙清虛。
暫與人境絕，轉覺形骸孤。
高寒不可極，真欲颺雙鳧。[27]（《興懷集》，頁20）

此詩作於民國30年（1941），與前首同。天都峯在華山。一稱太華山，古稱西嶽，在陝西省華陰縣。詩首四句，言天都峯高，放眼四方，

---

[27] 本詩「吞納吐真氣」，原無「吐」字，漏一字，疑作「吐」字，先補之。後，整理蕭先生書籍，得蕭先生自校本《興懷集》，據此改作「吐故納真氣」。

一覽無餘。次四句言群峯如撮土錙銖,造化巧奪之工,令人驚歎!「其餘」下四句,天都峯奇絕,非他山粗疏可比擬。「尼采」以下四句,以德國尼采所言超人喻天都,其境則「白日耀雪山,蒼隼擊天衢」之脫俗飄逸,與凡俗庸奴,難以相比。「蒙莊」下四句,言猶如《莊子》書中所言姑射山神人高潔相比,視堯舜帝位為粃糠。「眾生」二句,言眾生如甕附蛆蟻,與姑射山神人壤之別,難以比擬。則二者間強烈對比。「我坐」下四句,言作者至此,昂首噓氣,吞吐雲霧,醍醐灌頂,有如天仙。「白雲」下四句,言山下白雲,天風過耳,暫與俗境隔絕。末二句,言高處不勝寒,欲學鳧鳥舉翼高飛。詩中充滿仙道想像,與「天都」意境相合,而仙境與俗境,凡夫與脫俗對比,令人耳目新鮮。詩中「一覽今無餘」,「始知造化心」,「白雲涌腳根」似從杜甫〈望嶽〉詩[28]「一覽眾山小」,「造化鍾神秀」,「盪胸生曾雲」,變化而出。

再如〈登鯽魚背〉:

上有青冥之高天;
下臨不測之深淵;
山縹渺兮凌雲煙,
眼中無物當吾前,
仙乎仙乎吾其仙!(《興懷集》,頁 20)

此民國 30 年(1941)作。鯽魚背,亦在黃山。首二句由上、下觀察,言「鯽魚背」之高、之險。三句,有縹渺雲煙。四句,言高之極。末,轉言己是仙人嗎?托出此為仙境。表現技巧突出,有李白仙家思想。五句詩,自漢高帝〈大風〉三句即有,以後魏文帝〈燕歌行〉十五句,唐代王勃、李白、杜甫等等皆有奇數句詩。古來樂府民歌,隨興而作,詩句奇偶、順其自然而已,本詩亦蕭先生依當時情境而寫。

---

[28] 〔唐〕杜甫著,〔清〕錢謙益註:《杜工部集》(臺北:新文豐出版公司,1979 年),卷 1,頁 4。

又〈阿里山道中〉詩：

轆轆車輪轉，峯巒面面新。
五丁開混沌，百里入荒榛。
雲作崇朝雨，山藏太古春。
桃源如可就，願結九彞鄰。（《興懷集》，頁27）

此民國41年（1952）作者登臺灣阿里山道中作。首聯言車行阿里山道，面對峯巒，依次新貌。頷聯，以蜀王所生五丁開道故事，言開通阿里山道路，始能一見阿里山荒榛之地。腹聯，山高則雲雨時見，林木四季常春。末聯，憧憬此地為桃花源，願卜鄰為居。上阿里山，依次寫來，並用神話故事使詩更生動。

又〈宿黃山第一茅蓬〉（自註：「即慈光寺為登山入口處」），其詩云：

夜宿茅蓬接玉京，秋燈照徹夢魂清。
千峯寂寂月當午，露下松梢聞鶴聲。（《興懷集》，頁21）

此民國31年（1942）作。地點亦在黃山。首二句言秋夜宿黃山茅屋，三句，言午夜千峯寂寥，末，但聞松間鶴聲。如東坡〈後赤壁賦〉，鶴聲劃破天際，所謂「劃然長嘯，草木震動，山鳴谷應，風起水涌」，其境冷清。結尾有勁。末二句亦有王維〈鳥鳴磵〉：「月出驚山鳥，時鳴春澗中」意味。

又，〈久雨乍晴獨遊陽明山〉：

勝日胡為坐斗室，郊原況復櫻花開？
輕車破霧鴻脫網，清氣甦魂魚潤鰓。
後苑前林亂紫翠，流泉步磴交縈迴。
乾坤漸欲成火宅，據此自謂清涼臺。（《興懷集》，頁50）

詩作於民國 74 年（1985），臺北作。首二句言久雨乍晴，想像櫻花盛開，景色迷人，宜出遊。用問句方式，起首有力。三句，輕車獨遊，破霧而出，如飛鴻脫網，心中歡愉可知。四句，山上清新空氣，令人甦魂爽心。五六句，言陽明山林木紫翠，流泉步道，交相縈迴，美不勝收。七八句，以五臺山清涼臺，喻陽明山清新脫俗，不同凡俗喧囂、雜亂，同於火宅，不堪居住。比喻巧妙，清人耳目。

又，〈遊指南宮〉，其一：

無主林花爛漫，依山店舍高低。
夢到故園亭午，飯香時節雞啼。（《興懷集》，頁51）

其二：

風飽垂肩短袖，沙迎鞹底輕鞋。
辦得少年腰腳，全抛老大心懷。（《興懷集》，頁51）

其三：

見說洞庭三醉，岳陽樓上真人。
今日不曾歸去，萬家香火縈身。（《興懷集》，頁51）

其四：

假日橋頭花市，萬千紅紫成堆。
怎及凌霄殿下，三枝兩朵初開？（《興懷集》，頁51）

其五：

鼎盛仙宮呂祖，香濃寶殿如來。
冷落文宣王府，門牆長了莓苔。（《興懷集》，頁51）

其六：

前番點點青丘，今番處處高樓。
禁得幾番削剗，十年賭盡山頭。(《興懷集》，頁51)

此六首組詩，民國74年（1985）臺北作。「指南宮」位臺北木柵。本詩六首皆用六言詩句。就形式言，較特殊。王維《王摩詰文集》卷六有〈田園樂〉七首，用六言體。[29] 語言節奏，與五七言詩不同。蕭先生此作或承繼王摩詰六言體。本詩第一首，作者往指南宮，隨山勢高低，路旁野花爛漫。三句，轉至夢境思歸，家園中午時分，一邊用膳，一邊聽雞啼叫。其二，山上風沙大，著短袖、輕鞋。三句，已如少年腰腳，直奔山上。四句，忘卻自己年紀老大。其三，指南宮供奉八仙之一呂純陽洞賓，傳說呂洞賓三醉湖南岳陽樓，已思念別家久，而萬家來此上香火，由呂洞賓引起思家情緒。其四，橋頭花市，花朵萬紫千紅，而指南宮凌霄殿下，只二三朵初開，難以相比。說賣花處萬紫千紅，而凌霄寶殿下，卻是冷清，有託意。其五，臺灣佛道鼎盛，祭拜者多，唯孔子儒家文化，少有朝拜，忽略儒家教育，令人噓唏！其六，昔日指南宮地處僻遠，青樹茂林，今則開發殆盡，處處高樓，不同往昔，再過10年，可能遍山盡赤，只有高樓，不見青翠山頭矣！後面三首，作者有感而發。

又，〈四月十四日遊指南山〉二首，其一云：

不因休務始登攀，草帽膠鞵任往還。
石腳樹根容坐久，天公寬賜乃公閒。(《興懷集》，頁52)

其二云：

霧散長天開寶鏡；雨餘芳草進蘭湯。
洗將表裏一時淨，始信森林是浴場。(《興懷集》，頁52)

此蕭先生於民國75年（1986）作。遊指南山時，蕭先生已退休。第一首

---

[29] 〔唐〕王維：〈田園樂〉7首，《王摩詰文集》（上海：上海古籍出版社，2003年），卷6，頁6。

首句言「不因休務始登攀」，言平時既常來此攀登。言攀登時，著草帽、球鞋，十分自在。三句，轉，既登山上，在石邊樹根休歇，四句，天公對我厚賜，有餘閒登山，不必操勞雜事。第二首，雲霧散去，太陽光照，猶如打開寶鏡，跟前時雨及蘭花香草時天空一片烏雲不同。三句，由二句出，前時雨滴，洗盡大地，忽覺大地清新，草木放香，即末句「始信森林是浴場」，洗滌林木，亦洗滌身心。詩中亦表達作者閑適心情。

（二）臨水詩

次就臨水詩言。

臨水詩如〈汎大江即景〉：

帆腳天斜風突兀；船頭出沒水崎嶇。
群山據岸青成列；孤塔黏天白欲無。（《興懷集》，頁11）

詩作於民國26年（1937）。大江，指長江，時蕭先生往來於南京、廬山間。首言風起突兀，帆桿傾斜；二句承上，船受風影響，上下浮沉。三句，轉至船外，見群山成排，岸邊林木青翠。四句，忽見青山中，孤塔矗立，與天相接，塔天一色，幾乎無法辨識，亦近佛教「無」（空靈）之境界。詩境層層上推。

又，〈行次九江游甘棠湖〉：

歌管無聲畫舸藏，千家碪杵搗秋霜。
分明一帶垂楊樹，憶到金陵便斷腸。（《興懷集》，頁12）

此民國26年（1937）作。船泊江西九江甘棠湖。甘棠湖，一名景星湖，又名李渤湖。首言船泊江西九江甘棠湖，不聞歌管，二句，正值秋日，但聞處處碪杵搗衣聲。三句，轉變視野，遍地垂楊。末句，憶及金陵亦垂楊絲絲，陷入爭戰紛擾，令人不勝唏噓！詩亦感時。

又，〈舟次沅陵〉：

輕車發漁岸，晡食到沅陵。
綺散暮山紫，鏡空秋水澄。
楚音雜吳語，翠袖障華燈。
饒有昇平氣，流亡似未曾。(《興懷集》，頁 13)

詩作於民國 27 年（1937）。沅陵，在湖南沅水邊，或稱辰州。首言漁水出發，下午及至沅陵。可以看到晚山紫色，秋水澄靜。人則吳楚，華燈雜錯翠林之中。末二句感言，自流亡逃難以來，此處未見烽火，並有昇平景象。以此反襯當時戰爭背景。寫景詩而有思國懷鄉之意。

又，〈舟近宜昌市〉：

大野行看盡，江流漸有聲。
都門成遠別；蜀道忽前橫。(《興懷集》，頁 14)

此民國 27 年（1937），舟近江西宜昌。首言一路行船，看盡郊野景色。次言船近宜昌，船距陸地漸近，江流水聲漸喧。三句，離開南京後，不知何時再見？末句，忽見蜀山已橫前頭。詩言舟近宜昌所見、所聞之景，亦有憂國之心。寫景有咫尺千里之勢。

又，〈海水浴〉：

海畔風光好，清游夏最宜。
花浮紅菡萏，人浸碧琉璃。
小艇輕於葉，柔波滑似脂。
浮沉君莫問，聊學弄潮兒。(《興懷集》，頁 24)

詩作於民國 35 年（1946）。在山東青島任新聞處長作。首二句，言青島近海邊，夏日宜游泳。頷聯，水上有荷花，人入琉璃（學名青金石）般碧水游泳。對仗工。腹聯，水上有小艇，波滑如脂，光艷照人。對仗亦工。尾聯，言己學習游泳，不必問泳技高明與否。詩中充滿生活樂趣。亦自我解嘲。

此外如〈雲漢池觀魚〉:「結隊從容碧水濤,濠梁有客最知音。客心未抵魚心樂,分取魚心樂客心。」(《興懷集》,頁 53)。就觀魚之樂取景,「分取魚心樂客心。」又,〈海峽〉詩云:「海峽風塵斂,鄉園涕淚滋。謀皮驚眾醉,抱布嘆氓蚩!故土非吾土;今時異昔時。今行惟荷鍤,翻笑首丘癡。」(《興懷集》,頁 57)。感慨海峽彼岸,由於政權的轉變,昔日故土已非吾土,時代異於往時。

(三) 遊覽詩

遊覽詩包括紀遊和行旅。

蕭先生博學多聞,除行遍大陸許多地方,甚至到各國遊歷、訪問,往往達之於詩。現在順著《興懷集》先後次第,說明如下。

如〈廬山過東林寺〉:

一百八盤山下路,一百八杵山寺鐘。
東林近在遠公遠,我生猶幸聞蓮宗。(《興懷集》,頁 11)

此民國 26 年(1937)在江西廬山東林寺作。首言往東林寺山坡路一百八級,聽聞一百八響鐘。李白〈廬山東林寺夜懷〉有:「霜清東林鐘。」[30] 由清澈鐘聲消除人世一百八煩惱。三句,已至東林寺訪問,而曾在此修行晉末高僧慧遠雖已去遠,佛教並不因此失傳,仍然在此可聽聞佛理。詩純白描。由山路、寺鐘、慧遠點染,意象清晰,紀遊,敘述層次。

又如〈棲賢橋夜坐〉:

急瀨發清響,冰壺釀瓊液。
露冷月華滋,寺樓深夜白。(《興懷集》,頁 11)

此亦民國 26 年(1937)作。棲賢橋在江西。首由急流水聲說起。二句,

---

[30] 李白:《李太白文集》(上海:上海古籍出版社,2003 年,康熙繆刻本),卷 21,頁 5,〈廬山東林寺夜懷〉云:「我尋青蓮宇,獨往謝城闕。霜清東林鐘,水白虎溪月。……」。

言水色,如冰壺倒出瓊液。鮑照〈白頭吟〉有:「清如玉壺冰」[31]句。三句,轉至夜坐,地上草露冷,想天上月華更冷,一實一虛。四句,由月冷,轉月之白,而棲賢寺樓之白。本詩由水聲,層層轉至色,而天上月,地面寺樓,月照之下,月白、景白,水聲不斷,動靜之間,一片天然。亦紀遊之作。詩有視覺、味覺、聽覺美感。

又,〈牯嶺雪後即景〉:

枝頭馱殘雪,天半瀉晴霞。
霞雪偶相映,滿林紅杏花。(《興懷集》,頁11)

牯嶺,亦在江西。首由題意雪後紅杏枝頭尚留殘雪說起。二三句,雪後初晴,晴光直下,日光與雪輝映。末句,紅杏花滿林,即牯嶺雪後景。詩由枝頭殘雪,雪後晴光,嶺上霞雪相映成趣。末,轉至紅杏花,在雪後特別嬌豔,不待言矣。

又,〈黃昏詣文殊院結跏處〉:

文殊趺坐處,石痕今宛然。
惜我獨來晚,不當文殊前。
乃復坐其所,此美無由專。
跬步蹈窦白,靜觀參重玄。
左拍天都頂,右按蓮華巔。
龍象勇護持,師子音徹天。[32]
前谷黝然黑,莽莽橫蒼烟。
明霞散奇采,舒卷鋪紅縣。
眾峯聳醜怪,視之當以妍。
微妙[33]超言說,丹青安能傳。

---

[31] 〔南北朝〕鮑照,黃節注:《鮑參軍詩》(北京:人民文學出版社,2008年),卷1,頁26,〈代白頭吟〉其詩云:「直如朱絲繩,清如玉壺冰。」
[32] 自注:天都蓮華龍象師子皆環院諸峰名。
[33] 詩中,「微紗」的「紗」字,據蕭先生自校本改為「妙」字。

> 西方有樂土，吾嘗聞佛言。
> 彼土極光明，七寶炤青蓮。
> 望之在咫尺，爛此孤星懸。
> 即座禮文殊，與佛生因緣。（《興懷集》，頁 19）

此為蕭先生民國 30 年（1941）在安徽黃山作。文殊，梵語曼珠室利（Manjusri）音譯，妙德、吉祥義。法身、般若、解脫三德之菩薩，與普賢相對，在釋迦牟尼左側，駕獅子。趺坐，腳指壓在股上坐，圓滿安坐。《婆沙論》[34]：結跏趺坐，是相是圓滿安坐之意。本詩首四句，言作者來此文殊菩薩圓滿安坐處，石上宛然留有痕跡。接言來之稍晚，不在文殊之前，不及與菩薩相見，有些遺憾。詩句神而有力。「乃復」四句，雖不及見，積步至此參訪菩薩談玄之處，復坐於此，亦屬幸運。「左拍」下四句，言文殊結跏處，居高位，左為天都峯，右為蓮華峯，並有龍象峯、師子峯護持，使人聯想佛經所說，龍象具有神力，而如來說法，外道、惡魔懾伏徹天聲音意象。「前谷」以下四句，言山谷黝黑，莽蒼雲氣，彩霞中射出異彩，卷卷舒舒，陽光射下，如紅色絲綿。「眾峯」下四句，言週遭山峯聳立、形貌怪特，令人歎美，非畫工所能臨摹。「西方」下四句，轉至佛說西方有樂土，七寶照蓮花之地，襯托此地環境之幽美。「望之」下四句，西方樂土近在咫尺之地。來此禮文殊之餘，亦與佛結緣。紀遊之作。全詩意境曲折，景、境、語言與佛典息息相關，難能而可貴。

又如〈與吳企雲遊祁門行抵閃里〉：

> 夕陽照墟落，林表受餘暉。
> 霜勁黃華瘦；風乾丹柿肥。
> 寇深憂戰火；世亂賤儒衣。
> 倦鳥投林晚，山村一款扉。（《興懷集》，頁 21）

---

[34] 據丁福保編：《佛學大辭典》（臺北：天華出版社，1987 年），頁 1880，《婆沙論》是《阿毘達摩大毘婆沙論》之略名。又，據〔日〕中村元編：《佛教語大辭典》（東京：東京書籍株式會社，1991 年），下卷，頁 1097，言「婆沙」為毘婆沙之略，廣說之意。

此為民國 32 年（1943）在安徽屯溪作。首句來自王維〈渭川田家〉詩，「斜陽照墟落」。二句，承上，林表尚留太陽燦爛餘輝。頷聯，言秋景，菊花瘦，柹（柿）子紅。腹聯，憂國事，戰火蔓延，儒生不受重視。末聯，回歸題面，與吳企雲遊祁門，如倦鳥投宿，閃里山村款待過宿。詩由秋天夕陽寫起，次言菊、柿秋景，轉至戰火，儒生奔波於途，只得投宿山村。作者寫時、寫景，亦有感於世情。遊覽詩而有悽愴之意。

又，〈漢城機上作〉：

偶尋劫隙御風游，腳底晴雲冉冉浮。
鄰壞明知非故國；客身粗喜近中州。
戎機虛費將軍略；廟算偏教豎子謀。
一線依然界南北，不堪遙望鴨江頭。（《興懷集》，頁 33）

此為作者民國 53 年（1964）在漢城飛機上作。首言趁著閒暇至漢城乘機遊覽，機下晴雲冉冉。頷聯，地面，鄰境北韓，並非中國，卻喜接中國土地。腹聯，言南北韓分界，未能統一，則將軍謀略虛費，而豎子不足以成事（用《史記》鴻門宴典故）。末聯，依舊南北韓分立，不忍遠眺中國。有悽愴之意。思念大陸故國之情，溢於言語。

又，〈挈東兒游加州聖地埃哥途中即景〉：

一杯春露幻重洋，極目天西即故鄉。
天到盡頭愁不盡，海波紅沸煮積陽。（《興懷集》，頁 36）

此民國 54 年（1965）作。東兒指蕭先生獨子蕭東海。該年，蕭先生至美國講學。並與子東海游加州聖地埃哥沿途風景。詩中首句來美國作客，猶如幻夢般。次言，在美國眺望，極西之地是中國，故鄉所在。亦有夢幻之感。三句，再從極西中國講起，思念家鄉，鄉愁不盡。末，點時，正是夕陽日落方向，太陽在海面，猶似沸水煮著夕陽。寓意、想像出人意外。

又如〈登洛瑪岬古燈塔口占〉自注：「感恩節攜東兒遊聖地埃哥

（San Diego），登洛瑪岬（Point Loma）燈塔。廨中具筴索題，因書一絕句。」（《興懷集》，頁36）其詩云：

> 天畫蛾眉好，長堤青一彎。
> 胸開滄海闊，心共白鷗閒。（《興懷集》，頁36）

詩亦作於民國54年（1965），蕭先生在美國作。首言洛瑪岬彎曲，有如美女畫眉，是天作之巧。三句，遊外景轉向內心世界，作者來至岸邊，滄海遼闊，心胸為之開朗。末，直指內心，與天上白鷗閒適。透露作者此時悠閒心境，令人羨慕。此亦為紀遊之作。

又，〈飛度洛基山機中書示鄰座〉：

> 不見雪花二十年，今朝飛度雪山巔。
> 窺窗一覺還鄉夢，塞北風光到眼前。（《興懷集》，頁36）

此為民國55年（1966），蕭先生洛基山飛機上作。民國39年（1950）蕭先生離開大陸來臺，臺灣氣候炎熱，冬天不下雪，「不見雪花二十年」。二句，現實，來美飛度洛基山。三句，見雪山引起聯想、夢想還鄉，只在窺視窗外，得到片刻的滿足。末句，來自前句，彷彿見到塞北風光。本詩詩境迴環，甚佳。

又，〈遊慶州石窟庵佛國寺〉：

> 絕海穿雲一葦杭，遠游聊為看山忙。
> 川流後水隨前水，木葉深黃間淺黃。
> 古寺寒林巢鸛鵒；崇陵衰草臥牛羊。
> 瀛嶠亦有興亡史，石佛無言應斷腸。（《興懷集》，頁39）

此首於民國60年（1971），蕭先生在韓國慶州石窟庵佛國寺作。首聯乘飛機至韓國慶州，猶如當年達摩乘葦渡江；純為瞻望坐落山邊石窟庵佛國寺。次聯，言佛國寺周遭風景，後山之水注入前川，木葉漸次著黃，

亦言時序屬秋。腹聯，寺邊樹林鸛鵑築巢，山上高大陵墓旁牛羊喫草休息。末聯，引起興亡之感，不論中韓皆如此，想像石佛有靈亦斷腸。

又，〈游湄南河支流水上市場實無可觀〉：

湄南河畔水兼沙，敗葦枯楊屋柱斜。
艇子去來招遠客，尋幽真悔到天涯。（《興懷集》，頁43）

此民國63年（1974）作者至曼谷遊游湄南河支流作。首言湄南河畔水沙混雜，不清澈。次，但見河邊敗葦、枯死楊樹，屋柱傾斜，一片荒蕪景象。三句，雖景象荒涼，遊艇主人討生活，去來穿梭招客。末句，作者悔恨到此蠻荒之地旅遊。以應題目「水上市場實無可觀」。本詩作遊覽詩，記遊覽實情，為行旅之作。亦可作臨水詩。

又，〈曼谷玫瑰園即目〉：

雨過名園洒路塵，平川麼浪戲游鱗。
蒼生那得如魚樂，不待濠梁辯始真。（《興懷集》，頁43）

首句點題「玫瑰園」雨中過訪泰國曼谷。二句，承上，觀看魚在河川戲浪。三句，就魚戲水之樂，引發人生感慨。末句，不須如莊子、惠施辯魚之樂。而魚之樂，自然可知。勝過人之勞累奔波，人不如魚之樂也。由遊覽而轉至人不如魚之樂，順應詩意境變化，自然。亦為行旅所作。

〈宿雅加達〉自注云：「印尼地大物博，而積弱不振。國中建設，不外馬坷歌麼。貧富懸殊，尤為隱患。」（《興懷集》，頁43）其詩云：

被褐懷珠未是貧，徒從爵馬鬥尖新。
眼前無數溝中瘠，隱患何人勸徙薪。（《興懷集》，頁43）

此蕭先生於民國64年（1975）至印尼宿雅加達作。其序指出「印尼地大物博，而積弱不振」，「貧富懸殊，尤為隱患」。首二句「被褐懷珠」，

「從爵馬鬥尖新」，追求頂尖新潮，言富者自富，三四句，「眼前無數溝中瘠」，貧者填溝渠，「慮患何人勸徙薪」，民不安定，薪水不加，憂慮跳槽。此宿雅加達有感貧富懸殊而作。行旅所作。

又，〈印尼金山本哲坐雨〉：

車入層雲障碧紗，山樓坐聽雨如麻。
有人飛渡蓬萊水，來喫蠻荒阿穆茶。（《興懷集》，頁43）

自注云：「阿穆茶，assam tea 之粵音正譯，印度 Assam 州所產。通常譯作阿薩姆。」（《興懷集》，頁43）金山本哲位在山上，故言「車入層雲障碧紗」。二句「山樓坐聽」以應金山本哲位置；「雨如麻」，聽樓外雨聲，如麻豆撒地，叮叮咚咚。三句，轉至作者，由臺灣（蓬萊）飛渡來此；四句，來此品嘗阿薩姆茶，蘊藉。

又，〈桂離宮〉：

樹老苔深石徑斜，茅簷土竈劣烹茶。
天人舊館今何似？不及尋常百姓家。（《興懷集》，頁44）

此蕭先生於民國64年（1975）至日本訪問作。「桂離宮」為日本貴族宮殿。首言桂離宮殿不似往日繁盛，「樹老」、「苔深」、「石徑斜」，皆言其老舊、荒涼。剩下茅屋、土竈，甚至煮茶都困難。三句，言「桂離宮」昔日天人舊館，富貴之地。末，借劉禹錫〈烏衣巷〉「舊時王謝堂前燕，飛入尋常百姓家。」詩句引起感慨，今日殘敗景象，昔日宮殿已不及尋常百姓住家。

又，〈二條城〉：

濬洫崇墉罨畫林，權臣邸宇故沉沉。
早知勳業終流水，虛費吳廊伏甲心。（《興懷集》，頁44）

自注:「地為德川家康（1542-1616）之行營。寢所長廊,雖潛行亦有聲,所以防暴客也。」(《興懷集》,頁 44) 此為蕭先生民國 64 年（1975）至日本德川家康行營「二條城」。寢所有長廊,潛行亦有聲,以防刺客。二句言「權臣邸宇故沉沉」即是。首句則言其外貌之美。三句,感慨,古來勳業隨流水而去,是費盡心機建構巧妙長廊以防刺客,是作「虛功」。詩有餘響。

又,〈宿日光龍宮殿〉:

綺疏明檻淨無塵,一枕清酣自在身。
絕羨蓬瀛好風物,微嫌風物勝於人。(《興懷集》,頁 44)

此亦民國 64 年（1975）蕭先生至日本宿光龍宮作。首言光龍宮清靜無塵,宮殿主神自在。三句,轉言宮殿之美,勝於人,有諷刺意味。

又,〈風雨游箱根宿蘆之湖及明小霽〉:

海上尋仙不見仙,看山空費草鞋錢。
誰知一夜瀟瀟雨,淨洗烟鬟侍枕邊。(《興懷集》,頁 45)

此亦民國 64 年（1975）蕭先生在風雨中游日本箱根,宿蘆之湖,及明小霽。首二句虛言,尋仙不得。三句,轉現實,在風雨中,宿蘆之湖,「淨洗烟鬟侍枕邊」,則言山明水秀。

（四）閑適詩

閑適詩,在於閑暇賞景,表現悠然自得心境。

如,〈荒園〉:

不道荒園辦冶春,朱朱白白忽紛陳。
巡簷俊鳥解窺客,入座好風時醉人。(《興懷集》,頁 38)

此首民國56年（1967）蕭先生作。在臺中東海大學校園內。首言居處東海校園似荒蕪，卻踏春冶遊，在白日照耀下，花朵朱朱白白，春氣蓬勃。三句，屋簷角落俊鳥棲息，屋內外之人，偶作窺視俊鳥外貌。末句，此刻坐擁春風令人陶醉。在校園內寫景，景物似蓬萊。

又，〈臺北植物園賞新荷〉，其一：

紅酣翠匝鬥嬋娟，看到荒蘆斷葦天。
莫為彫殘暗惆悵，今朝新綠又田田。（《興懷集》，頁45）

其二：

日涉園池損砌苔，夫容新見一枝開。
平湖打槳蘅皋約，往事悠悠入夢來。（《興懷集》，頁45）

其三：

子午蓮開太瘦生，難將菡萏鬥豐盈。
亭亭玉立姍姍影，冉冉相傳脈脈情。（《興懷集》，頁45）

其四：

宿醉厭厭眼倦開，粉腮紅暈費人猜。
小姑出墮相思障，盼斷蜂媒蝶使來。（《興懷集》，頁45）

其五：

豆蔻初春未是嬌，嫣紅侵頰漲情潮。
老夫久脫燕支陣，小立移時意也銷。（《興懷集》，頁45）

此為蕭先生於民國66年（1977）至臺北任國民黨新職，至植物園賞新荷作。第一首，言新荷花紅葉翠最為美好，即便凋枯亦有一番景象。三四句轉，不必為昔日荷花凋萎惆悵，今朝又是一翻新葉。二首，取《古詩

十九首》「涉江采芙蓉，蘭澤多芳草」事，見芙蓉（荷花）新開，憶昔玄武平湖打槳遊興，舊事入夢。三首，子午時見新荷初放，已亭亭玉立，四處脈脈傳香。四首，新開荷花之美，如宿醉美人慵懶，粉腮紅暈，似相思有情之人，企盼蜂蝶來使。五首，初春荷花未放，夏荷嫣紅，如美女情懷。三四句，言己年齡已長，見此美艷之花，意亦銷魂。則荷花之美，不言可喻。詠物而極巧妙。

又，〈植物園所見〉：

宵來豪雨漲前溪，水面浮萍欲上堤。
一路荷花新得意，紛紛開向小橋西。（《興懷集》，頁 47）

此為蕭先生於民國 68 年（1979）臺北任職正中書局董事長作。首言夜來豪雨，溪水暴漲，水面浮萍隨水漲而高。三句，順上意，荷花新開，順著水漲，橋之西面偏多。詩中一幅天然景象，不必多費筆墨，而植物園之美，自然浮現。

又，〈壬戌十一月二十九日偕內子植物園看梅〉：

丹鉛鹽米作生涯，儒素家風澹不華。
三十年來忙裏過，今朝攜手看梅花。（《興懷集》，頁 49）

此民國 71 年（1982）11 月作，蕭先生與夫人至臺北植物園賞梅。表達閒適之情。

又，〈乙丑冬日坐臺灣大學醉月湖畔作〉：

稍謝塵紛累，今真賦遂初。
閒閒仍捉麈，到此輒停車。
曉露蘇髡柳，晴漪聚凍魚。
觀河驚面皺，一瞬十年餘。（《興懷集》，頁 51）

自注云：「湖實非湖，只三小池耳。十餘年來，予授課前必繞池散步，

幽懷政亦不惡。」(《興懷集》，頁51)此為蕭先生於民國74年(1985)作。臺大「醉月湖」，雖稱作「湖」，其實三小池而已。蕭先生自民國64年(1975)離開東海大學(臺中)，至臺北任國民黨職，亦在臺大兼課，有11年授課前必繞池散步。遂初，遂其隱退之初心。晉朝孫綽有〈遂初賦〉。蕭先生此時亦已卸任正中書局董事長。得以教書之餘，停車觀賞池邊柳樹，晴日看池中游魚相聚，怡然自得，在水波下，凝然不動，如柳宗元〈至小丘西小石潭記〉，言「潭中魚」，「日光下澈，影布石上，怡然不動」，如蕭先生言有如「冰凍」之魚，描寫頗為特出。

（五）小結

由上面所述寫景詩，不論登山、臨水、遊覽、閑適等方面，蕭先生詩作，大體說來，結構富於起承轉合變化，妙用典故，使詩的內涵更加婉轉、曲折；作品中，或比喻巧妙，清人耳目，如〈久雨乍晴獨遊陽明山〉，或借景抒情，如〈登黃山望奕仙峯〉，〈巫山高〉，有感戰爭而作，亦見蕭先生憂國、愛國情操。又如〈遊指南宮〉感慨儒家文化不受重視，令人唏噓！該地處處高樓，樹林砍伐殆盡，令人憂心，如〈舟近宜昌〉亦有憂國之心。〈宿雅加達〉，有感貧富懸殊，〈與吳企雲遊祁門行抵閃里〉，言儒生奔波於途，只得投宿山村，等等皆緣情感作。再如〈漢城機上作〉，思念大陸故國之情，溢於言語。而〈黃昏詣文殊院結跏處〉，意境曲折，兼用佛典，十分不易。至於〈臺北植物園賞新荷〉，〈植物園所見〉，〈乙丑冬日坐臺灣大學醉月湖畔作〉，〈四月十四日遊指南宮〉等詩，表現閑適之情，怡然自得，令人神往。

三、感懷

鍾嶸《詩品》云：

若乃春風春鳥，秋月秋蟬，夏雲暑雨，冬月祁寒，斯四候之感諸詩者也。嘉會寄宿以親，離群託詩以怨。至於楚臣去境，漢

妾辭宮，或骨橫朔野，或魂逐飛蓬，或負戈外戍，殺氣雄邊，寒客衣單，孀閨淚盡，或士有解佩出朝，一去忘反，女有揚蛾入寵，再盼傾國。凡斯種種，感盪心靈，非陳詩何以展其義？非長歌何以騁其情？[35]

詩本情性，賦詩得情性之真。宋代詩話（如黃徹《䂨溪詩話》、魏慶之《詩人玉屑》、王直方《王直方詩話》等等）所論甚多。然則，作者必感於四時，感於嘉會，感於分別，或入寵、或解佩出朝，皆令人感盪心靈，因以賦詩。換言之，作者有感四時變化，人間聚散，或得寵、失寵，搖盪心靈，皆可以成詩。元‧楊載《詩法家數》云：「詩不可鑿空強作，待境而生自工。或感古懷今，或傷今思古，或因事說景，或因物寄意。」[36] 因時、因事、因物而作，或以寄託，則詩自佳。正如明‧徐禎卿《談藝錄》云：「情者，心之精也。情無定位，觸感而興，既動於中，必形於聲，故喜則為笑啞，憂則為吁戲，怒則為叱吒。」[37] 一樣的道理。所以說，感懷詩是因為人們感於四時早晚，或聚或離，或事業上得與失、禍或福，或觸景生情而產生的作品。

感懷詩重在抒情，而可抒之情貴真，貴出己意，表現技巧尚曲折。正如袁枚在〈答何水部〉云：「若夫詩者，心之聲也，性情所流露者也；從性情而得者，如出水芙蓉，天然可愛。」[38] 袁枚《隨園詩話》云：「凡作人貴直，而作詩文貴曲。孔子曰：『情欲信，詞欲巧。』孟子曰：『智譬則巧，聖譬則力。』」[39] 即是此番意思。

蕭先生感懷之作，分為：追憶往事，豁達、平淡人生，忠愛國家情操，關懷國際，親情，感時懷鄉等部分論述。

---

[35]〔南朝梁〕鍾嶸：《詩品》，收入何文煥編：《歷代詩話》（臺北：藝文印書館，1971年），頁3。

[36]〔元〕楊載：《詩法家數‧總論》，收入何文煥編：《歷代詩話》，頁12。

[37]〔明〕徐禎卿：《談藝錄》，收入何文煥編：《歷代詩話》，頁3。

[38]〔清〕袁枚：《小倉山房尺牘》（清光緒18年〔1892〕上海圖書集成印書局排印本），卷7，〈答何水部〉，頁8。

[39]〔清〕袁枚：《隨園詩話》（清光緒18年〔1892〕上海圖書集成印書局排印本），卷4，頁5。又參考王建生：《袁枚的文學批評》（臺北：聖環圖書公司，2001年），頁354。

（一）追憶往事

蕭先生追憶往事之作如〈雜憶詩〉，其一，自注：「二十四、五年間旅學京師（指南京）時事。」（《興懷集》，頁 16）詩云：

> 青苔平滑烏衣巷，綠樹扶疏紅紙廊。
> 野戰歸來塵滿面，長鳴吹送飯微香。（《興懷集》，頁 16）

其二，自注：「二十五年遊滁之瑯邪今同游星散徒縈夢寐。」（《興懷集》，頁 16）詩云：

> 記得輕驟駕小車，醉翁亭畔看琅琊。
> 當年粉黛圍身地，應有銜輈輾落花。（《興懷集》，頁 16）

其三，自注：「二十七年居芷江、沅水校經堂。」（《興懷集》，頁 16）詩云：

> 柚子花香四月初，鵓鴣聲裡雨如酥。
> 綠陰無限江南意，道是江南卻不如。（《興懷集》，頁 16）

其四，自注：「芷江遊桃花溪。」（《興懷集》，頁 16）詩云：

> 潕溪春水碧如烟，風送漁郎曬網船。
> 說與外人渾不信，桃花深處即桃源。（《興懷集》，頁 16）

其五，自注：「成都少城公園入夜有秦淮風味。」（《興懷集》，頁 16）詩云：

> 登盤初進麻蘋果，上市新來生荔枝。
> 試向名園尋晚步，秦淮河畔夜燈時。（《興懷集》，頁 16）

其六，自注：「泊舟宜昌偕同學漫步江干竟得三游洞讀刻石始知白蘇而後代有俊游皆三人行也。」（《興懷集》，頁 16）詩云：

> 彝陵江上漫尋幽，千載名賢跡並留。
> 自笑狂生最無似，雙攜仙侶續三游。（《興懷集》，頁 16）

其七，自注：「小梅厂在巴縣土橋境幽邃二十八年嘗游其地」。(《興懷集》，頁 16) 詩云：

近市梅盦深復深，碧桃夾路紫藤陰。
依然庭院多修竹，翠袖天寒不可尋。(《興懷集》，頁 16)

上述七首詩為民國 29 年作，「雜憶」民國 24（1935）至 28 年（1939）間事。共七首。

第一首，蕭先生記憶民國 24、5 年（1935、36）間，在南京中央政治學校（南京紅紙廊，後改稱政治大學）[40] 讀書情形。首言烏衣巷，昔日貴族式微，今日已青苔平滑，返回校舍綠樹扶疏。三句，轉上野戰課歸來，滿面塵土。四句接上，上野戰課，疲憊、飢餓，只聽得長鳴喇叭聲送來飯香，準備就食。此回憶昔日南京學校生活。

第二首，民國 25 年（1936）至安徽滁縣遊琅琊山，宋代歐陽脩曾官此處，並作〈醉翁亭記〉。故本詩首二句，言當時駕輕騾小車，遊覽歐陽脩昔日所遊醉翁亭，看琅琊山。三句，轉至六朝，故言「當年粉黛圍身地」，末句，承上，如今戰車輾落花，有感於戰事，造成友朋之星散。

第三首，作者居芷江、沅水校經堂。首言 4 月柚子花香，雨中鵓鴣鳥啼，一片綠意似江南，猶勝江南之盛。

第四首，言春天潕溪碧綠春水煙波浩渺，和風徐徐，水上漁夫在船上曬網，此處遍桃花，外人或許不信，想當然的，桃花深處即是桃花源。

第五首，作者言成都有「麻蘋果」、「荔枝」，少城公園，入夜之後有秦淮風味。

第六首，作者泊舟宜昌，與同學漫步岸邊，但見留有白（居易）、蘇（軾）刻石。末言己之來游，同於古人，皆三人行，亦巧合。

第七首，作者至巴縣小梅盦土橋境，故言「近市梅盦」，此次重遊，

---

[40] 該校為蔣委員長中正先生創辦。又據李松林、陳太先著：《蔣經國大傳》（北京：團結出版社，2002 年），頁 237。據該書云：「蔣經國回到關內，一度被任命政治大學教育長。」

夾路有碧桃，紫藤，庭院人家依然多修竹，取杜甫〈佳人〉詩：「天寒翠袖薄，日暮倚修竹」[41]句意，言人事已非，令人惆悵。詩富神韻。

又如〈靜夜〉詩：

> 靜夜雨已過，孤舟人初歸。
> 掬水弄素月，流螢分清輝。
> 笑語雜雅俗，論詩爭幽微。
> 往事繫夢寐，天涯今分飛。
> 記取此夕飲，襟懷毋相違。（《興懷集》，頁17）

此蕭先生27歲在安徽屯溪作。前四句言景，夜雨，孤舟人歸，天上明月與流螢分輝。「笑語」二句，言友人相聚，爭論詩意，語有雅俗，意爭隱微。「往事」二句，勾起鄉愁，家人四處分散，不勝噓唏！末二句，言此次飲宴，值得記憶，莫相忘也。此感懷戰爭引起的亂離，多感傷。

又如〈海上作〉：

> 巖居三十年，胸次饒塊磊。
> 無以鳴不平，結念慕滄海。
> 挂席出春申，乘風向膠澥。
> 漸覺天宇寬，一碧了無礙。
> 雪浪捲晴空，綺霞散奇采。
> 晝夜逝百川，浩瀚渟千載。
> 把注誰其司？茫茫託真宰。
> 造化信神偉，眾生徒傀儡。
> 一髮望中原，舉目河山改。
> 洚水苦橫流，生民供菹醢。
> 乘桴非所甘；投艱力已殆。
> 何時見清晏？拭目吾其待。（《興懷集》，頁23）

---

[41] 〔唐〕杜甫著，〔清〕錢謙益註：《杜工部集註》（臺北：新文豐出版，1979年），卷3，頁3。

此民國 35 年（1946）蕭先生在青島作。首言自己在陸地生活 30 年，胸中多有不平磈磊。為了消除心中磈磊，想往大海遊覽。於是揚帆出山東（春申，春申君，戰國四大公子之一，居山東），向膠洲灣出發，漸覺海面寬闊，碧藍的海一望無盡。「雪浪」下四句，言海上所見，晴空下，雪般浪花不斷翻起，隨著美麗的彩霞四處散射，在這百川匯聚的海面。「挹注」下四句，言茫茫世界，唯賴神明造化，眾生勞碌奔波，亦不過傀儡。「一髮」下四句，看看中原，大半淪落，遍地赤色（洚水，指中共）橫流（佔據大半中原），生民只供其驅馳、宰割。末四句，乘舟出游有如孔子不得已乘桴於海（《論語・公冶長》）非所願。蓋天下亂象已生，己亦盡力，又不知等待何時天下清平。前半敘事、言景。詩末在於感懷。

又如〈灌園〉：

簪筆事彫蟲，壯夫所不屑。
豈容七尺軀，徒懷徑寸鐵？
八荒伏殺機，九鼎方阢陧。
彊寇尚鷹瞵；時賢工鼠竊。
人微實無補，退將養吾拙。
不如向寒圃，抱甕汲清洌。
豆蔓自攀牽。菘[42]韭漸成列。
欣欣有生意，茹之亦芳潔。
嘗聞肉食鄙，益信菜根別。
生不慕何曾，一飽良易得。（《興懷集》，頁 24）

此蕭先生於民國 36 年（1947）33 歲青島作。詩中作者首言平日事文墨，壯夫所不為（揚雄典故），豈可一生懷此「徑寸鐵」？「八荒」下四句，言天下大亂，中共乘勢而起，而時人工於投機。「人微」下四句，言己人

---

[42] 「菘」字，原作「松」，據蕭先生《興懷集》自校本，（整理蕭先生書籍發現），改作「菘」，指白菜。潘富俊：《中國文學植物學》（臺北：貓頭鷹出版社，2011 年），頁 227，引沈約〈行園〉詩有：「初菘向堪把，時韭日離離。」

微,無補於國事,只得藉書養拙,亦如淵明言己「才拙性剛」。並引樊遲請學稼故事(語出《論語・子路》),想種田歸隱。李白〈贈張公洲革處士〉有「革侯遁南浦,常恐楚人聞。抱甕灌秋蔬,心閑遊天雲。」[43]句。「豆蔓」下四句,所栽豆子、白菜、韭菜漸成列,欣欣向榮,食之亦覺芬芳,足以安慰。末四句,古有肉食者鄙[44]說法,與菜根香者不同。平生不慕何曾日食萬錢,但飽一餐即可,言知足可以常樂。詩中表達處於動盪社會,感慨世道,己又才拙,不如過平淡、平實生活。

(二)豁達、平淡人生

蕭先生感懷詩,表達豁達、平淡人生作品如〈歌〉詩:

> 天如廬,地如席;我身孤。得與失,胡為乎!(《興懷集》,頁19)

此蕭先生民國30年(1941)、27歲作。在戰亂中,作者東奔西走,總有天似穹廬,一望無盡的地如舖席,自己孤立在天地間的感覺,感受生命的渺小,因而認為得與失的小事,不必計較。由天地之大感悟己身之渺小。

又如〈讀老子〉:

> 為賺開關強著書,五千言少義尤疏。
> 雞鳴自向流沙去,一任人間說老夫。(《興懷集》,頁31)

此民國52年(1963),蕭先生50歲在臺中,任教東海大學中文系作。本詩首用《史記・老子本傳》事,言當時關令尹喜之言「彊為我著書」,

---

[43] 〔唐〕李白:《李太白文集》(臺北:臺灣商務印書館,1981年,四庫全書珍本十一集),卷7,頁1。

[44] 肉食者鄙,據〔唐〕孔穎達正義:《左傳注疏》(臺北:臺灣中華書局,1972年,中華書局四部備要本),卷8,頁13。莊公十年春有:「曹劌請見,其鄉人曰:『肉食者謀之,又何間焉?』劌曰:『肉食者鄙,未能遠謀。』乃入見。」肉食者,指在位者。

老子乃著《道德》之意五千餘言。[45] 二句承上，言《道德經》五千言與先秦諸子所論相比，嫌少；且內容空疏。三句，言老子完成《道德經》後，即向沙漠走去。四句，承上，不管時人或後人如何批評，或褒或貶，老子瀟灑離去。詩中描寫老子為人處世，自由瀟灑，不顧世人短長，此亦可作為個人行為準則。

又如〈偶成〉：

春來春去竟何之？來不匆匆去不遲。
我不留春春自去，年年人有送春詩。(《興懷集》，頁 41)

此為蕭先生於民國 62 年（1973）59 歲作。首言春來春去，去來皆順其時序之自然。三句，我知四季自然運行，故不必留春，春亦留不住而自去。末，儘管四季如此循環，感於春去，年年有人作送春詩。言詩人之多愁善感之情，不停惜春、送春。傷時感懷之意。

又，〈己未二月初三日畫三松圖壽宗毅六十〉：

畫松或貴曲，虬蟠取姿媚。
直幹復何如？挺立有高致。
二松漸老境，交柯聳蒼翠。
一松尚弱齡，已有干霄意。
畫此以壽君，自壽亦何異！
有兒方遠征，儼作干城寄。
舉案聊相娛，筆墨小游戲。(《興懷集》，頁 47)

詩作於民國 68 年（1979）居臺北時。首言畫松，或屈取其姿媚，或直取其高致。次言所畫三松中，二松漸老，然則蒼翠交柯，以喻夫妻年雖漸

---

[45] 〔漢〕司馬遷：《史記》（臺北：藝文印書館，1955 年，據清乾隆武英殿刊本影印本），卷 63，〈老子韓非列傳第三〉云：「老子者，楚苦縣厲鄉曲仁里人也。姓李氏，名耳，字聃。周守藏室之史也。……老子脩《道德》，其學以自隱無名為務。居周久之，見周之衰，迺遂去。至關（散關、或曰函谷關），關令尹喜曰：『子將隱矣，彊為我著書。』於是老子迺著書上下篇，言《道德》之意五千餘言而去，莫知其所終。」頁 1，（總頁 858）起。

老,而感情愈篤。次言,一松尚弱齡,此喻其子蕭東海年紀尚幼,卻有偉器,有直上雲霄之意。「畫此」二句,畫松以壽夫人張宗毓(蕭先生妻)女士,亦以自壽。「有兒」二句,言蕭東海服役於金門,遠征服勤,以為干城,即如畫中小松,有青雲之志。末,言此畫為游戲之作,聊為夫婦排愁解悶。詩中以畫中三松,以喻家中老小三人,志節高昂而婉轉含蓄。

又,〈壬戌十一月二十九日偕內子植物園看梅〉:

丹鉛鹽米作生涯,儒素家風澹不華。
三十年來忙裏過,今朝攜手看梅花。(《興懷集》,頁49)

此作於民國71年(1982),蕭先生偕夫人臺北植物園看梅所作。詩中言蕭夫人張宗毓女士抱持儒家清淡生活,少施丹鉛(或可說平時書畫自娛)而鹽米渡日。轉眼結褵30年,好不容易,今朝有空,攜手看梅花。詩中表達夫妻相敬,生活雖平淡,家庭和樂融融在其中。

又,〈乙丑九日作〉:

今日復何日?豈與平日殊?
無事自蚤起,非為公府趨。
南窗迎好風,庭樹搖清虛。
齋心齊得喪,洗耳聞榮枯。
鄰花送幽馨,好鳥時謹呼。
雖非羲皇上,吾亦全真吾。
便爾為佳節,安用簪茱萸!(《興懷集》,頁50)

此蕭先生民國74年(1985)重九作。首二句以問話起興,問今日是何日?三句,起問原因,無有公事,卻「無事自蚤起」。「南窗」二句,言早起但覺南風吹來,庭院樹在空中搖擺。淵明〈讀山海經〉有「微雨從東來,好風與之俱」;又,〈歸去來兮辭〉,「倚南窗以寄傲」,似為出處。「齋心」,言已達到莊子所謂「齊得失」、「心齋」「坐忘」的境界,亦不關世俗榮枯禍福。「鄰花」二句,言鄰居所植好花,時送幽馨之氣,而附

近好鳥，亦時聽啼叫。「雖非」二句，言非遠古太上之時，亦能保其全節、全真，足以自慰。末二句，以淡然之心面對重九，心情恬淡，自然遠離禍患，不必特意插茱萸以避邪也。詩中表達作者恬淡清遠之心。有陶淵明田園詩風味，又有莊周「心齋」齊得失思想。

又，〈晚飲〉：

勇向急流退，頹齡要自娛。
已判翻著襪；常愛倒騎驢。
蔬果四時足；圖書萬卷餘。
晚來一杯酒，不飲待何如？（《興懷集》，頁 55）

此蕭先生民國 76 年（1987）作，時已 73 歲。首二句，言凡做人之道，亦言己。晚年以詩書畫自娛。三四句，言年老生活有些顛倒，卻如八仙中張果老倒騎驢之趣味。腹聯，生活上，蔬果自足；精神上，圖書萬卷；足供精神與物質陶冶。末，以傍晚杯酒取樂，乃是生活快意。詩述晚年自在生活。

（三）忠愛國家之情

蕭先生忠愛國家詩篇如〈悼三女士〉：

湘鄉譚熙雲、彭馨臨、陳定亞三女士，充七十六師政訓員，隨軍入桂。今年二月奉調赴賓陽前線，撫輯流亡，組訓民眾。會寇大舉攻城，三女士照常工作，艱險不避。及事急，知不免於難，相率自經巖谷間。鄉人士哀之，徵辭及余，遂作是篇。
蘆溝橋畔烽煙起，上國薦食馳封豕。
三年苦戰猶未休，大地茫茫血凝紫。
國殤豈獨是男兒？亦有十八十九好女子。
娉婷玉質走沙場，執桴殺敵重圍裏。
敵勢如潮捲地來，旌旗黯淡千夫靡。
四顧無非狼與豺，不辭玉骨窮塵委。
張先許後盡成仁，蛾眉化作睢陽齒。

> 浩氣千秋未可泯，碧血斑爛照青史。
> 至今賓陽城外秋騷騷，萬谷淒風弔雄鬼。
> 嗟嗟三女士！汝死吾悲吾亦喜。
> 吾知汝血不唐捐，國魂賴汝血以蘇，
> 國恥憑汝血以洒，國運緜緜汝不死。（《興懷集》，頁17）

此為民國29年（1940）作。〈序〉言湘鄉三女士，譚熙雲、彭馨臨、陳定亞三人，2月奉調赴廣西賓陽前線，撫輯流亡，組訓民眾。日寇大舉攻城，知不免於難，相率自經巖谷閒。蕭先生詩從盧溝橋七七事變講起，中原各地處處為國事爭戰，染紅血凝紫。「國殤」句下，言日寇入侵，四處豺狼，不惜犧牲性命。以唐代安祿山反，張巡、許遠守睢陽殺身成仁，言三女士之英勇。碧血照青史。「至今」句下，言每秋起，賓陽城下，萬谷淒風。末，蕭先生云三女士之犧牲，國魂得救，國恥得洗，國祚得緜延。表揚三女士忠貞愛國情操。

又如〈五日弔屈原〉：

> 沅湘蘭茝吹香風。沅湘詩人離愁窮。
> 上官媢行深九重，子蘭蜚語螫且工。
> 欲叩帝閽帝耳聾。九關虎豹無由通。
> 荷衣蹢躅江之東。行唫搔首如飛蓬。
> 美人香草明孤忠。雲雷迴幻奔騷雄。
> 陳詞二姚兼有娀。靈脩浩蕩不可逢。
> 國殤山鬼紛悲恫。哀絲猶激章華宮。
> 忠言逆耳誰其同？載拜用告先祖熊。
> 汨羅湛湛森青楓。涉江去國吾心忡。
> 蘅皋捐珮示潔躬。馮夷撥棹羌相從。
> 安歌浩倡為愉容。忠憤上薄成蒼虹；
> 下垂風雅歸其宗。水仙逝矣靈其憧。
> 但看艾綠榴花紅，椒漿桂醑陳天中，
> 尚希靈貺昭愚蒙。（《興懷集》，頁18）

此民國 30 年（1941）作。詩由沅湘蘭茝起興，思及詩人屈原。屈原雖一片忠心，然則上官大夫、子蘭屢進讒言，使屈原遭憂。「欲叩」起，言楚王裝聾，而虎豹把持天門，使屈原無法向楚王進言，乃被放逐，行吟澤畔。「美人」句下，言〈離騷〉以美人香草喻其忠，驅馳雲雷，並邀集二姚、有娀等美人，為楚國效命，然失望而歸。甚至楚君不用心思，浩浩蕩蕩，令人憂傷。《楚辭‧九歌》中〈國殤〉歌詠為國捐軀英雄而悲。〈山鬼〉悲其山中孤寂。「哀絲」句下，言屈子忠言逆耳，不得時君青睞，乃祭拜先祖後，自沉汨羅。「涉江」句下，言屈子渡江去國，如《九章‧涉江》篇，及《九歌‧湘君‧湘夫人》篇所言，以杜蘅捐玦，示自身潔白。故司馬遷言屈子〈離騷〉，「推此志也，雖與日月爭光可也。」屈原雖死，後人 5 月競舟，椒漿桂醑，以祀以敬，盼屈原魂魄歸來。一片赤誠愛國之心，如讀〈離騷〉。

又如〈窮巷〉詩二首，其一云：

閉居窮巷裏，真如蝨處褌。
悠悠百年事，苦樂難具論。
乘暇理荒穢，荷鉏務中園。
南國盛草木，簀土繁子孫。
虛華豈足貴；生意於焉存。
乾道貴行施，載物惟厚坤。
混然獨中處，無道以之尊。
推此悲憫懷，乃見天地根。（《興懷集》，頁 28）

其二云：

往歲客巴蜀，遭時值亂離。
九土爛如沸，封豕來東夷。
頗負澄清志，振羽思高飛。
憂憂倦行役，所遇誠已稀。

惟期故物復，隨分甘如飴。
　　豈意收京初，百事良已非。
　　瘡痍猶未平，樂土淪泥犁。
　　吾民故不肖；天意真難知。
　　毒痛終無極，血淚長淋漓。
　　落落梁伯鸞，空向蒼天噫。（《興懷集》，頁28）

此蕭先生於民國43年（1954）、40歲作。此時已至臺北。詩中第一首，作者言閉居窮巷，如蛊處褌，渾身不自在。「乘暇」下六句，開來鋤草（陶淵明〈歸園田居〉有「晨興理荒穢」、「帶月荷鋤歸」句），蓋臺灣處南方，氣候炎熱，草木本就繁盛，增加土泥，使其繁衍。不必追求虛華，但求生命、生長而已。「乾道」下四句，天道貴行，坤道載物，人處天地之中，儒道為尊。末二句，應以悲天憫人為懷，為立足天地根本。詩中思想出自張載〈西銘〉所謂：「乾稱父，坤稱母」，而人「乃混然中處」（見《張子全書》）及《易‧乾》象辭：「天行健，君子自強不息。」《易‧坤》象辭：「坤厚載物。」[46]

　　第二首，前四句，作者回憶昔日亂離，客居巴蜀，土高地熱，而日本入侵。「頗負」下四句，己雖有澄清政治、遠舉高飛心志，但行旅多愁，同此懷抱之人少之又少。「惟期」下四句，盼收復失土，隨著機遇，大半時間，受盡磨難，亦甘之如飴。豈料打敗日本、收復國土後，中共政權趁機興起，國事日非。「瘡痍」下四句，言國家災難，舊傷未平，樂土轉為泥犁，歎中國百姓遭遇，而天意如此，亦難以知曉。末四句，思及如此，內心痛苦，無邊無際，血淚迸流，難向他人訴說。只得如後漢梁鴻（字伯鸞）[47]居於海濱。蕭先生抒發中國近年多事，生平歷盡煎熬，悲歎中國人不幸遭遇，溢於紙上。

---

[46] 參〔魏〕王弼注：《周易》（臺北：臺灣商務印書館，1979年，四部叢刊正編），〈乾傳〉，頁1-3。

[47] 梁鴻，後漢平陵人，讓子，字伯鸞，博學多通章句學，娶同縣孟氏女，共霸陵山中，耕織業。章帝求之，尋變姓名，閒居齊魯間，又適吳，居廡下，著書十餘篇。見〔劉宋〕范曄：《後漢書》（臺北：藝文印書館，1955年，據清乾隆武英殿刊本影印），卷113，頁7（總頁987）。

又〈曼谷逢熊伯穀不相見四十年矣〉：

四十年來夢寐中，何期異域忽相逢。
營巢君似棲梁燕；印爪吾如踏雪鴻。
同輩弟兄俱老大；成行兒女各西東。
燈前不下憂時淚，恃有丹心一寸同。（《興懷集》，頁 42）

詩作於民國 63 年（1974），蕭先生 60 歲在泰國曼谷與大學同學熊伯穀先生相逢作。首言 40 年分離，不期與伯穀先生在曼谷忽然相遇。伯穀先生在此成家似棲息屋梁營巢燕子，頗為安穩，己則如鴻鳥踏雪而過，旋即了無蹤跡。活用東坡〈和子由澠池懷舊〉：「人生到處知何似？應似飛鴻踏雪泥，泥上偶然留指爪，鴻飛那復計東西」句。腹聯，同輩兄弟皆已年老，且兒女成行、各分東西。末，言彼此皆分隔一處，惟報國丹心不變。

又，〈甲子二月十五日中山樓作〉：

群賢高會志澄清，午枕瀟瀟夢不成。
十億蒼生望霖雨，莫教一意賞新晴。（《興懷集》，頁 49）

詩作於民國 73 年（1984）。詩中首言國民黨高層菁英聚集中山樓會議如何治理國政。次言午休聽到窗外瀟瀟雨聲，是以難以成夢。三句，轉至大陸十億苦難同胞，希望國民政府領導反攻回去。四句，勿以觀賞今日中山樓雨後新晴美景忘記使命。詩有憂國之心。

(四) 關懷國際，感時懷鄉

蕭先生有國際觀，其關懷國際詩作如〈星洲偶感〉。自注：「新加坡開國日淺，壤地褊小，而執政者則偉器云。」（《興懷集》，頁 43）其詩云：

綰轂西東氣象恢，誰知天賜一九纔。
並時多少烹鮮手，微惜江山負此才。（《興懷集》，頁 43）

詩作於新加坡,時民國63年(1974),言新加坡國家土地面積狹小,而執政者有偉器。三句,語出《老子》「治大國如烹小鮮。」[48] 四句,轉向新加坡本國,治理的很好,惜受限國土範圍,即便有「偉器」,難有施展的空間。詩一以美執政,一以歎國土小。

又如〈東洋學術會議後感賦〉:

鯤島攜雲至,雙鳧落碧岑。樓臺臨漢水,圭璧重儒林。
勝會賢豪集,同文氣誼深。秋風原上急,不盡鶺鴒心。(《興懷集》,頁39)

自注云:「十月二十五日應邀赴韓,出席東洋學會,是日我自聯合國退出。」(《興懷集》,頁39)詩作於民國60年(1971)12月25日,蕭先生應邀赴韓,出席東洋學術會議。會後所作。首二句言作者乘飛機至漢城(今稱首爾),頸聯言該校臨漢水,為儒林所重。腹聯言參與群賢以文會友。末,雖已秋至,與會之士討論熱烈,兄弟情誼不盡。由會議之熱烈,思及中韓本兄弟之邦。

又,蕭先生感時懷鄉之作,如〈飛度洛基山機上書示鄰座〉:

不見雪花二十年,今朝飛度雪山巔;
窺窗一覺還鄉夢,塞北風光到眼前。(《興懷集》,頁36)

民國50年(1961)蕭先生至美國講學飛渡洛基山機上作。詩言飛機飛過雪山巔,從窗視之,如一夢覺,眼前所見,猶如昔日所見塞北風光。末句轉入懷鄉。亦可作遊覽詩,末句有悽愴之意。

又如〈和袁企止江絜生二老市茶之作〉其二:

溫柔頓飽各成鄉,道力堅持應坐忘。
獨有故鄉忘不得,粗茶薄酒亂詩腸。(《興懷集》,頁49)

---

[48] 語出〔晉〕王弼注,〔唐〕陸德明釋文:《老子道德經注》六十章,收入《新編諸子集成》(臺北:世界書局,1972年),第3冊,頁36。

本詩民國 71 年（1982）和袁企止、江絜生作。詩言「粗茶薄酒」之後，亂了思緒，總是忘不了故鄉也。此酒後真情流露。

又，〈海峽〉：

海峽風塵斂，鄉園涕淚滋。
謀皮驚眾醉；抱布嘆氓蚩！
故土雖[49]吾土；今時異昔時。
我行惟荷鍤，翻笑首丘癡。（《興懷集》，頁 57）

此作於民國 77 年（1988）。首言海峽兩岸雖平靜，但思鄉之愁不盡。頷聯，與中國大陸談和平，如與虎謀皮，眾人卻如醉酒，猶如《詩經‧氓》，假裝作生意的男子，獲得女子青睞，成婚後，立刻露出猙獰之目，家暴女子。言中共政府往往出爾反爾，不可信。五六句，轉至大陸，雖仍為中國國土，今為中共所有，已非「中華民國」所有，今非昔比。末，在臺灣唯有努力耕作，不必妄想落葉歸根，狐死首丘之意。詩中表達思鄉之情，與中共政權商謀國事之不可靠，大陸淪陷多時，亦難預料何時還鄉。末，用反語寫懷鄉之苦。感時懷鄉之作。

（五）表現生活趣味、親情

蕭先生生活恬淡有趣，亦往往表現親情，詩作如〈病院中經大手術後自嘲〉：

不是屠門是佛門，森羅殿上奪歸魂。
身同半死隨人割，氣等游絲不用吞。
四面牽絲如傀儡，多番撮弄似猢猻。
隔宵又到人間世，好把前生仔細溫。（《興懷集》，頁 45）

自注云：

---

[49]「雖」原作「非」字，據蕭先生自校本改作「雖」。

> 六十四年九月二十八日歸自漢城，十二指腸潰瘍出血，送醫。延至三十日，始經榮民醫院吳紹仁醫師施行手術，歷四小時而畢。翌日，雖已「恢復」而深感虛弱。又明日，病榻中試作此詩，以自驗精力如何，詩成，即取「護理紀錄單」書之於背。手戰筆亂，詩有重字，但平仄韻腳不誤，尚足自慰也。(《興懷集》，頁45)

此民國64年（1975）蕭先生於臺北榮總大手術後作。據該詩自注文，蕭先生於9月28日歸自漢城，十二指腸潰瘍出血。30日，經醫師手術後，次日，病榻中取「護理紀錄單」，於背面作詩。詩中首言，已動手術似佛門從森羅殿奪得歸魂。頷聯，言施行手術時，身同半死，任人宰割，氣息奄奄，如游絲飄散。腹聯，言己在手術檯上，四面管線多，如牽絲，情同拉住傀儡；醫生多番擺弄，有如猢猻。末聯，手術完畢，翌日，身體恢復，恍如再世為人，猶如前生種種，可仔細重溫、體會。詩記病中手術情形，有趣。

又〈所寓潮州街老屋羅志希先生嘗居之今已敝甚〉：

> 三十年前造此廬，詩人髮白貌清癯。
> 詩人何止詩難敵；室陋如斯豈易居？(《興懷集》，頁56)

此亦民國76年（1987）作。本詩言蕭先生寓居潮州街。首言所寓老屋為30年前造，羅家倫（志希）曾住，而己住時，髮白而清癯之身。三句，轉至二人詩創難敵，末，轉回主題，老屋室陋，如何居住？言己亦言志希。

又，〈戊午歲除寄東兒金門〉：

> 遠適金門戍，辭親第一年。
> 遙知前敵地，正值大寒天。
> 酒好須防醉，魚多不論錢。
> 家中方餞歲，念汝未成眠。(《興懷集》，頁47)

此為蕭先生於民國67年（1978）臺北作，時蕭先生64歲。東兒，指蕭

東海。時東海服役金門外島。首聯即言東海第一次辭親戍守金門。金門對岸廈門，為大陸，時國共分治，是以稱廈門為敵地。「正值大寒天」，應題「歲除」。金門，四周環海，魚多價廉，所以「魚多不論錢」。金門高粱酒，不可貪杯，故勸東海飲酒不可過量，「須防醉」。末聯，家中除夕餕歲，東海未在身邊，故「念汝未成眠」。表現親情。

此外，如〈過跛翁故居已治為平地行建新廈矣〉：

宰木三年拱，僑廬易主頻。
已無門館舊；惟見構圖新。
勛業都成夢，歌詩獨率真。
斯人今不作！誰復念斯人？（《興懷集》，頁55）

詩作於民國76年（1987），與前一首同為73歲作。跛翁，余井塘[50]曾經擔任政府許多要職，然則，昔日舊居，「易主頻」，更換多少屋主。是以三四句，已無舊館，但見新廈。腹聯，昔日豐功偉業，今成夢幻，惟獨

---

[50] 李猷：〈讀跛翁遺詩〉，《龍磵詩話》（臺北：臺灣商務印書館，1990年），頁363起云：「先生擔任交通銀行的常務董事。⋯⋯他的詩，共一冊，不分卷，前有陳立夫先生和蕭繼宗先生的序文，蕭先生的序文中說『今讀翁之詩，四事具而四體兼，斯誠得香山之腦（髓）者，故其所作，字字從肝腑中出，攬之可掬，挹之不窮，又懼其滑易焉，時復為宋人之刻至救之，遂不盡為香山詩，而自成其為跛翁詩。』這一節話，評論得十分中肯，而我的看法，除了上述條件之外，還有先生肫摯的個性，澹淡的風格，所以讀他的詩，與世俗的詩，有完全不同的感覺。」
又有關余井塘生平，參程中行撰，蕭繼宗書：〈墓表〉云：「（余井塘）先生諱愉，字景棠，余氏易為井塘，以字行。先世自福建莆田遷江蘇興化縣，遂為興化人。生於民國紀元前16年9月15日寅時。⋯⋯民國9年就學上海復旦大學，⋯⋯入美國愛我華攻經濟學碩士學位，⋯⋯民國14年回國任教，⋯⋯民國18年任中央政治學校教務主任，嗣膺第四屆中央執行委員。⋯⋯民國28年8月任教育部次長。⋯⋯民國39年3月受命內政部長，⋯⋯民國43年遞補國民大會教育團體代表並當選歷次大會主席團主席，⋯⋯民國52年冬，⋯⋯出任行政院副院長，⋯⋯任職二年半，旋聘為總統府資政，70年4月國民黨第十二屆全國代表大會通過為中央評議委員會主席團主席，73年秋先生八十晉九壽辰，蔣總統特授一等卿雲大授勳章。⋯⋯」收入大華晚報社編：《余井塘先生紀念文集》（臺北：財團法人林公熊徵學田基金會，1985年），又該集頁7收錄蕭先生〈跛翁逸序〉。
又，據陳立夫〈跛翁逸墨序〉云：「溯憶與先兄果夫及立夫共事黨國，由少壯而至白首，顛沛造次，一德一心，迄今六十年矣。」收入余井塘：《跛翁逸墨》（臺北：國立政治大學、國立復旦大學校友會，1985年），頁1。

詩集，能率直表現性情。末，今之視昔，猶後之視今，則余先生詩歌，必為人懷念。

（六）小結

感懷詩重在抒情，而抒情貴真，貴出己意，綜合蕭先生感懷詩作，追憶往事，如〈雜憶〉回憶民國 24 至 28 年間事，〈靜夜〉家人分散，勾起往事鄉愁，〈海上作〉，言天下亂象已生，不知何時清平。表現豁達、平淡人生，如：〈歌〉由天地之大感悟己身渺小。〈偶成〉表現作者多愁善感。〈植物園看梅〉，表達夫妻和樂，生活美滿。表現忠愛國家之情，如：〈悼三女士〉、〈五日弔屈原〉等等，一片赤誠，如讀〈離騷〉。關懷國際，如：〈星洲偶感〉、〈東洋學術會議後感賦〉，皆關懷鄰國之作。感時懷鄉之作，如：〈飛度洛基山機上書示鄰座〉、〈和袁企止江絜生二老市茶之作〉等眷戀故鄉。表現生活趣味、親情，如：〈病院中經大手術後自嘲〉、〈戊午歲除寄東兒金門〉，表現病中情形、天倫親情等等，大體說來感懷諸作，先生生活親身體驗，因感時感物而成，處處表現真情，蕭先生集名《興懷集》，詩作皆由感懷而起。

四、紀事

有關紀事詩，可以這麼說。因為「詩言志」，「志」包括心志、記錄、記憶。因為有「記錄」性質，中國自古以來就有「《詩》可以觀」，即「觀風俗」，記錄風俗之盛衰。

蕭先生作品並無以「詩史」為題，只就當時「記實敘事」。或如「情思之所感，或宴游之所發，或敘離別悲傷之懷，或言戰征行役之苦」[51]而已。

例如〈淘米沙沙〉，自注云：

---

[51] 〔明〕徐師曾撰，沈芬、沈騏箋：《詩體明辨》（臺北：廣文書局，1972 年），上，〈樂府九〉，頁 501。

先妣顏孺人，妊予而有疾。予生三日，即就乳於牛砦頭聶氏，凡三年。時在嬰提，然每聞鶗鴂先鳴，輒為愴惻，亦不自知其故。頃坐南樓，忽聞鵑泣，追憶兒時，悽然作此。「淘米沙沙」，俗譯此禽言也。「沙沙」，淅米聲。（《興懷集》，頁12）

其詩：

「淘米沙沙！淘米沙沙！嫂子淘米，姑子參沙。」
（此湘鄉童謠，謂杜鵑為出婦所化。）
東村西村暮雨過，茆簷夜坐無啼譁。
姥姥爐邊煨榾柮，欲然不然青烟斜。
林中有鳥時悲鳴：「淘米沙沙！淘米沙沙！」
我坐姥姥懷，姥姥敷說神話，五靈百怪生齒牙。
牛鬼蛇神隨搯撏，家珍歷歷數不差。
我坐懷中傾耳聽，時復嘻嗃時咨嗟。
姥言未絕我漸睡，夢追神鳥天之涯。
青柴畢剝燎椏杈，瓦鐺嘈嘈沸春茶。
目不見、耳亦不聞，但餘雙袖凝唾花。
夢中呼背癢，姥姥輕搔把。
姥姥將我上床睡，揉眉睜眼口呀呀。
朦朧不復辨枕榻，搴帷蹋被信腳爬。
醒來紅日炙窗紗，窗前有鳥啼咿啞：
「淘米沙沙！淘米沙沙！」（《興懷集》，頁12）

此先生民國27年（1938）作。詩中憶及母親顏氏，因妊先生而有疾，是以先生出生時（民國4年）就乳於牛砦頭，而在嬰提，每聞「淘米沙沙」杜鵑叫聲，坐在祖母懷中，祖母說些神話，忽即睡覺，夢追神鳥，祖母燒火煮春茶。忽聞先生夢中背癢，祖母乃輕搖，陪他入睡。第二日醒來，忽聞「淘米沙沙」之鳥啼。此情思所感，追憶記錄嬰孩情事而作。

又，〈雨後〉：

雨過溪路淨，落日明崦嵫。
夾道春草長，欣欣方含滋。
鳴蛙競繁響，野老罷耘籽。
殷殷問消息：「征戰復何如？」
為言日三捷，喜色盈眉髭。
鏖兵雖云久，曾不失農時。
官箴日以清，賦斂無繁施，
感此良忻懌，奏凱宜可期。
行看胡虜平，相與歸東菑。（《興懷集》，頁13）

此民國27年（1938）抗日時期作。詩由眼前景寫起，雨過溪路淨，落日山明，而沿途道路春草日長，大地欣欣向榮，蛙鳴處處，農夫忽停耕休息，殷切訊問中日戰爭。作者告訴農夫，我方一日獲三次勝利，農夫乃喜上眉梢，接言戰爭日久，百姓依時耕種，而官箴甚佳，賦稅亦少。「感此」二句，言作者與農夫，有感於現況，凱旋指日可待。末二句，期待平定日寇，人人相與歸去田園。詩以記實敘事，言戰爭行役，及百姓期待。

又，〈看月篇留別〉（《興懷集》，頁13）：

前年看月後湖船，蘋末微風開白蓮。
吳音輭（軟）膩不耐聽，解衣獨向花底眠。
去年看月廬山巔，五老[52]峯尖撅破天。
振衣長嘯萬壑應，俯瞰彭蠡之水青如錢。
年年明月渾相似，獨憐惜日之滄海，今日一變為桑田。
龍引洲前血成淵；鶴鳴峯上翔鐵鳶。
寇至日蹙國百里，胡馬驅人如蓬旋。
今年看月來衡嶽，車輪高向山腰懸。
半山亭，玄都觀，朱闌碧宇凌蒼烟。

---

[52] 詩中，「五大峯」的「大」字，據蕭先生自校本改為「老」字。

下有白鹿棲遲之貞松，上有素猿窺飲之清泉。
天柱孤峯當門前，朝雲暮雨爭鮮妍。
紫蓋、煙霞、岣嶁在其後，
起伏、迴環、七十二峯一脈相鉤連。
黃冠道人雅好客，呼童灑掃開東軒。
坐看東山吐素魄，一輪低挂松梢圓。
晚風細細度簾幕，纖雲漠漠飛吳緜。
銀漢搖搖下屋壁，黃姑冉冉移秋躔。
吁嗟乎，雙星一夕尚聚散，況復人間世累紛答鞭。
明朝一別隔山岳，君滯瀟湘我入川。
巫峽猿聲亂雲樹，崎嶇蜀道愁攀援。
試倚孤篷看明月，長空遙夜心茫然。
大難未紓行未已，浮萍逐水長播遷。
信知離合如夢寐，黃粱一覺非虛玄。
忽聞松殿響清磬，侵鬢涼露秋娟娟。

此民國 27 年（1938），日本軍侵華時作。詩以前年夏，在南京後湖盪舟，吳音頓膩，在白蓮花底睡眠開始。去年看月在江西廬山，振衣長嘯，彭蠡之水青如錢。有感年年月相似，但見滄海成桑田。像龍引洲、鶴鳴峯，爭戰多，血流入河淵。日寇已節節入侵中國百餘里。今年看月在湖南衡山，圓月高掛山腰，但見半山玄都觀凌蒼烟。下有松，上有清泉，門前天柱峯，門後紫蓋、煙霞、岣嶁等山，七十二峯一脈相連。此地道士好客，開東軒迎月，月挂松梢，晚風襲來，纖雲飛似吳緜。上有銀河，牽牛星（黃姑）經天下移，星有聚散，人世亦復如此。明朝一別，道士尚留湖南瀟湘，己則奔往四川，想像巫峽猿啼，愁蜀道難攀，倚船看月，夜空茫然。國難未平，路途奔波，如浮萍逐水，人生離合如夢寐，如黃粱之夢。忽聞松殿磬聲已作，秋露濕鬢，月色娟娟。蕭先生隨手寫來，隨處點染，皆自然成趣。「大難未紓行未已，浮萍逐水長播遷」，感時漂

泊，悽悽惻惻。至於本詩「前年看月……」、「去年看月……」、「今年看月……」，與宋・蔣捷〈虞美人〉：「少年聽雨歌樓上」、「壯年聽雨客舟中」、「而今聽雨僧廬下」暗合。[53]

又有張若虛〈春江花月夜〉：「江畔何人初見月，江月何年初照人」的含意。只不過生活在日寇入侵，狼煙漫火之中，人生似浮萍，離合如夢寐。

又，〈郴縣蘇仙寺題壁〉，自注：

> 督糧至郴，過許家洞，偶步田壠間，見清流活活，心甚樂之，漫尋其源，忘路之遠近，終得一山，奔流自叢莽中下，斷崖古木，無復前路。攀蘿附葛，始達峯顛。得小蘭若，曰蘇仙寺，意必蒲留仙所志之蘇仙超舉地也。茲游殆同夢寐，因紀以詩。蘇仙事於五六及之。（《興懷集》，頁 15）

其詩云：

> 為愛清溪溯碧流，尋源直到遠峯頭。
> 懸崖迎面遮樵徑；茂樹分泉隱寺樓。
> 林表彩雲疑繞舍；磯邊翠縷漫盈溝。
> 此游未遂游仙夢，得識仙蹤亦勝游。（《興懷集》，頁 15）

此蕭先生民國 28 年（1939），督軍糧至湖南郴縣，沿清流，得一山，乃攀蘿附葛，達峯顛，有蘇仙寺，先生臆度此蒲松齡《聊齋誌異》所記蘇仙超舉之地。紀之以待。詩言尋水源至遠峯頭，茂樹之後有蘇仙寺。林表有彩雲相繞，磯邊古木翠縷。末言此游得識「蘇仙」超舉之地，亦足願矣。詩以紀事為主。

又，〈悼三女士〉，自序云：

---

53 唐圭璋編著，孔凡禮補輯：《全宋詩》（臺北：中央輿地出版社，1970 年），冊 5，〈蔣捷〉，頁 3433。

湘鄉譚熙雲、彭馨臨、陳定亞三女士，充七十六師政訓員，隨軍入桂。今年二月奉調赴賓陽前線，撫輯流亡，組訓民眾。會大舉攻城，三女士照常工作，艱險不避。及事急，知不免於難，相率自經巖谷間。鄉人士哀之，徵辭及余，遂作是篇。（《興懷集》，頁17）

其詩云：

蘆蒲橋畔烽煙起，上國薦食馳封豕。
三年苦戰猶未休，大地茫茫血凝紫。
國殤豈獨是男兒？亦有十八十九好女子。
娉娉玉質走沙場，執桴殺敵重圍裏。
敵勢如潮捲地來，旌旗黯淡千夫靡。
四顧無非狼與豺，不辭玉骨窮塵委。
張先許後盡成仁，蛾眉化作睢陽齒。
浩氣千秋未可泯，碧血斑斕照青史。
至今賓陽城外秋騷騷，萬谷淒風弔雄鬼，
嗟嗟三女士，汝死吾悲吾亦喜。
吾知汝血不唐捐，國魂賴汝血以蘇，
國恥憑汝血以洒，國運絲絲汝不死。（《興懷集》，頁17）

此蕭先生民國29年（1940）作。詩從蘆溝橋七七事變說起，言日侵中華已3年，而戰事未休，為國死難者，不只男丁，愛國女子亦復如此。如湘鄉譚熙雲、彭馨臨、陳定亞三女士，為七十六師政訓員，至廣西賓陽前線，撫輯流亡，組訓民眾，日寇攻城，所謂「敵勢如潮捲地來，旌旗黯淡千夫靡。四顧無非狼與豺，不辭玉骨窮塵委。」三女士艱險不避，事急，相率自經於巖谷間。即「張先許後書成仁，蛾眉化作睢陽齒。」以張巡、許遠守睢陽，討伐安祿山，甚至殺愛妾以饗士卒比喻。雖如此犧牲，但其英靈「浩氣千秋未可泯，碧血斑斕照青史」。成為愛國典範。國運、國

魂因此傳之久遠。詩以言湘鄉三女士赴前線工作受死為主，紀其愛國捐軀英勇事蹟。本詩在「忠愛國家之情」亦舉例，蓋以不同文學視野詮釋也。其他詩例亦同。

又〈蕃社雜詩〉，其一：

日月潭邊卜吉山，荒邨驚見舞衣斑。
此身真合桃源住，慚愧漁郎去復還。（《興懷集》，頁26）

其二：

紅妝小隊踏搖歌，薜荔為衣帶女蘿。
眇眇予愁銷未得，亂山無語夕陽多。（《興懷集》，頁26）

其三：

龍湖湖水碧於天，郎把漁竿妾櫂船。
塵世風波誰管得，鳴榔歸去抱郎眠。（《興懷集》，頁26）

其四：

絕羨荒荒世外人，初民風土見淳真。
杵歌聲繼漁歌起。一片湖山自在春。（《興懷集》，頁26）

此民國41年（1952）作。蕭先生至臺灣日月潭蕃社，所見蕃社景象而作。第一首，見蕃社當地女子跳舞，直盼己身桃源居住，去而復還，不至外地飄泊。第二首，言蕃社女子踏搖歌，猶如《楚辭‧九歌》中「山鬼」打扮「薜荔為衣帶女蘿」。三句，轉為鄉愁，尤其傍晚時刻。第三首，日月潭（龍湖）水碧於天，男釣魚，女打船，一幅浪漫景象。三四句，轉至山中生活樂趣，不為俗世驚擾。榔，敲船驚魚之木條。第四首，作者羨慕此淳真風俗，山自春、水自碧，漁歌杵歌並作，雖非純紀事，卻是一幅自然淳美景象。不過「蕃」字，今應作「原住民」。

又，〈九月三夜黛納颱風〉：

大度山頭風最驕，八月九月山怒號。
忽傳海上起妖颶，瞬息千里趨山坳。
驚沙射面利於鏃，長林偃伏翻波濤。
雲旗疾捲百神怒，雷鞭下擊穿重霄。
先生夜臥如縮蝟，短牀兀兀疑輕舠。
船頭逢逢擂大鼓，打篷四面傾胥潮。
雲黑天低海嶽立，舵師失舵篙失篙。
順推逆挽兩不可，簸騰縱送隨狂飆。
從知人力小無補，世間百事由天操。
吾年四十歷萬險，早輕生死如鴻毛。
泰然蒙被逕酣睡，惟將雷息酬紛囂。
曉來風力亦自退，起看紅日三竿高。（《興懷集》，頁29）

此民國46年（1957）9月3日颱風蕭先生作。首言大度山頭風力最強，尤其8月9月時，風起山號。「忽傳」起十二句言9月3日黛納颱風來時，瞬息來到山坳。驚起的沙石射到臉龐，勝於箭鏃觸身的痛。林樹波浪般翻，有的倒掛滿地。天上雲旗捲起，百神震怒。雷聲如鞭，穿過重霄，令己駭懼，如刺蝟身體縮成一團。夜臥短牀，風聲四起，以為水上乘船，起起伏伏；船頭有逢逢大鼓聲，四面打來雨水如潮般湧。雲黑天低，海似山嶽站立，漁夫立即失去舵篙功能。「順推」下四句，人力無補，命運由天操弄。「吾年」句下，講到自己年40，歷經千萬險阻，早已視生命如鴻毛。不論颱風何等強烈，被子蒙著頭睡覺去。不一會，打鼾聲音如雷，與外界紛擾風雨彷彿。末二句，次日清早起床，風力已退，紅日高掛。則昨日情境，似一場幻境。收尾有餘韻，敘黛納颱風事十分傳神。

又，〈九月十一日葛樂禮颱風過境山中殊無大害夜起聽廣播始知北部災情奇重不寐有作〉：

> 無端怒海走鯤鯨，颶母西來客夢驚。
> 故國陸沉千劫久；橫流天赦一隅輕。
> 方舟私幸全妻子；分痛何由慰弟兄？
> 怕聽枕邊消息惡，萬家風雨困愁城。（《興懷集》，頁32）

此民國52年（1963）葛樂禮颱風過境作。8、9月臺灣颱風多。由颱風侵臺說起，思及大陸陷於中共，臺灣一隅卻陷於「葛樂禮」颱風，令人憂心。次，轉至目前，流徙至臺灣的同胞，雖能顧及妻小，而滯留大陸的兄弟，如何忍受分離的痛苦。末二句，應題面「北部災情奇重，不寐」，聽廣播，怕壞消息，故「萬家風雨困愁城」，顯示作者關心社會、人溺己溺的精神。

又如〈疏園孤松歌〉，自注：「鐵叟築疏園於蕪湖陶塘之畔頗具林泉勝劫後歸來僅孤松尚存作〈疏園孤松歌〉貽之。」（《興懷集》，頁23）其詩云：

> 我來江南初識公，豪談傾座生春風。
> 酒中之弱詩中雄，亦耽六博長宵終。
> 公年則翁心則童，少年樂與追游踪。
> 商山村曲常支筇，有家未歸公心忡。
> 公言家在鳩江東，小樓軒敞窗綺紅。
> 陶塘一水波溶溶，雲影天光相與通。
> 逍遙百氏羅鼎鐘，酒人詞客紛相從。
> 奇葩嘉樹爭蔥蘢，苔岑山石堆玲瓏。
> 一朝胡騎淪寰中，城郭灰燼人沙蟲。
> 劫後歸來園亦空，徒餘四壁垂穹窿。
> 急竭囊金鳩羣工，舊觀規復差相同。
> 眾芳摧盡蕭艾豐，孤松倖存烟塵濛。
> 碩果猶能支殘叢，挐雲勁爪森虬龍。
> 樹猶如此誠孤忠，歷百千劫全其躬。

> 俟公之歸傾離悰，撫之盤桓舒幽衷。
> 吁嗟乎公！
> 松不負公公負松，公其寵之崇其封！（《興懷集》，頁23）

詩作於民國34年（1945），蕭先生30歲。高壽恆字鐵君，晚號鐵叟，又署疏園老人，安徽合肥人。築疏園於蕪湖陶塘之畔，抗戰勝利後居蕪湖。[54]詩中表達作者南來江南，與高鐵叟相識，當時鐵叟家滿座春風，高先生擅於飲酒，亦擅博奕。平日客甚多，築「疏園」，種奇花異樹，山石堆疊玲瓏。抗戰後，疏園一空，家徒四壁，眼見昔日園中芳草不存，雜草出，唯孤松尚存。於是傾盡囊金，恢復疏園舊觀，而松幹猶如虬龍，聳立蒼雲，歷百劫而不變，令人盤桓而感傷，是以勸鐵君應寵松樹，並賜以封賞。以疏園興衰為背景，讚美孤松忠誠，一如主人高鐵叟。

五、詠物

蕭先生詠物體詩，主要詠植物，偶及動物，另有詠金佛詩，亦置於此。

先說詠植物方面詩，如〈蘭之華〉，自注云：「北行過霍山。山間盛產蘭，香溢于野。野人刈之，如刈楚焉。作〈蘭之華〉四章，章八句。」（《興懷集》，頁15）其詩云：

其一：

> 蘭之華，紫莖綠鄂。
> 我徂自南，至於潛霍。
> 維蘭有馨，遂令見穫，
> 胡不閟藏，滋榮幽壑？（《興懷集》，頁15）

---

[54] 見蕭繼宗：〈序言〉，《礜塵蓮寸集》（臺北：聯經出版事業公司，1978年），頁21，蕭先生注。

其二：

> 蘭之華，其葉葳蕤。
> 蹇蹇我行，及此芳春。
> 誰其刈蘭？獨是野人。
> 百千其束，積如錯薪。（《興懷集》，頁15）

其三：

> 蘭之華，苾菲四野，
> 載徒載涉，道遠且阻。
> 維蘭孔芳，爰穫爰取；
> 女無令聞，人將棄女。（《興懷集》，頁15）

其四：

> 蘭之華，溥露為膏。
> 人之采也，賤如芟蒿；
> 人而舍之，實若懸匏。
> 取與由人，我心則勞。（《興懷集》，頁16）

　　詩作於民國29年（1940），全國抗日，蕭先生由湖南北行過霍山，山間盛產蘭花，當地土著（野人）割刈。第一首便說，蘭花紫莖綠花，氣味芳馨，是以被割刈。後二句，蘭花生長，何以不選擇悶藏深山，榮此幽谷，而不遭土著割刈。富於哲理，令人深思。

　　第二首，言蘭花葉茂，已蹇足至此，見野人割蘭，堆積千百束，如柴薪錯置。蓋野人無憐香惜蘭之心，令人惋惜。

　　第三首，言蘭芬芳四野，已從遠方跋涉渡水來此，見蘭花芬芳，卻因芬芳被刈，若蘭花無芬芳之氣，人即棄之，不割取。所謂直木易伐，甘泉易竭道理相同。詩有言外之意。

第四首，蘭花以露水為滋液，得天然澆灌，待人割取，賤如野生蒿草；人若不取，又如匏瓜之懸，感慨時運。取與不取，皆任由他人；己則見景思懷，徒費心思。詩中寫蘭花「取與由人」感情，令人迴盪不已。

如〈吳市初食雞頭〉：

論斗明珠顆顆勻，苦無一語足傳真。
千秋識得楊妃乳，不道胡兒亦可人。（《興懷集》，頁24）

此於民國37年（1948）蘇州作。蕭先生此時來蘇州大學授課。所謂「雞頭」，就是「芡實」，也就是「雞頭米」。相傳宋人洪芻所著《香譜》中，記載「延安郡公蕊香法」，是把玄參、甘松香等五味原料，「杵、羅為末，煉蜜和勻，丸如雞頭大」這裏所謂「雞頭」，當是指「雞頭米」，或叫「芡實」。[55]本詩首言雞頭米「論斗」作買賣，且還「顆顆勻」。二句，言不知用何語言表達才能傳真？三句，想自天外，想起唐明皇楊貴妃「乳」頗近似，傳神。四句，以安祿山好美色故事興托。詩句頗俏皮。

又如〈鬱金香〉：

歲朝清供鬱金香，朵朵盧家少婦妝。
勝似芙蕖堪近玩，不須辛苦泛陂塘。（《興懷集》，頁49）

蕭先生與民國71年（1982）臺北作。鬱金，原產大秦，罽賓等地，當地浴佛及供佛的香料。自古即著名香草，並作染色用。唐代詩人沈佺期〈古意呈補闕喬知之〉詩云：「盧家少家少婦鬱金香，海燕雙棲玳瑁梁。」[56]詩中開頭二句，即借盧家少婦以鬱金敷壁，粧點顏面，言清晨以鬱金香草供歲，如盧家少婦之粧點顏面。鬱金花開，花美勝過荷花，又不需涉水

---

[55] 參孟暉：《花間十六聲》（北京：華聯書店，2008年），頁128。
[56] 見清聖祖御製：《全唐詩》（臺南：明倫出版社，1974年），卷96，頁1043，本詩或作〈獨不見〉。

池塘，生長地上，採收觀賞皆易。末二句，推升鬱金之香美且平易近人，非荷花所及。此高明處。

又〈新春買得風信子三盆花繁而香烈〉：

花信風催風信花，紅幢朱絡鬥春華。
分明香國無雙品，開向薑鹽處士家。（《興懷集》，頁49）

此詩於民國71年（1982）臺北作。風信子，坊間新春用以賀歲植物，枝葉細小花繁而香。首句，就其名稱「花信」「風催」「風信花」言「風信子」。二句，承上，紅莖花繁，與其他香花比盛。三句，恭維風信子花國色天香。四句，能賞者少，價格不高，所以開在處士之家。亦借言只有處士能欣賞風信子之美，少為人知，詩有味外味。

又〈寓中龍吐珠一夕盛開〉：

夢裏風華記不真，心痕的的印朱脣。
誰知樊素經年別，忽到窗前一笑親。（《興懷集》，頁53）

詩於民國76年（1987）臺北作。龍吐珠，別稱珍珠寶蓮，一名一點紅。未開時，鮮紅如珠。花開時，紅色的花冠從白色的萼片中伸出，白色中一點的紅花，宛如龍吐珠，故名。原產非洲，1901年引進臺灣。詩中首句，似在夢中見過此花，花色、花樣如紅脣。三句，轉至猶如白居易侍女樊素一年別，忽來窗前一笑，令人驚喜、驚艷。

又如〈桃李〉：

桃李花開錦樣新，烘晴扇煖苦撩人。
少年不飲薈騰醉，老醉薈騰未覺春。（《興懷集》，頁53）

詩於民國76年（1987）臺北作。首言春天桃李盛開，花樣新鮮。二句，春景撩人心動。桃花有所謂「爛漫芳菲，其色甚媚」。三句，轉言少年不飲酒，卻糊塗醉春。四句，老年糊塗，醉酒不覺春景。有趣。

又如〈將僦室遷居園中花事忽盛前所未睹〉：

其一：

珠蘭作意粟成堆，梔子輸忠兩度開，
同戀主人同惜別，茶梅犯暑試花胎。（《興懷集》，頁 56）

其二：

群芳從我十餘年，最是今朝得我憐。
我自多情於白傅，樊鸞駱馬許同遷。（《興懷集》，頁 56）

詩於民國 76 年（1987）臺北作。僦室，租賃房舍，指由潮州街宿舍移租至廈門街。第一首，言園中珠蘭有意結花成堆，而梔子亦表忠誠，兩度花開。唐王建有〈雨過山村〉詩：「婦姑相喚浴蠶去，閑看中庭支子（即梔子）花。」[57] 因為梔子花果實似「卮」，酒杯，韓愈的〈山石〉詩亦有：「升堂坐階新雨足，芭蕉葉大支子（梔子）肥。」[58] 可知唐代以來即以梔子為庭園栽種植物。三句，轉至梔子多情，花盛開似寓與主人惜別，而茶梅在暑天亦已作蕾。二首，言園中群芳隨先生十餘年，只有今朝要遷居花開最盛。三句，反轉，或由自己多情過於白居易，非花之難捨，包括家小婢妾本就隨之而去，何況是花。一首由花之多情，二首轉言己之多情，以情字前後左右思量，落想出奇。

又〈茶梅去夏作蕾今春遲遲不開〉，其一：

六月梢頭已著丹，含苞苦耐一冬寒。
而今春盛猶遲放，作麼花開爾許難！（《興懷集》，頁 56）

---

[57] 清聖祖御製：《全唐詩》（臺南：明倫出版社，1974 年），卷 301，頁 3431。
[58] 見屈守元、常思春主編：《韓愈全集校注》（成都：四川大學出版社，1996 年），貞元 17 年（801），頁 109，〈山石詩〉云：「山石犖确行徑微，黃昏到寺蝙蝠飛。昇堂坐階新雨足，芭蕉葉大支子肥。……」

其二：

> 巧琢枝頭幾點紅，秋風度後到春風。
> 癡兒不解金鈴護，孤負經年造化功。（《興懷集》，頁 56）

詩於民國 77 年（1988）臺北作。茶梅，屬山茶科的常綠灌木，又名紅梅、山茶花、山茶梅、耐冬花。茶梅和山茶花很像，但茶梅的花期較早，秋末即開花，其花朵平開，花瓣片片掉落，而山茶花是整朵掉落，茶梅的葉子比山茶花小。[59] 第一首詠茶梅由夏、秋至冬已作蕾，而今春猶未開，末句，試問茶梅，開個花有這麼難嗎？第二首，講茶梅枝頭紅色花苞，經秋冬至春，癡心的人不解茶梅何以遲遲未開，似乎孤負天地造化養育如此之久。由茶梅遲遲未開，引起諸多臆測，在不要緊處生疑，有如吹皺一池春水，引發寫作，是為寫作新技巧。

再次，詠動物方面，如〈雲漢池觀魚〉：

> 結隊從容碧水潯，濠梁有客最知音。
> 客心未抵魚心樂，分取魚心樂客心。（《興懷集》，頁 53）

詩於民國 76 年（1987）臺北作。首言魚在池中成群結隊，猶如《莊子·秋水篇》：「莊子與惠子遊於濠梁之上。莊子曰：儵魚出遊從容，是魚之樂也。惠子曰：子非魚，安知魚之樂？莊子曰：子非我，安知我不知魚之樂。」[60] 一段故事。三句，轉至作客於此，雖未若魚之樂。末，卻能分取魚之樂而樂。不必在「子非魚」、「子非我」上打轉，直取魚能令客心樂無窮，了結莫須有之辯論。

再次，詠金佛。

---

[59] 參臺灣茶訊——對茶梅介紹的網頁 http://www.tea520.com.tw/tea_flower05_info.asp?id=2。
[60] 王先謙：《莊子集解》（臺北：世界書局，1972 年，《諸子集成》第 4 冊），卷 4，〈秋水篇〉第 17。

蕭先生有〈曼谷三友寺金佛〉，自注：

暹王斂國中金，陰鑄大佛高丈許，而泥塑其外，意在巧藏。三百年來無人知其為金者。二十四年前，偶有剝落而金始見。大戰期中，日人亦不之知，其不隨重器東遷者，幸也。（《興懷集》，頁42）

其詩云：

土木形骸三百年，發光劫隙劇堪憐。
一朝丈六金身見，誨盜何由策萬全？（《興懷集》，頁42）

詩於民國63年（1974）泰國曼谷作。自注云：「泰國暹羅王收斂國中黃金，而鑄大佛高丈許，外裹以泥以為巧藏，三百年無人知其為金佛。二十四年前泥土剝落而黃金始見。日侵泰國亦不知，否則將隨日軍東遷。」詩首言金佛以「土木形骸」作為掩飾，300年無知者，發光，言藏物之囊，此指泥塑，掩蓋其光，巧藏因得未犯劫難。24年前一朝間丈六金身出現，盜賊方知失策未得。以「金佛」故事，寄託人生「大智若愚」的哲理。

六、題畫

題畫詩，以詩表達畫的境界，或借畫題詩，或對畫家和作品的評價。題畫詩的產生，遠在六朝，就有詠屏、詠物、詠扇之類詩歌，是較早的作品，不過這些詩，往往與畫面不太相關。

唐代，題畫詩作者，包括：李白、杜甫、王維、岑參等詩人寫了不少題畫詩，宋代蘇軾也寫題畫詩，多屬於廣義的題畫詩，不直接提寫在畫面上。真正的把詩直接題在畫面上，從宋徽宗趙佶（1082-1135）開始。趙佶的〈聽琴圖〉、〈芙蓉錦雞圖〉都有自己的題詩。元代，著名畫

家如趙孟頫、黃公望、王冕等，將詩、書、畫融合一體，促進題畫詩的流行。到了明清時期，題畫詩更為盛行，也有題畫詩專集，如汪緯辰輯《大滌子題畫詩跋》、陳邦彥編《歷代題畫詩》一百二十卷。[61] 清代如畫家鄭板橋，民國初年齊白石，也都有自己風格的題畫詩。

蕭先生作畫，畫中往往題詩，今就《興懷集》〈題畫詩〉，或相關題畫詩分述如下。

先就相關題畫詩，依創作時間，分別如〈題畫贈季生〉：

新安江水碧於煙，白袷春衫各少年。
一簇芙渠紅到岸，迎人忙殺渡船頭。（《興懷集》，頁30）

詩於民國49年（1960）臺中作。時蕭先生任教於東海大學。從詩意推測，季生（西園？），或出生浙江，詩以浙江新安江上開筆，是以首句言「新安江水碧於煙」。二句，言其年少，亦言畫中景物。三句，轉至畫中芙渠（荷花）在岸邊，碼（渡）頭人來人往。圖畫意象生動。

又〈題哲夫松圖〉，自注：

丙午歲客加州，游玉屑滿地（Yosemite），登守望峯（Sentinel Dome）絕頂，上有孤松曰哲夫（Jeffrey Pine），蓋千歲以上物也。既歸，追摹為圖，復繫以詩。（《興懷集》，頁37）

其詩云：

玉屑之山守望峯，八千尺上摩青穹。
高處荒寒卉木絕，誰知拔地騰蛟龍。
託根石罅幾千載，風刀雪鏃時環攻。
寸土爭據閱萬險，層癭累菌何龍鍾。
交柯錯幹自將護，蒼皮汗血成鞾紅。
歷百千劫逾貞固，一鱗一爪皆金銅。

---

[61] 本段參劉海石選注：《清人題畫詩選注》（瀋陽：遼海出版社，1998年），〈前言〉，頁2。

我攜婦幼坐其下，披襟諤諤迎天風。

自慙塵網苦行役，頻年海外旋飛蓬。

安得植根磐石上，長揖相從黃石公。(《興懷集》，頁37)

詩於民國 56 年（1967）臺中作。根據蕭先生詩自注，哲夫松在加州玉屑滿地（今稱優勝美地），登守望峯所見之孤松，千年以上。作者去歲遊歷歸來，次年，追摹形狀，並題此圖詩。首言哲夫松在玉屑滿地之守望峯，有八千尺之高，上接青天，山頂高寒草木絕，誰知卻有如虬龍般松樹拔地而起。已生長石縫幾千年，且飽受風霜冰雪之苦。這山頂，哲夫松為求生存，寸土爭據，皮膚如龍鱗，枝幹交錯，皮色鞿紅。雖歷百千劫難，生命愈顯貞固，皮之一鱗一爪似金銅，則松樹內外之美言盡。接言，作者帶著家人（蕭夫人與公子東海）坐其下，迎面風吹。自慚平日為生活奔波，在海外亦如蓬草飛旋。末二句，感慨何時能如哲夫松長居於此，如黃石公之歸隱。托出作者嚮往，並有隱居之意，益見松樹立身之高。

又〈題盧元駿故山別母圖〉：

廿載家山別，高堂日倚閭。

天昏狼燧隔，雲斷雁書疏。

遊子髮初白，慈親淚已枯。

春暉終莫報，茹恨帶來蘇。(《興懷集》，頁38)

詩於民國 56 年（1967）臺中作。盧元駿先生為政治大學中文系教授。〈故山別母圖〉為盧教授畫。圖中表達別家 20 年，想像慈親日日倚門等候。而海峽彼岸，烽火相隔，雲斷雁書，盧教授髮亦已白，慈母淚也枯竭，有如茹草，欲報春暉之德，難矣。詩中亦有感時之悲。

又〈自題海角幽居圖〉：

近歲山居久，丘陵妨視界。

刻意狀峯巒，烟霞弄狡獪。

> 谿壑等坳堂，置舟纔可芥。
> 自謂心境寬，微覺天地隘。
> 世亂易迷方，況予倦行邁。
> 試筆作安瀾，不惜駱駝疥。
> 髣髴摶扶搖，此身附鵬背。
> 春露冷於冰，一杯或可賣。（《興懷集》，頁 40）

自注：「六十六年承漢城東國大學校贈授名譽文學博士，聊以是圖報之。」（《興懷集》，頁 40）蕭先生於民國 62 年（1973）作〈海角幽居圖〉。民國 66 年（1977）韓國漢城東國大學贈蕭先生名譽文學博士，蕭先生乃以此圖回報。詩中蕭先生自言近年居住大度山，山中多林木，往往妨礙視界，因此刻意描摹山峯烟雲，大山谿谷，谿谷可藏舟，小草可浮於低漥之地一般（語出《莊子》）。因心境寬，忽覺天地小。世亂人們易迷失自我，自己「倦行邁」幽居不出遊，家中筆墨作畫，髣髴附寄鵬鳥，順羊角風（摶扶搖）而上。末二句，圖中露冷於冰，或可出售為冰水，以為調侃。

又〈題桓野王弄笛圖〉：

> 為君三弄答知音，崖岸何曾涬素心。
> 典午一朝無寸土，獨留笛步到於今。（《興懷集》，頁 48）

詩於民國 71 年（1982）臺北作。桓伊，晉、譙國銍人，字叔夏，小字野王。《晉書‧桓伊傳》云：

> （桓伊）善音樂，盡一時之妙，王徽之赴召京師，泊舟清溪側，素不與徽之相識，伊於岸上過船中，客稱伊小字曰：此桓野王後也。徽之便令人謂伊曰：聞君善吹笛，誠為我一奏。伊是時已顯貴，素聞徽之名，便下車，踞胡床，為作三調弄畢，但上車去，客主不言。[62]

---

[62] 〔唐〕房玄齡等撰，〔清〕吳士鑑、劉承幹註：《晉書》（臺北：藝文印書館，1955 年，據武英殿本影印），卷 81，頁 13（總頁 1398）。

本詩以桓伊弄笛答王徽之知音故事題此圖，晉朝已亡，而其笛音尚留人間，言知音難覓。

又〈題黃山夢筆生花石圖〉：

> 黃山山頭多奇石，群峯直指森矛戟。
> 玉宇高寒不可棲，相傳舊是仙人宅。
> 仙人一去未歸來，至今滿地遺圭璧。
> 象簡瑤簪漫不收，嶙峋玉笋高千尺。
> 中有亭亭一朵松，云是江郎夢中筆。
> 曾瀉璣珠萬斛來，空山棄擲真堪惜。
> 我曾三作黃山客，苦向仙人求不得；
> 老來才共鬢毛衰，安能借我生顏色！（《興懷集》，頁52）

詩於民國75年（1986）臺北作。詩從黃山多奇石說起，黃山山峯筆直如矛戟森列，山高且寒，傳說是仙人所居，可惜仙人一去不回，遺留圭璧，及各種造型玉器，即是山之形貌。高峯千尺，其中有一朵松，說是江淹夢中彩筆，據云能寫萬斛璣珠文章，卻擱置於此。作者來此三次，向仙人求彩筆不得，何況鬢毛已衰，如何助我文彩？一來言年老，二來言「題畫」、「夢筆生花」，畢竟是「夢」。借用典故，增加趣味。

其次，在《興懷集‧附題畫詩》部分，未註明創作時間。今就依其書中排列先後說明。如頁61，其一：

> 絕意人間世，山深幾度春。
> 烟霞成痼疾，鷗鷺總親鄰。
> 水煖聞芳杜，風微動白蘋。
> 四時幽興足，何物淬吾真？（《興懷集》，頁61）

由詩中「山深」、「烟霞」、「鷗」、「鷺」、水邊「芳杜」、「白蘋」看來，

是山水畫題詩，畫面有這些相關景物。見此畫心神怡悅，足知此圖之幽美。

其二云：

高樹陰陰合，疏花細細香。
簾櫳塵不到，清絕讀書堂。(《興懷集》，頁61)

詩言讀書堂有高樹、疏花香。應為山水田園圖。

其三云：

林表烟邨遠，雲端山寺深。
扁舟自容與，無復子牟心？(《興懷集》，頁61)

遠景白雲、山寺，中景叢林，近處小舟水中盪漾。景物令人心曠神怡，不再有魏子牟人在江湖，心念魏闕之想。山水圖繪，引人入勝。

又，其四：

荒村隔野烟，隱隱聞雞犬。
即此覓仙源，所思不在遠。(《興懷集》，頁61)

自注：「為古屋奎二。」(《興懷集》，頁61) 知此畫荒村古屋景物，為日本友人作。

又，其五：

秋山紅樹深，岡勢淨如割。
平楚散村烟，亦使吟眸豁。(《興懷集》，頁61)

山岡淨如割，可能用斧劈皴法，山勢剛勁。秋山紅（楓）樹多，平地則村中升烟。亦為山水圖。

又，其六：

叢嶂抱清溪，歸舟繫紅樹。
由來隱士家，總在雲深處。(《興懷集》，頁61)

清溪繞叢山，近處，舟繫紅樹邊。三句，點明此為隱士家，在山雲深處。是為山水題圖詩。

又，其七：

幽人結茅廬，谿岸平如掌。
無事息林陰，終朝聞澗響。
臥迎北窗風，坐挹西山爽。
不待嶺雲歸，嵐光自泱漭。(《興懷集》，頁61)

詩言幽居林泉隱士，終日聽聞泉流磵谷聲音，享受山中清風與泉流。亦為山水題畫詩。

在《興懷集》頁62，〈題畫詩〉，如其一：

野水偶留客，寺鐘時出雲。
相逢松下坐，濯足謝塵紛。(《興懷集》，頁62)

背景為山寺，有水流，有雲起。三句，轉向主題，松下坐見雲出水流，景物美好，不必眷戀功名，濯足(《楚辭‧漁父》云：「滄浪之水濁兮，可以濯吾足。」)，可為隱士。圖為松下高士相遇。

其二云：

高嶺雪如花，平陂花似雪。
地勢有高庳，世情有冷熱。
趣舍本萬殊，難與俗人說。(《興懷集》，頁62)

本詩應寫高山景物圖，高山舖雪雪如花，平坡花似白雪。三句，因地勢有高低，氣候有冷熱，是以作物不同生長，人情亦是如此。五句，轉至

議論人生，取舍不同，蓋出身高低不同，價值觀差異甚大。六句，難與俗人說道理。由畫面而轉至人生哲理。

其三云：

不求千載名，但遂一時興。
縱筆寫吾胸，自謂脫蹊徑。（《興懷集》，頁62）

詩中表達一時興起乃縱筆作畫，自認為脫離一般蹊徑，自成趣味。詩畫寫胸中逸氣。

其四云：

陰陰村樹合，汩汩野泉流。
近壑春雲積，遙峯夕照收。（《興懷集》，頁62）

詩中言，村邊樹密，泉水繞村。近壑春雲堆積，遠峯夕陽斜照。

其五云：

溪岸柳初醒，茆簷人未起。
晚風時一來，嫋嫋春烟裏。（《興懷集》，頁62）

首言春天溪岸柳枝迎風招展，而茅屋之內尚在高臥。三句，時來晚風，吹起嫋嫋炊煙。詩中所指應為田園圖。

其六云：

扶筇溪上路，載酒水邊亭。
風定松聲細，春深柳色青。（《興懷集》，頁62）

首二句敘事，言處士走溪邊路登山，載酒於亭上休息。後二句言景，風定，是以松聲小；春末，是以柳色青。

其七云：

煙浦堪行釣,陂田不廢耕。
餘年何所望?無事樂升平。(《興懷集》,頁62)

首二句敘景,水邊可行釣,坡地亦可耕。三句,由前二句來,漁夫、村夫對未來希望,只求天下昇平。短短幾筆,書寫、圖繪一般平民百姓願望。

其八云:

蒼蒼澗底松;灼灼霜後葉。
霜葉美人顏,澗松奇士節。(《興懷集》,頁61)

首句由左思〈詠史〉詩:「鬱鬱澗底松」[63]來,二句由《詩經·桃夭》:「桃之夭夭,灼灼其華」[64]出。二句言松雖處澗底,霜後乃不凋;不僅不凋,還如美人顏面青春美貌,松幹則挺拔,猶如奇士操守。詩詠「澗底松」之奇節,不因處澗底而失節。

其九云:

善葆百尺姿,不仰徑寸莖。
澗底亦何害,枝葉常欣榮。(《興懷集》,頁62)

此詩亦詠「澗底松」之意。是翻左思〈詠史·鬱鬱澗底松〉之案。葆,本草盛貌,善葆,指高大草木,有「百尺姿」,無須「仰徑寸莖」之小草,言外之意甚明。是以三句轉言「澗底亦何害」,不因出身低微而自卑,枝葉常青,生活自在、自如。以善葆如松樹生長澗底、四季常青,無求於人,欣然自得興託。似勝左思「鬱鬱澗底松,離離山上苗」之境界。

---

[63] 〔西晉〕左思:〈詠史詩〉,見逯欽立輯:《先秦漢魏晉南北朝詩》(臺北:學海出版社,1984年),卷7,〈左思〉,頁733。
[64] 〔東漢〕鄭玄注:《毛詩》(上海:上海古籍出版社,2003年,據四部備要本校刊),卷1,〈桃夭〉,頁4。

《興懷集》頁63,〈題畫詩〉,其一云:

策杖渡溪橋。喁喁溪語細。
霜紅亂撲簷,領取清秋意。(《興懷集》,頁63)

首句敘事,幽人扶杖過橋,耳聞溪流喁喁之聲。三句言景,見楓葉滿簷,末句,乃悟清秋之節。所謂首尾回環。圖似幽人過橋賞楓圖。

其二云:

尺素可娛心,斗室堪容膝。
信手寫溪山,下筆成馨逸。(《興懷集》,頁63)

詩言信手作圖,但覺圖中溪山美麗,超脫世俗。

其三云:

絕羨山中人,不向城裏住。
山中草木馨,城裏多酸雨。(《興懷集》,頁63)

圖畫,書寫山中草木,自然自在之意。「城裏多酸雨」,似有意外意。

其四云:

江亭臨野渡,遠浦自縈迴,
不負秋光好,詩人載酒來。(《興懷集》,頁63)

圖畫中,江邊亭近渡口,遠處水似在徘徊,詩人載酒,趁秋醉飲。寫的是秋天江亭景。

其五云:

何人縛草亭,荒荒託巖壁?
孤松不成濤,一水破岑寂。(《興懷集》,頁63)

詩寫圖巖壁上草亭,有孤松旁立,水從壁間瀉下。末句「一水破岑寂」,「破」字有力。

其六云:

有亭有亭,在石之背。
上有高樹,枝柯交蓋。
如一販夫,道旁假寐。
蜷身縮頸,筠笠猶戴。
驟視無睹,即之可愛。
莫謂亭小,容君數輩。(《興懷集》,頁63)

詩云:石背有亭,石上高樹,枝葉交柯,茂盛,似圖販夫道旁假寐,蜷身縮頸,猶戴竹笠。驟視無睹,即之可愛。想像販夫何不在亭上休息?嫌亭小?由石亭、樹、道路、販夫構圖,作者添增對話想像。

其七云:

後水催前水,近山遮遠山。
滔滔人世事,也作這般看。(《興懷集》,頁63)

首三句言圖中近山大,遮住遠山;如後輩(水)逐前輩(水),新人換舊人。三句,落實人世事,正復如此。由山水轉至人生。詩圖富哲理。

其八云:

有石如砥,有山如壁。
滋惟三公,勁挺堅實。
咨爾群材,孰敢不直?(《興懷集》,頁63)

此應畫山石松圖,石如砥,山如壁,松不凋委,剛正不阿,取其寓意。

其九云:

江水東流去,風來與之爭。

乘勢因所便，智者窺虛盈。
順逆常相半，即此是人生。(《興懷集》，頁63)

此或題「江水東流」畫詩。風有順逆，順風順流，舟行過快；逆風逆流，舟行過慢；人生遭遇，往往不是如此。或逆風順流，或順風逆流，舟行要靠努力運氣，人生道路亦復如是。[65]

在《興懷集》頁64所錄的〈題畫詩〉，如其一云：

奇花如美人，長松如高士。
花能幾日紅，松老閱千祀。(《興懷集》，頁64)

此應為「詠松圖」詩。「松老閱千祀」，表達松可千萬壽，閱盡人世間禍福榮枯。不像花紅，花開花謝，如人間富貴，轉眼而已！

其二云：

水自雲中來，人向雲中去，
來去兩無心，白雲時一遇。(《興懷集》，頁64)

此或繪「水雲圖」。人與雲之相遇，在於水，來去不過偶合。亦富哲理。

其三云：

孤亭盡日閑，孤松日相守。
安得素心人，於此共杯酒。(《興懷集》，頁64)

詩中表達圖畫中「孤亭」、「孤松」與「素心人」，如何相遇於此。則三者之心亦相連矣。

---

[65] 趙翼《甌北詩鈔》五古二，有〈湘江舟行〉，其一云：「順風兼順水，一日數千里。風逆水復逆，進寸處退尺。風水倆俱順，良可快踆進。我意殊不然，過順生悔吝；惟願得其一，以偏收全功。有風不必水，有水不必風；於力既易補，於理亦甚公。君看得意人，雙挾風水駛；張帆飽若公，捩柁疾如矢。前有山彎彎，下有石齒齒；乘勢不及收，一觸或破毀。」頁8，湛貽堂本。甌北主張順風或順水只得其一便可，所謂「有風不必水，有水不必風」，否則太順利，「一觸或破毀」。亦參王建生：《趙甌北研究》(臺北：學生書局，1988年)，頁504。

其四云：

　　一別江鄉已十年，年年歸計阻烽烟。
　　何時結屋谿山畔，不閉柴扉放腳眠。(《興懷集》，頁64)

首句言「一別江鄉已十年」，此圖與詩或在民國48、9年（1959、60）作。二句，言欲歸大陸家鄉，但為烽火所阻。此圖自注云：「為東海大學柯安思教授作。」以上二句，言柯教授亦言己。三句，「何時」，亦言二人，能結屋谿山畔，不閉門戶，痛快休閑。即言圖畫之景。

　　其五云：

　　一水彎環抱碧岑，有人家住碧岑陰。
　　此身漸向江湖老，猶有歸飛倦鳥心。(《興懷集》，頁64)

自注：「五十四年為宗棟時客加州。」(《興懷集》，頁64)詩言水繞碧山，有人家住山北，前有水環繞，覺山水田園之美。三句，轉至自己漸老，亦有歸鳥之意。自注云民國54年（1965）客座加州大學，為姻兄（張）宗棟作。

　　其六云：

　　菰黍堆盤逢午日，蝸居近市怯驕陽。
　　幻將筆底千峯雪，賺得心頭一味涼。(《興懷集》，頁64)

詩言正當端午，是以滿盤「菰」「黍」。因寄居市場邊，有感太陽炎熱，於是幻想筆底繪出「千峯雪」，以為消暑，讓心頭涼快。此圖畫「千峯雪」詩。

　　其七云：

　　三間精舍傍溪邊，隔岸疏林冪曉烟。
　　任是日高人未起，鶯聲莫教損春眠。(《興懷集》，頁64)

詩言圖中，溪旁三間書齋，隔岸疏林曉烟，此山野之地正好隱居。三句，轉出圖外，如此歸隱佳處，可以日高尚臥，不必鶯鳥聲催起。則知圖中高士正「春眠」。

其八云：

山中春近雨初晴，幾朵夫容照眼明，
剩欲扁舟尋野壑，盡忘塵事聽溪聲。（《興懷集》，頁64）

詩言接近春天，山中雨停初晴，幾朵芙蓉出水，令人有出遊的衝動。是欲乘舟尋壑，忘記塵世煩惱，盡情聽取淙淙水流。圖應為雨後春景。

其九云：

遠屋扶疏三兩樹，清溪時見小漣漪。
筆端但有尋常境，愧乏胷中一段奇。（《興懷集》，頁64）

首句自陶淵明「遶屋樹扶疏」（〈讀山海經〉詩）來，言圖中遶屋二、三樹，前有清溪，只是一般平常人家，借以書寫情懷，而乏胸中奇事。圖應繪一般平常人家，陶然家居之樂。

在《興懷集》頁65，〈題畫詩〉，如其一云：

獨客孤松杖一枝，萬山叢裡立多時。
騷懷不盡蒼茫感，自袖烟雲自詠詩。（《興懷集》，頁65）

圖裏，萬山叢中，「獨客」、「孤松」，還有手「杖一枝」，顯示圖中人物堅貞、孤獨。三句，圖中人物似有屈原〈離騷〉存君興國，忠而被謗，信而見疑，對於未來，蒼茫迷惘之感，只得圖繪山水作詩以遣懷。圖中人物亦或當時作者心境寫照。

其二云：

斑爛黃葉岡前路，隱約蒼鬟霧裡山。
領取化工秋意思，管他顏色幾多般。（《興懷集》，頁65）

圖詩皆寫秋景。隱隱約約山中，山前道路掉落黃葉滿地。正是秋意。

其三云：

連日炎歊鬱不開，時聞飛瀑轉風雷。
前山尚有微晴意，已遣涼雲送雨來。（《興懷集》，頁 65）

圖詩寫山中瀑泉。

其四云：

綠樹成陰水滿渠，幾家茆屋結鄰居。
夏初春後閒時少，了卻蠶桑又種畬。（《興懷集》，頁 65）

詩圖言春後夏初，農村相聚為鄰，農民忙於養蠶及火耕等農事情形。

其五云：

難得新春半月閒，農家袖手閉柴關。
田園漸覺東風煖，挈榼探親一日還。（《興懷集》，頁 65）

詩圖言新春閒月，天氣回暖，送禮（榼，酒器）探親事。

其六云：

鮐背蒼髯四五株，梅邊竹外護精廬。
敧斜自稱幽人旨，不用秦封號大夫。（《興懷集》，頁 65）

詩圖言幽人精廬外有松竹梅，自有高致。

其七云：

涼雲將雨幻陰晴，一枕高樓午夢清。
風弄蕭蕭滿園竹，隔窗相和讀書聲。（《興懷集》，頁 65）

詩圖言處士幽居，滿園竹蒿，隔窗書生相和，讀書為伴。

其八云：

世味深諳醉眼醒，賞音難遘轉伶俜。
誰云絲竹堪陶寫？松下泉聲最耐聽。(《興懷集》，頁65)

詩圖應為「松下聽泉」。比之於世道，「醉眼醒」，帶些含糊較佳。回歸自然，聽「松下泉聲」自然之音勝過絲竹管絃。正是詩圖之旨。

其九云：

遠山欲雨近山晴，變幻春光畫不成。
老子胸中有丘壑，也曾辛苦費經營。(《興懷集》，頁65)

詩圖言春景變化，忽晴忽雨。作者曾經為畫山水辛苦學習，已有定見。

在《興懷集》頁66，〈題畫詩〉包括，其一：

寂寂歷歷三兩峰，淡雲來往時空濛。
松杉影裏逕何處？家在清溪東復東。(《興懷集》，頁66)

其二：

範水模山興未闌，圖成留與自家看。
只因胸次無塵著，便覺烟雲繞筆端。(《興懷集》，頁66)

其三：

莫笑山家水上居，松間亦自有精廬。
夜來一雨添飛瀑，亂送灘聲落枕粗。(《興懷集》，頁66)

其四：

未逢晉苑三君子，卻喜秦封五大夫。
野老杖頭錢不少，山禽處處喚提壺。(《興懷集》，頁66)

其五，自注：「為人題雪漁圖。」，詩云：

縱著漁簑不耐寒,渭川千畝雪漫漫。
老夫釣罷無魚賣,手把玲瓏玉一竿。(《興懷集》,頁66)

其六,自注:「為人題蝴蝶蘭。」其詩云:

莫笑移根老瓦盆,蘭圍標格蝶為魂。
紫莖綠葉依稀似,猶帶湘山雨露痕。(《興懷集》,頁66)

其七:

連阡接屋自成村,樂歲人家笑語溫。
野老惟知廣田宅,蓬門漸見長兒孫。(《興懷集》,頁66)

其八:

江南水闊天長,飽看山色湖光。
獨棹扁舟去遠,回頭烟柳微茫。(《興懷集》,頁66)

其九:

青山一徑入雲深,璚館瑤臺有客尋。
愛聽琤琮橋下水,時和疏磬出幽林。(《興懷集》,頁66)

在《興懷集》頁67,〈題畫詩〉包括:

其一:

飛泉萬斛落瓊霙,草閣涼生入骨清。
天氣如人渾不定,近山欲雨遠山晴。(《興懷集》,頁67)

其二:

雪蘆皤似詩人鬢,霜葉丹如玉女脣。
莫道秋光定騷屑,秋來風物艷於春。(《興懷集》,頁67)

其三，自注：「題月世界圖，地在高雄境內。」其詩云：

十里巉巖插玉屏，亦堅亦峭亦伶俜。
何人移置蟾宮石，不管羣峰四面青？（《興懷集》，頁 67）

其四：

山南山北自成鄰，道是桃源好避秦。
隔斷世間塵不到，雲中雞犬近相聞。（《興懷集》，頁 67）

其五：

閱盡風霜幾度秋，老枝蟠屈碧陰稠。
託根不肯爭高處，合讓新苗壓上頭。（《興懷集》，頁 67）

其六，自注：「癸亥所藝蘭開，喜而寫之，并題。」其詩云：

一本幽蘭幾歲栽，今年喜見素心開。
將渠寫入生綃裏，此是平生第一回。（《興懷集》，頁 67）

其七：

巖阿松吹雜泉聲，曳杖危梁自在行。
莫道白雲閒最甚，白雲歸處見山僧。（《興懷集》，頁 67）

其八：

卜築林泉意自閒，松風吹我杖藜還。
日長市遠無人到，排闥青來四面山。（《興懷集》，頁 67）

在《興懷集》頁 68，〈題畫詩〉包括其一：

一道飛泉水一灣，青林隙處見青山。
官橋日暮塵初定，漁父磯頭心自閒。（《興懷集》，頁 68）

其二，自注：「山居圖酬詩人吳三贈蘭。」其詩云：

> 詩人贈我金邊蘭，我欲報之青琅玕。
> 自笑王恭無長物，胸中筆底惟丘巒。
> 漫寫江南一尺山，幽居著向青林端。
> 紙墨無香敵王者，賸君春色從君看。(《興懷集》，頁 68)

其三：

> 野水渟泓碧一灣，荒林斷岸不成山。
> 老來厭作驚人筆，看盡雄奇止等閒。(《興懷集》，頁 68)

其四：

> 都市紛囂眼倦開，車如流水漲塵埃。
> 始知明月清風貴，不是金錢買得來。(《興懷集》，頁 68)

除自注另有說明外，以上詩圖內容大體皆為山水與田園為主。

七、說理

在詩歌裏面，表達作者人生的態度、人生觀，或富於哲理思想，古來作者甚多。如阮籍〈詠懷〉82 首。又如陶淵明〈飲酒詩〉20 首，第一首云：

> 衰榮無定在，彼此更共之。
> 邵生瓜田中，寧似東陵時。
> 寒暑有代謝，人道每如茲。
> 達人解其會，逝將不復疑。
> 忽與一樽酒，日夕歡相持。[66]

---

[66] 參丁仲祜（福保）：《陶淵明詩箋注》（臺北：藝文印書館，1989 年），卷 3，頁 12（總頁 107）。

詩以秦時邵平長安城東種瓜史實，感世事變化，盛衰無常。言人之得失榮辱、吉凶禍福，不過如四季循環，不必執著，不必懷疑。[67] 北宋・蘇軾有〈和陶淵明〉詩，以為寄慨。

> 又如謝靈運〈登石門最高頂〉：
> 晨策尋絕壁，夕息在山棲。
> 疏峰抗高館，對嶺臨迴溪。
> 長臨羅戶穴，積石擁階基。
> 連巖覺路塞，密竹使徑迷。
> 來人忘新術，去子惑故蹊。
> 活活夕流駛，嗷嗷夜猿啼。
> 沈冥豈別理，守道自不攜。
> 心契九秋榦，目翫三春荑。
> 居常以待終，處順故安排。
> 惜無同懷客，共登青雲梯。[68]

此詩為靈運北返既久，登石門山最高頂作。在石門山所見之疏峰、高館、對嶺、迴溪。……所聞之泉響、猿啼。及順處安排的想法。描寫石門山風光、隱居獨賞，悟出萬物生死之道，順應自然的志節。表達詩人人生態度，不如「處順」、「安排」，做個「隱士」（青雲梯）。

唐代寒山有說初唐，有說貞觀時住天臺山寒巖，國清寺僧人，有詩312首（《全唐詩》本），開拓平易通俗的詩，或吐露民間疾苦，或寓人生哲理。

如第一首：

> 凡讀我詩者，心中須護淨。
> 慳貪繼日廉，諂曲登時正。

---

[67] 參王建生：《陶謝詩選評注》（臺北：秀威資訊科技公司，2008年），頁43。
[68] 參考黃節《謝康樂詩注》卷3，頁656，版本同注66。

驅遣除惡業，歸依受真性。
今日得佛身，急急如律令。[69]

勸信徒歸（皈）依佛、法、僧三寶，去除身、口、意所作乖理之事。第二首云：

重巖我卜居，鳥道絕人跡。
庭際何所有，白雲抱幽石。
住茲凡幾年，屢見春冬易。
寄語鐘（鍾）鼎家，虛名定無益。[70]

寒山住鳥道絕跡之寒巖，只見「白雲抱幽石」（謝靈運〈過始寧墅〉詩句）。並勸「鐘鳴鼎食」富貴人家，人生最後一場空，虛名無益。

蕭先生說理詩，最著名的是〈擬寒山〉12 首。

有關寒山，或稱寒山子，據《寒山子詩》的講法：「寒山子者，不知何許人也？自古老見之，皆謂貧人風狂之士，隱居天臺唐興縣西七十里，號為寒巖。每於茲地，時還國清寺。寺有拾得，知食堂，尋常收貯餘殘菜滓於竹筒內。寒山若來，即負而去。或長廊徐行，叫喚快活，獨言獨笑，……樺皮為冠，布裘破弊，木屐履地。」[71] 寒山著布裘，樺皮冠，經常吃剩飯菜，獨言獨笑的狂，詩率真，富說理。[72]

《興懷集》頁 57 起，有〈擬寒山〉12 首，第一首云：

東坡天下士，喜和淵明詩。
淵明超眾類，宜為風雅師。

---

[69] 〔唐〕寒山撰，李誼注釋：《禪家寒山詩注》（臺北：正中書局，1995 年），頁 1。
[70] 〔唐〕寒山撰，李誼注釋：《禪家寒山詩注》，頁 3。
[71] 〔唐〕寒山撰，李誼注釋：《禪家寒山詩注》，頁 1。
[72] 參王建生：《簡明中國詩歌史》（臺北：文津出版社，2004 年），頁 90。

> 荊公卓犖人，獨擬寒山辭。
> 寒山辭語淺，意趣亦參差。
> 倔強如荊公，豈作東家施？
> 鄙辭啟妙悟，寒山安能知？
> 我非風顛漢，偶亦有所思。
> 匪學邯鄲步，聊發君侯癡。
> 我自說我話，一任寒山嗤。（《興懷集》，頁57）

〈擬寒山詩〉為民國77年（1988）臺北作。時先生已退休家居，或許閒來作詩遣懷。第一首為12首〈擬寒山〉詩總冒。開始言蘇軾有〈和陶詩〉，而陶淵明智慧過人，東坡〈和陶〉有其必然，淵明為詩人之師，亦宜。宋代王安石卓立獨行，卻佩服寒山子，而有〈擬寒山〉詩。王安石〈擬寒山拾得〉20首，其一云：

> 牛若不穿鼻，豈肯推人磨。
> 馬若不絡頭，隨宜而起臥。
> 乾地終不洸，平地終不墮。
> 擾擾受輪迴，祇緣疑這箇。[73]

寒山詩辭意雖淺，意趣豐富，如王安石個性如此倔強，豈有東施效顰道理？顯然，寒山詩有值得耐人久味的地方。蕭先生〈擬寒山詩〉「鄙辭」句下，作者言己，己亦效安石作〈擬寒山詩〉[74]，或能開啟一些道理，寒山豈能知？己亦非如寒山風顛，偶亦有所思而作，並非愛學古人，不過寫心中癡心妄想，自說自話，說不定不合寒山之意，任由寒山嗤笑。雖非風顛漢，卻也癡心妄想，因擬寒山作，倒合寒山思想。

---

[73] 〔宋〕王安石：《臨川先生文集》（臺北：臺灣商務印書館，1979年，商務四部叢刊本），第3卷，古詩，〈擬寒山拾得〉20首，頁3（總頁72）。

[74] 王安石之後，〈擬寒山〉詩者尚多，如張雨〈擬寒山子〉二首，陳汝楫〈效寒山子體〉14首，彭定求〈題寒山集〉一首，（詩亦效寒山子）。參〔唐〕寒山撰，李誼注釋：《禪家寒山詩注》，頁710起。

其二,自注:「鄂西北境有原始林,俗稱神農架,抗戰時始為世所知。」其詩云:

千尋天子都,百里神農架,
南溟礁嶼中,北國冰河下,
人跡所不到,亘古如長夜。
芳草託其根,幽花吐其蕤。
遠從洪荒來,歲歲自開謝。
開謝不為人,矻矻窮冬夏。
辛勤果何為?君其問造化!(《興懷集》,頁58)

詩中言:不論七八千尺天子都,也不論百里神農架(在湖北省西部原始林),或南海的礁嶼,北方的冰河地帶,人跡不到,則該地區無有文明如長夜。蠻荒之地千年以來,只見芳草幽花,自開自謝,開謝既不為人,何以忙著花開花謝(也許是為了生命的繁衍),可能要問蒼天造化萬物的意義。從自然界想起問題。

其三云:

維帝創世初,用志一何紛!
元氣本太和,萬彙資陶鈞。
無端置猛獸,鷙鳥俱成羣。
虎狼但肉食,於是生鹿麔。
鹿麔抑何辜?以仁飼不仁!
鷹鸇擅擊殺,雉兔供山珍。
雉兔復何辜?以馴飽不馴!
鷗鶋利蓐食,暮夜犖虫蚊。
虫蚊亦嗜血,天乃生烝民。(《興懷集》,頁58)

詩言天帝造物,何以造成紛擾世界?天地本平和,天帝何以創造成群猛獸、猛禽。有了虎狼,又生了鹿麔供其肉食;鹿麔何辜?以性慈的獸餵

貪殘,何故?鷹鷲等猛禽專殺雉雞、兔子等小動物,為其掠食,而雉雞、兔子又是何辜?以馴服之動物餵不馴之猛禽,是何道理?鴟鴞喜蓐草為利,夜裡養虻蚊,而虻蚊又吸人血,天帝造物,弱肉強食,各有生存之道,而馴者往往被不馴者所害,是何道理?詩意有類屈原〈天問〉。

其四云:

造物果有心?有心必有理。
理所不可通,是必無心矣。
造物果無心?漫然失統紀。
盲人騎瞎馬,定落深池裏。(《興懷集》,頁58)

上帝造物,是有心?還是無心?如果是有心,必有道理。或是道理說不通,必然是上帝無心之作。造物若是無心,則失去規矩、規律。既是如此,就如盲人騎馬,一定會落到深池裏,造成禍害。反覆問上帝創造萬物,是有心,還是無心。

其五云:

宇宙將無限?無限終有既。
有既即有限,限外必有際。
矛盾復循環,二律適相背。
「有限而無邊」,微妙超思議。(《興懷集》,頁58)

詩言,宇宙是無限?無限終究有止境,既然有止境,那就是有限。界限之外,必有交際、一定。有限、無限,矛盾循環,有限卻無邊,矛盾循環,微妙關係,令人不可思議。對於宇宙的有限、無限,提出矛盾與質疑。

其六云:

眾生何芸芸,交爭逾物競。
富或過千鍾;貴或居萬乘。

當其全盛時，眾口頌賢聖。
世事等雲烟，過眼風花淨。
寥寥跖與堯，好事記言行，
其餘盡沙汰，誰復知名姓？
草草百年身，抵死爭豪勝。
須知世上人，多有健忘症。（《興懷集》，頁 58）

詩中云：眾生芸芸，萬物競爭，在競爭過程中，富者超過千鐘粟，貴者為天子、為萬乘之君，全盛時，人人稱之為聖賢，而富貴功名，過眼雲烟，像盜跖與堯，好事者記其言行，撰成文章，留傳後代，其餘泛泛之輩，盡被淘汰。人身百歲，至死爭得豪強，而世人多忘，到底有幾人記得？可知，爭奪到最後亦是一場空。

其七云：

帝始摶黃土，偶爾弄埏埴，
偶爾賦人形，但令知食色。
不可使之智，智則無遺策；
不可使之仁，仁則不相賊；
不可使之逸，逸則成坐食；
不可使之壽，壽則老無益；
不可使之蕃，蕃則地無隙。
於是降諸菑，刀兵水火劫。
每當生齒眾，及時一蕩析。
帝已有倦容，大地其沉寂！（《興懷集》，頁 59）

詩言，天帝用黃土造人，有了生命，應該讓人們只知道「食色」。不可使人有知識、智慧，否則窮盡腦力，而無遺策；亦不可使人存仁德，有了仁德，人與人不相侵；也不使人安逸，安逸則坐享而食；不可使長壽，壽則老而無用；不可使人滋蕃太盛，滋蕃則無地供其居住。於是降下各

種災害,包括:刀、兵、水、火災劫,降下災劫,一時掃蕩過盛人口,如此往復,天帝已疲憊,大地才恢復沉寂。有如《老子》:「禍兮福所倚,福兮禍所伏」的想法,也含天地相生相滅之道,讀來有趣味。

其八云:

噉餅偶遺屑,因風飄座隅。
巾帚所不及,一任埃塵汙。
平旦視其處,有物行蠕蠕。
群蟻慶大獲,通力負之趨。
蟻能傳病菌,依律真當誅。
念彼亦含生,與人曾無殊。
求生本天性,蹈禍緣飢驅。
奈何飽欲死,不令餕其餘?(《興懷集》,頁59)

詩中言,吃餅偶而留下屑屑,順著風飄到座位角落,或者巾帕、掃帚不及除去,也沾滿了灰塵,等到天亮,光線好了,一堆螞蟻慶賀餅屑,通力合作搬動,而蟻能傳染病菌,照理當誅滅。但從另一角度說,螞蟻是生物,亦有生命,與人求生並無不同,為了求生去搬餅屑,遭到不測,那也太可憐,為何人「飽欲死」,剩餘屑屑,不讓螞蟻填飽一下肚皮。詩有愛眾生之理趣。也似有「朱門酒肉臭,路有凍死骨」意味。

其九云:

黃人見黑種,不禁毛髮聳。
南人見駱駝,驚呼馬背腫。
科斗不識蛙;胡蜨翻疑蛹。
同形詎可狎?異貌何須恐!
不見世間人,各人各面孔?(《興懷集》,頁59)

詩云世界不同種族,黃種人見黑人,不禁毛髮聳之,大為吃驚;而南方人見到駱駝,誤以為馬背腫起。小蝌蚪不識得長大後便成青蛙模樣,蝴

蝶不知是蛹出生。即便是同一形體，亦分辨不清自己，即如世間人，各有各自面孔，彼此亦互不熟識。也即是說，同為人，種族之間差異大，即便同一種族，人各有面目，亦自不同。即如蝴蝶之於蛹，蝌蚪之於青蛙，雖同種，面目亦有別，何況未見過事物，如南方人見到駱駝，誤以為「馬背腫」之類，鬧出笑話，即如《莊子‧逍遙游》所謂「朝菌不知晦朔，蟪蛄不知春秋。」及《莊子‧秋水》所謂「井䵷不可語於海」，「曲士不可語於道」，說明人類受時間、空間、教育的限制，智小難以談論大道。

其十云：

豪家畜愛犬，非以持門戶。
出入美人懷，以之供玩撫。
巧匠理毛髮，良庖調肉脯。
居然論宗閥，各標血統譜。
美人自嚴妝，光儀不易睹。
薌澤人不聞，惟與狗為伍。
不聞海岸西，哀鴻常待哺？
不見中非民，飢腹張空鼓？
爭如為狗樂，強似為人苦。（《興懷集》，頁59）

詩言富豪畜養愛犬寵物，非在看守門戶，在於得美人玩耍戲弄，逗趣歡心。所以請巧匠為寵物整理毛髮，也請廚師調理肉食，並且標榜狗兒世系血統宗譜。富豪之人，平日難於一見，不與俗客相見，卻成天與狗為伍。難道沒有聽聞大陸各地，哀號遍野，許多百姓嗷嗷待哺。還有非洲窮民，飢餓難度日。有錢人家寧可與狗為樂，比起救人養人為好。詩中諷刺富貴人家，只知道貪圖個人享樂，飼養寵物，不體恤人民之苦。

其十一云：

猩猩在太空，歷經千萬里。
歸來不能言，能言亦無幾。

偶附逍遙游，未有瀛寰紀。
本非太史公，仍一猩猩耳。
差勝井底蛙，謂天不逾咫。（《興懷集》，頁59）

詩云經歷千萬里，把猩猩送入太空，作為實驗，可惜自太空回來，猩猩不能說話，即使講話，也無幾句。雖至太空漫遊，未有任何旅遊紀錄，猩猩又不是司馬遷，能將所見事實撰成《史記》，作成《瀛寰記》，記錄太空所見。猩猩比井底之蛙，所能體會的，大概說是近天不遠而已！詩以猩猩乘太空梭上天，無濟於事。

其十二云：

老至流光速，真如日墜西。
聞道苦不早，測海操瓠蠡。
得失雖忘懷，彭殤亦已齊。
惟探究竟義，終落胡盧提。
聖哲去已遠，世智良易迷。
誰開茅塞徑，能尋桃李蹊？（《興懷集》，頁60）

詩有感於年老，如日之快速西墜。恨昔日問道不早，卻以蠡測海，不知知識遼闊。此時能忘懷得失，也能把彭祖與殤子，齊一死生。但欲探究人生意義，終究有些含糊。而聖哲去遠，世智易迷，何時能尋找桃李蹊徑，打開茅塞之思。此蕭先生年老，嫌自己學養尚不足，自謙之詞。亦所謂止於至善之意。

除了〈擬寒山〉12首詩之外，其他有關說理方面的詩，如〈晨興步中庭〉：

晨興步中庭，游絲縮飛絮。
攬之偶諦視，微蟲厚黏附。
蝸角蚊睫中，兩國方交惡。

強梁肆侵暴，弱眾徒扞禦。
大塊育群生，一一出天賦。
其族恆河沙，受命無窮數。
大或為鯤鵬；小或如塵霧。
熱或棲火山，寒或宅冰沍。
深或飲黃泉；淺或爭沮洳。
求飽互吞噬；求偶勇奔騖。
一意圖生存；一例期蕃庶。
愚智既萬殊；欣戚非一趣。
代謝如流水，千古猶旦暮。
誰其使之然，不自知其故。
惟人長百蟲，亦非金石固。
以之方蜉蝣，差幸非朝露。
上智學無生，千修不一悟。
佛且不度人，眾生更誰度？
咄此修羅場，何日歸一炬！（《興懷集》，頁54）

此蕭先生民國76年（1987）作。首由「晨興步中庭」四句言題面，見游絲繫飛絮，並有微蟲相附。「蝸角」起五句，由黏附游絲之「微蟲」說起，有大小、有強弱；大者、強者主侵略；小者、弱者只能防禦。「大塊」句起，言天地萬物，各有稟命。「大或」起八句，言大小寒熱之生物，生存本領各不相同。居處環境或深及黃泉，或淺爭沮洳，為食為色（求偶），各自奮力。「一意」起四句，言生物或為生存，或爭繁衍後代，愚智不同，所造成悲樂下場亦別。「代謝」起四句，古今如流水，皆順應自然，而不知其所以然。「惟人」起四句，言人為萬物之長，雖勝蜉蝣、朝露，亦無金石之固。「上智」起四句，智慧高遠之人，學佛經無生之談，無生則無滅。而佛則自覺，眾生迷、不自覺，難以自渡。末二句，感慨人生來此「修羅」場，紅塵滾滾，他日或許歸於炬火。詩由「晨興」而「步中庭」，轉入人生哲理，亦巧妙，說理亦通脫。

又，〈第二流〉，自注云：「與客論詩戲作。」（《興懷集》，頁 25）其詩云：

泰岱崇閎一望收；匡廬深秀九華幽。
風光未在高寒處，最愛人間第二流。（《興懷集》，頁 25）

此民國 39 年（1950），與客論詩作。先借山東泰山高偉，一望即收入眼底。江西匡山廬山深秀，安徽九華山幽靜，突顯各山有其獨特之美，最美處未見得在最高寒之處，是以愛人間第二流。此同於老二哲學，有特殊性。

又，〈生事〉三首，其一云：

乍可出無車；亦可食無肉。
無肉不求飽，無車不求速。
一事獨耿耿，不可居無屋。
上無蓋頂茅，風雨眠難熟。
頗羨鵲營巢，常思鶯出谷。
何日曉窗明，抱膝攤書讀？（《興懷集》，頁 54）

此民國 76 年（1987），臺北作。共三首。第一首作者認為可以出無車、食無肉，因為無車，可以慢著來；無肉，不必求飽，唯獨居，不可無屋。若是無茅草蓋屋，風雨難眠，是以羨慕鵲鳥、黃鶯之有巢。有了房屋之後，可以安坐在家，好好讀書。言人生之事，屋不可缺。

其二云：

往歲病榻上，奄奄息僅屬。
渴求一滴水，勝似醍醐沃。
到此輕死生，名利何心逐！
老退甘食貧，駑馬不爭粟。
儻來或傷廉，嗟來斯取辱。
須知元亮腰，僵勃未易曲。
鄙哉小人心，欲度君子腹。（《興懷集》，頁 54）

詩言從前臥病在床，奄奄一息，渴求一滴水，勝過醍醐灌頂，就在臥病時，死生看得淡，無心追求名利。現已身老，不與人爭食，為的避免「傷廉」或「取辱」。想學陶淵明不為五斗米折腰。或許有些人以小人之心，度君子之腹。其實可笑。換言之，人要活得有氣概、骨氣，不管小人惡言。

其三云：

少日志四海，抗髒恥求田。
利每此身外，憂恆天下先。
得失遂不顧，窮達委諸天。
及其臨巨變，脫身無一錢。
骿罄維罍恥，室空如磬懸。
性成不悔往，事過方懲前。
遺子無贏金，但令習計然。
不為飢寒苦，不乞達官憐。
慎毋學乃翁，空持詩百篇。（《興懷集》，頁55）

詩云少年立志四海，為國服務，不在求田求利，以先天下之憂而憂，不在意世間得失，而自己「窮」「達」未在計算之中。誰知，國家發生動盪，遷徙流離，身無一文，屋室屢空。過去事，亦未曾後悔，但懲於眼前。是以無金錢留給後代，只有令其學習營生之計，不為飢寒所苦，也不向達官乞憐，並勸其子（蕭東海），別學老爸只會作詩百篇，要學得謀生之道。詩中亦訓子之意。

又，〈答客嘲〉，自注云：

五月七日，陰雨終朝，枯坐無俚。偶見柯勒立吉（Samuel Taylor Coleridge 1772-1834）短詩一首，與孔融調陳煒語機趣略同，而名理為勝。戲筆譯之。四韻交錯，則取諸西式也。（《興懷集》，頁53）

其詩云：

> 誠如閣下所云：詩人無一非癡；
> 今觀閣下其人：癡漢無一能詩。
> Sir, I admit your general rule.
> That every poet is a fool,
> But you yourself may serve to show it,
> That every fool is not a poet.（《興懷集》，頁 53）

詩中言，詩人皆癡，不癡不為詩人矣；而癡漢卻只能癡未必能成詩。

其他如〈客屯溪移居劉紫垣宅〉（《興懷集》，頁 22），末四句「天地本逆旅，華屋終丘墟。吾廬非我有，況又非吾廬」，言人本寄居天地之間，再美的華屋，終究歸之廢墟，即使是我的房子，我不可能永遠持有所有權，何況又不是我的房子。符合佛教「空觀」的想法。其他有理趣詩篇、文中分析，探討時已分別點出。

第二章　《孟浩然詩說》探討

有關蕭先生《孟浩然詩說》[1]，可說是一部精審、嚴謹的學術著作。文學家梁實秋曾評云：

> 整編前賢詩集，或校勘嚴謹，或箋註明確，或闡說精審，有一於此，即可名家。是書體例殊勝。關於「校記」、「集評」，致力甚勤，而所繫按語，尤多卓見。例如頁八十六斷定「歲暮歸南山」一詩為放還以後之作，即極有見地，一掃過去之臆說。孟浩然平生賦詩不多，集中泛泛之作，仍數數見。蕭君率直指陳，不稍假借，以視劉須溪備之一味恭維，語意含混，相去不可以道里計。蕭君此書之菁華，在於按語一部分。時而指示篇章結構，時而標出典實來源，時而評論字句得失，在在均足表示其縱橫卓越，不肯俯仰隨人。故此書不僅為整編孟詩之性質，實為一部體大思精之作品，允稱文學批評之佳構。[2]

梁先生認為《孟浩然詩說》，「體例殊勝」，「校記」、「集評」致力甚勤，而書中「按語」（即「詩說」部分），尤多卓見。並且說，此書精華在於「按語」部分，包括：分析篇章結構、標示典實出處、評論字句得失等等，莫不顯示蕭先生文學天份及獨到見解。

現循著梁實秋先生指引，敘述《孟浩然詩說》內容，包括：分析篇章結構、標示典實出處、評論字句得失、論前人評論欠佳、疑非孟詩、斷為孟詩、斷創作時間、評論精闢、疑詩句有誤、兼論其他詩家等等來說明。

---

[1] 蕭繼宗：《孟浩然詩說》，完稿於民國49年（1960）10月10日，由臺中：東海大學出版。民國58年（1969）12月初版，民國74年（1985）6月修訂一版，均由臺北：臺灣商務印書館出版。本書引用《孟浩然詩說》，皆採用臺北：臺灣商務印書館民國74年修訂版，不贅。

[2] 梁實秋先生「審查意見」，刊於《東海學報》第5卷第1期（1963年6月）。後收入修訂本《孟浩然詩說》（臺北：臺灣商務印書館，1985年），頁9。

一、分析篇章結構

蕭先生善於各體文學、文藝創作,是以分析孟浩然詩,易如反掌,如〈尋香山湛上人〉:

> 朝遊訪名山,山遠在空翠。
> 氛氳亙百里,日入行始至。
> 谷口聞鐘聲,林端識香氣。
> 杖策尋故人,解鞍暫停騎。
> 石門殊鑿險,篁逕轉森邃。
> 法侶欣相逢,清談曉不寐。
> 平生慕真隱,累日探靈異。
> 野老朝入雲,山僧暮歸寺。
> 松泉多清響,苔壁饒古意。
> 願言投此山,身世兩相棄。(《孟浩然詩說》,卷1,〈古詩〉,頁1)

蕭先生評:

> 此詩紀尋山訪隱之實,題意甚明。首句寫首途之時與將游之地。次句「山」字緊接首句「山」字,點名程「遠」,為下文作勢。「在空翠」,謂未游前之所聞。三句「氛氳」,寫沿途之所接,並以染上句「空翠」二字。「百里」言山勢,亦說明上句「遠」字。四句「日入」對首句「朝」字言,「行始至」謂「百里」之程,及昏方達也。「谷口」兩句,寫「始至」之實景。句中用「聞」「識」二字,則以刻畫「空翠」「氛氳」之狀。「杖策」句名點題面,與下句並言入山後舍騎徒行。「石門」「篁逕」兩句,粗看似與「谷口」「林端」同為寫景,而層次實自不同。「谷口」兩句寫「始至」,故「聞鐘聲」與「識香氣」,不過耳鼻之所接,至「石門」一聯,始是身臨目睹矣。劉須溪(辰翁)本「谷口」兩句沿誤寘「苔壁」句後,故評云:「幽

致正在裏許」，此隨文曲解耳。孟詩章法最為嚴謹，稍有乖亂，便理趣全失也。「石門」一聯，中用「鑿險」「森邃」四字，仍以證「空翠」「氤氳」之不虛，前後語意，極為密緻。「法侶」句應前「尋故人」三字，前文言初訪，此言句既邁，仍有層次。「清談」句言「百里」之游，當寄宿僧寺也。「清談」而至於通宵「不寐」，承上句「欣」字，故友相逢之樂，則可知矣。以上述當日之事；以下則言次日之游，故「平生」句另作起勢，小有開闔。「慕真隱」三字暗繫題面訪方外之人，「探靈異」三字暗繫題面尋世外之境。「野老」「山僧」謂所逢所見，仍以「朝」「暮」二字貫串，以應上文「累日」二字。至「松泉」「苔壁」二句，始由實景引入出塵之想，尤重「清」「古」二字，然後以末兩句作結，已是憺然忘歸之意。「此山」二字，又回應首句「名山」字，全文完密，略無虛罅矣。（《孟浩然詩說》，卷1，〈古詩〉，頁2）

建生按：蕭先生分析詩中每一句，層層轉入，肌理甚明，末言「全文完密」是也。

又如〈宿業師山房期丁大不至〉：

夕陽度西嶺，群壑倏已暝。
松月生夜涼，風泉滿清聽。
樵人歸欲盡，煙鳥棲初定。
之子期未來，孤琴候蘿徑。（《孟浩然詩說》，卷1，〈古詩〉，頁11）

蕭先生評：

此寫自昏至夕期人不至，字字精當。篇首寫夕陽初下，群壑就暝，著一倏字，而境界全出。與「懷辛大」詩中「山光忽西落」之「忽」字，同言其下沈之疾。大抵赤日行天，初不甚

覺；惟朝暾與晚照，則頃刻間見明晦。日度西嶺之後，群壑立暝，此景恆有，惟心有所待之人，最易察覺耳。繼而松間月出，宵寒薄袂；眾籟皆息，風泉愈響。日之將夕，「樵人」漸「歸」，至此則不復見歸人矣，其盼企之勞可想。繼則不獨樵人歸盡，煙鳥亦已倦飛，而所期之人終不至，徒令抱琴枯待於蘿徑之上而已。自「夕陽」至「煙鳥」六句，雖皆寫實景，亦略有淺深。首二句，言良時之易逝；三四言風物之宜人；五六言群動之就息，皆為第七句「之子期未來」作勢。結語極婉，真所謂一往有深情者。（《孟浩然詩說》，卷1，〈古詩〉，頁12）

建生按：蕭先生亦就篇中句句分析，尤其末尾幾句，就詩中句中旨意說明，言簡意賅。

又如〈江上別流人〉：

以我越鄉客，逢君謫居者。
分飛黃鶴樓，流宕蒼梧野。
驛使乘雲去，征帆沿溜下。
不知從此分，還袂何時把？（《孟浩然詩說》，卷1，〈古詩〉，頁48）

蕭先生評：

此詩平平，然章法固自井然。大抵孟詩最平正，不尚恢詭奇奧，語語自肺腑中出，抒懷而止。然每篇之中，起結承轉，賓主照應，虛實疏密，皆整齊可法。如此首意不甚深，而條理明暢，亦有可言。起筆自言亦在客中；次句則謂所別之客，乃為竄徙之人。命意雖為一事，而句法則為雙起。故三四雙承，「分飛」句謂江上相別，承首句兼自己言。「流宕」句則承次句謂「流人」所適。五六由「分飛」生出，「驛使」句謂「流人」，承二四；「征帆」句自謂，承一三。末二句謂同在客中相別，

不知相逢之何日也。此語看似平平，實深悵惘，蓋二人各自登程，與居人送客者殊，當不勝天涯萍梗之情。孟詩結句，往往照應起筆。此兩句即以「分」字、「把」字，反照篇首「越」字、「逢」字，其章法固自明密也。（《孟浩然詩說》，卷1，〈古詩〉，頁48-49）

建生按：蕭先生言孟詩「每篇之中，起結承轉，賓主照應，虛實疏密，皆整齊可法。」又說：「孟詩結句，往往照應起筆。此兩句即以「分」字、「把」字，反照篇首「越」字、「逢」字，其章法固自明密也。」可知蕭先生分析詩篇結構，十分精細。

又如〈晚泊潯陽望廬山〉：

挂席幾千里，名山都未逢。
泊舟潯陽郭，始見香爐峯。
嘗讀遠公傳，永懷塵外踪。
東林精舍近，日暮但聞鐘。（《孟浩然詩說》，卷2，〈律詩〉，頁94）

蕭先生評：

諸家所評（包括所引：呂本中、劉辰翁、黃培芳、沈德潛等），均甚是。此首前半以「香爐」為主，後半以「遠公」為主，全篇仍一氣呵成。首句謂水行已遠，暗射題中「泊」字。次句緊接首句，為下香爐峯作勢。三句明點「泊」字。四句點「香爐峯」，「始見」二字，正由次句「都未逢」三字生出，反跌見力。五六似另起，實仍從香爐生出，慧遠〈廬山記〉，於香爐尤所稱道，東林寺即在其下。因香爐而念遠公，而永懷高蹈也。結句「日暮」，點題面「晚」字，「聞鐘」寫「望」字。然詩意尚不止此，謂遠公杳矣，東林猶在，遺跡可尋。苦在旅泊

之中，雖近赤亦不得攀躋，但聞鐘聲出寺，徒繫「永懷」也。
（《孟浩然詩說》，卷 2，〈律詩〉，頁 95）

建生按：蕭先生言，此首前半以「香爐」為主，後半以「遠公」為主，掌握詩篇主旨，然後逐句分析、解說。因香爐而念遠公，而永懷高跡。亦如沈德潛云：「近遠公精舍而但聞鐘聲，寫『望』字，悠然神遠。」詩中結構緊密，仍一氣呵成。

再如〈與顏錢塘登樟亭望潮作〉：

百里聞雷震，鳴絃暫輟彈。
府中連騎出，江上待潮觀。
照日秋雲迥；浮天渤澥寬。
驚濤來似雪，一坐凜生寒。（《孟浩然詩說》，卷 2，〈律詩〉，頁 99）

蕭先生評：

錢唐，縣名，唐屬杭州餘杭郡。稱「顏錢塘」，則顏為縣令。首句「百里聞雷震」，謂潮來之聲如雷震耳；然其語乃雙關，《易》曰：「震驚百里」，以雷聞百里也。《三國志・蜀志・龐統傳》：「統守耒陽令，不治，免官；魯肅貽先生書曰：龐士元非百里才也。」蓋借潮聲如雷及震驚百里，兼明顏之官位也。故次句曰「鳴絃暫輟彈」，亦用宓子賤宰單父事。意謂潮聲既至，輟政往觀也。「府中」二句敘觀潮，語極明。第五句「照日秋雲迥」，觀潮常在八月，故點一「秋」字以明節令。「照日」二字，非謂日光照耀，乃雲受日而返照也。「秋雲」二字，又非真謂「秋雲」，謂濤來如雲耳。「浮天」句句法亦同，謂濤浮天而至也。「渤澥」二字，不可坐實，泛言海耳。至第七句始明點「濤」字，而以「雪」狀之，末句「寒」字，即由「雪」字生

出。全詩下字極有斟酌，章法亦佳。(《孟浩然詩說》，卷2，
〈律詩〉，頁99-100)

建生按：據蕭先生言，首先潮聲如雷，聞以百里。亦暗指顏縣令才大而小用。次言，顏縣令輟政觀潮。「府中」兩句，敘述觀潮。「照日」兩句，言濤來如雲，浮天而至。末二句，濤來似白雪，是以觀潮者生寒。詩中章法，層次分明，前後句相接密合，而每一字皆用心斟酌。

二、標示典實出處

《孟浩然詩說》中，往往考察孟詩出處，溯及源頭，此須下許多工夫、博聞多識而後能。如〈峴潭作〉：

石潭傍隈隩，沙岸曉夤緣。
試垂竹竿釣，果得「槎頭鯿」。
美人騁金錯，纖手膾江鮮。
因謝陸內史，蓴羹何足傳？(《孟浩然詩說》，卷1，〈古詩〉，頁6)

蕭先生評：

此詩紀漁釣之樂，亦誇言故鄉鱗膾之美。首句點地，次句紀時，三句言漁法，四句述品類，五六敘割烹，七八以誇張語作結，明暢如話。雖無深意，而風致殊佳。「陸內史」見《晉書‧陸機傳》：「成都王穎⋯⋯以機參大將軍軍事，表為平原內史」。又：「嘗詣侍中王濟，濟指羊酪詣機曰：卿吳中何以敵此？答云：千里蓴羹，末下鹽豉」。黃（培芳）云：「六朝人語」，當指五六兩句。「美人騁金錯」，著一「騁」字，而神態如畫，是則足以敵江南千里蓴羹者，安知非美人纖手之助歟？(《孟浩然詩說》，卷1，〈古詩〉，頁7)

建生按：蕭先生言詩中言地、言時、言漁法、品類、割烹、足以敵江南千里蓴羹。則詩之結構層次明白。而其中，「陸內史」部分，蕭先生引《晉書・陸機傳》以言「千里蓴羹」之事。考據詳細。

又如〈與諸子登峴山〉：

人事有代謝，往來成古今。
江山留勝跡，我輩復登臨。
水落魚梁淺；天寒夢澤深。
羊公碑尚在，讀罷淚沾襟。（《孟浩然詩說》，卷2，〈律詩〉，頁81）

蕭先生評：

王（堯衢）評「前解於未登山時設想」，粗看甚是，因第四句始言「登臨」耳。實則前半皆登山時之感慨，此四語皆由羊公語化出也。《晉書・羊祜傳》云：「祜樂山水，每風景，必造峴山，置酒言詠，終日不倦。嘗慨然歎息，顧謂從事郎鄒湛等曰：『自有宇宙，便有此山。由來賢達勝士，登此望遠，如我與卿者多矣；皆湮滅無聞，使人悲傷』。」此詩首兩句「人事有代謝，往來成古今。」即羊公「自有宇宙，便有此山」意。次聯「江山留勝跡，我輩復登臨」，即羊公「登此望遠，如我與卿者多矣，皆湮滅無聞」語意。當日羊公登山，輒興浩嘆，然羊公固已與峴山同其不朽；而後人復於此登臨，不知其感歎當何如也？《晉書・本傳》云：「湛曰：『公（謂祜）德冠四海，道嗣前哲。令聞令望，必與此山俱傳。至若湛輩，乃當如公言耳』！」此詩第四句，亦用此意，以申永歎。可知浩然登臨興感之由，實始於羊公悲慨之語，非泛泛虛設，與峴山毫無干涉者。劉（辰翁）評「高古」，沈（德潛）評「清遠」，以為未經深思之語，自然高遠，皆未得作者之用心。試將此四語移置他詩，便成虛泛語矣，浩然所不為也。「水落」兩句，寫眼

前實景。此孟詩慣例,大抵三四稍疏,五六稍密,疏密相間,
始具風致。題曰「與諸子登峴山」,全詩皆懷羊公,自是登峴
山之作,移置他處不得。「與諸子」三字,亦已於「我輩」句點
明;但不可無登山所見之實景,否則全篇史贊,於題義未盡,
故以文意論,五六亦萬不可少之句也。尾聯是全詩中心所在,
讀〈羊公碑〉而為之淚下,傷脩名之未立,不及羊公之與山俱
傳耳。《晉書・羊祜傳》又稱:「襄陽百姓於峴山祜平生遊憩
之所,建碑立廟,歲時饗焉。望其碑者,莫不流涕,杜預因名
為墮淚碑。」固知「淚沾襟」三字,亦針對峴山碑言,非如後
人之任意泛用也。(《孟浩然詩說》,卷2,〈律詩〉,頁 81-82)

建生按:蕭先生論本詩,除說明前半言登山時感慨,後半懷羊公,又云
全詩皆懷羊公,使詩有特殊性,移置他處不得。尤其尾聯,恐脩名不立,
不如羊公與峴山俱傳。讀〈羊公碑〉而泣下矣。評論中引《晉書・羊祜
傳》說明史實,益見本詩張力。

又,〈萬山潭作〉:

垂釣作盤石,水清心益閒。
魚行潭樹下,猿挂島藤間。
游女昔解佩,傳聞於此山。
求之不可得,沿月櫂歌還。(《孟浩然詩說》,卷 2,〈律詩〉,
頁 96)

蕭先生評:

漢皋解佩事,見《文選》注引《韓詩內傳》云:「鄭交甫遵彼
漢皋臺下,顧二女與言曰:『願請子之佩』,二女與交甫,交甫
懷之,超然而去。」漢皋即萬山,在襄陽縣西北,潭在其下,
相傳為二妃解佩處。此詩前半寫實,後半懷交甫事。應手而
出,意盡而止,蓋胸中略無塵累,自然超遠。「魚行」兩句,寫

景若不經意者，自是高手。至賈長江云：「獨行潭底影，數息樹邊身」，便費盡氣力，以視此二句，高下迥別矣。（《孟浩然詩說》，卷2，〈律詩〉，頁96-97）

建生按：蕭先生論本詩，前半寫萬山潭實景，後半言鄭交甫巧遇二女，相傳為其解珮故事，意盡而止。並引《文選》注引《韓詩內傳》考察此典實來源，勝於日本諸橋轍次《大漢和辭典》所記。[3]

又，〈陪張丞相登嵩陽樓〉：

獨步人何在？嵩陽有故樓。
歲寒問耆舊；行縣擁諸侯。
林莽北彌望，沮漳東會流。
客中遇知己，無復越鄉愁。（《孟浩然詩說》，卷2，〈律詩〉，頁98）

蕭先生評：

嵩陽樓不知在何許，依第六句「沮漳東會流」考之，則當在沮漳二水相會處之西。《左傳·哀六年》：「江漢沮漳，楚之望也」。沮水出今湖北保康縣西南景山，漳水出南漳縣西南。沮水由遠安趨當陽。漳水由鍾祥趨當陽，二水合流於此。按前「梅道士水亭」詩，有「山藏鬼谷幽」句。鬼谷傳在遠安縣東南，則浩然游蹤所及，而遠安在當縣西北，沮漳合流，正在其東。嵩陽樓當在其地矣。《四庫提要》據王士元序中「丞相范陽張九齡等與浩然為忘形之交」一語，籍隸小乖，以為原文應作張說。並謂集中稱「張相公」、「張丞相」者凡五首，皆為說作。予初亦輕信其言，本書初稿據以立論。迨按新·舊《唐書·

---

[3] 〔南朝梁〕昭明太子蕭統編，〔唐〕李善、呂延濟等六臣註：《增補六臣註文選》（臺北：華正書局，1974年），卷19，頁18（總頁351），曹子建〈洛神賦〉李善註引。又，鄭交甫遇二女事，〔日〕諸橋轍次編：《大漢和辭典》（東京：大修館書店，1960年），以為出版廖用咸或潘遵祁《尚友錄·二十》，恐失考。

張說傳》,說遷荊州長史,為時甚暫,與浩然年事,頗多齟齬,始啟疑竇。至九齡謫荊州,自開元二十五年至二十八年,及辟浩然為從事,皆有史傳可稽。《曲江集》中有關荊州之作甚多。中有〈登臨沮樓〉、及〈登古陽雲臺〉二首,兩處皆當陽古蹟,與此詩所詠相合。意「嵩陽」或「當陽」之訛,或為二者之一支別稱。題中之丞相則必為九齡無疑矣。(《孟浩然詩說》,卷2,〈律詩〉,頁 98-99)

建生按:本詩以孟浩然遇張丞相登嵩陽樓感懷之作,重點在於「張丞相」與「嵩陽樓」。蕭先生《詩說》,考察新、舊《唐書》,以「張丞相」即張九齡,其謫居荊州,自開元 25(737)至 28 年(740),有史傳可稽。而《曲江集》中有關荊州之作甚多,當陽古蹟與本詩所詠相合。而「嵩陽」或為「當陽」之訛,引《左傳・哀六年》,言鬼谷子在遠安縣東南,在當陽縣西北,沮漳合流,正在其東。言之歷歷。河南大學佟培基《孟浩然詩集箋注》云:「嵩陽在河南,據此詩第六句『沮漳東會流』,則此為當陽縣城樓。張九齡於開元二十五年五月到達荊州任,於冬巡視屬縣,《張九齡集》卷五有〈登臨沮樓〉:『高深不可厭,巡屬復來過。』同書卷二尚有〈冬中至玉泉山寺屬窮陰冰閉崖谷無景及仲春行縣復往焉故有此作〉詩。」[4]意見與蕭先生同。以蕭先生《孟浩然詩說》民國 58 年(1969)初版(在 78 頁)計,佟先生《孟浩然詩集箋注》2000 年或 2009 年三次印刷,則蕭先生之遠見,何止早於大陸學者 30 年。

又,〈舟中曉望〉:

挂席東南望,青山水國遙。
舳艫爭利涉,來往接風潮。

---

[4] 參佟培基:《孟浩然詩集箋注》(上海:古籍出版社,2009 年),卷下,頁 344。

問我今何適？天臺訪石橋。
坐看霞色曉，疑是赤城標。(《孟浩然詩說》，卷2，〈律詩〉，頁104）

蕭先生評：

此赴天臺途中所作。曰「東南」，舟行之所向；曰「挂席」亦風之所向也。以下三句，紀舟中所望。「舳艫」聯，雖亦對偶，仍為上下流貫之句。舟行海上，四面受風，潮流亦屢變，故海舶往來皆用帆。船家趕程，輒取勢受風，擇流避浪，此兩句十字盡之矣。「問我」句為假設語；此亦往來舟絕澗，惟忘其身，然後能濟。」結聯謂身在海上，而神往天臺。孫綽〈天臺賦〉云：「赤城霞起而建標」，蓋見赤城而疑霞起，此則見霞起而疑是赤城也，轉語更妙。(《孟浩然詩說》，卷2，〈律詩〉，頁105）

建生按：蕭先生以為本詩赴天臺（山名，在浙江）途中所作。言舟行海上，潮流屢變，舟中所望，船家取勢受風，不過「爭利」而已。己則居海上，神往天臺，見霞起而疑赤城。層層轉進。而「石橋」一詞，引《一統志》，以為考實。

又，〈曉入南山〉：

瘴氣曉氛氳，南山沒水雲。
鯤飛今始見；鳥墮舊來聞。
地接長沙近；江從汨渚分。
賈生曾弔屈，予亦痛斯文。(《孟浩然詩說》，卷2，〈律詩〉，頁148）

蕭先生評：

南山，不知何指，味此詩在武陵。「瘴氣」，山林間濕熱鬱蒸而

成之瘴癘氣也，中之輒病，西南諸省中有之。北地天寒土燥，北人南適，水土輒有不服，易致疾病，遂概以瘴癘視之。杜甫〈夢李白〉詩云：「江南瘴癘地」，時白坐永王璘事，繫尋陽獄，旋長流夜郎，遂泛洞庭，至巫山，以赦得釋，憩岳陽江夏。則杜詩所謂「江南」，所指甚廣，洞庭岳陽，皆在瘴癘之域。又《史記‧賈誼傳》稱：「長沙卑溼」，益足視為瘴癘之媒。實則今無瘴癘之說，想古昔或然耳。「鯤飛」，不知所本。《莊子‧逍遙遊》云：「北冥有魚其名為鯤，化而為鳥，其名為鵬。怒而飛，其翼若垂天之雲」。此云「鯤飛今始見」者，當以南山水雲泱漭之狀，為向所未見，若鯤鵬之負雲氣而上耳。「鳥墮」，謂瘴毒瀰漫，即飛鳥亦不得度。《御覽》九百二十三引《東觀漢記》曰：「馬援擊交趾，下潦上霧，毒氣上蒸，仰視烏鳶跕跕墮水中」。（《後漢書‧馬援傳》（卷二十四）所記與此同）。又崔豹《古今注》載馬援南征所作〈武陵深曲〉曰：「滔滔武溪一何深，鳥飛不度，獸不能臨。嗟哉武溪多毒淫」！又《水經‧沅水注》：「沅陵縣有武溪，源出武山，與酉陽分山」。是即馬援南征病困之地。鳥觸瘴癘而墮，是為武溪故實，故曰「舊來聞」。武溪於後漢屬武陵郡，與長沙郡為鄰封，故第五句曰「地接長沙近」。長沙為賈誼所謫之地，以卑溼意應起筆瘴癘水雲。第六句曰「江從汨渚分」，「汨渚」，為屈原所自沈處。《史記‧屈原傳》稱原「懷石投汨羅而死」。《正義》曰：「故羅縣城在岳州湘陰縣東北六十里」。《水經》：「汨水又西逕玉笥山……又西為屈潭，即汨羅淵」。按汨水出修水縣，入湘，經湘陰，與羅水會，乃稱汨羅江，注湘水。第五句「江從汨渚分」，蓋湘之下游也。結尾乃全詩主旨，當係登臨懷古之作，然按孟詩慣例，題面似有闕奪，故「鯤飛」句微覺勉強耳。（《孟浩然詩說》，卷 2，〈律詩〉，頁 148-149）

建生按：蕭先生首言「南山」，不知何指？所謂知之為知之，不知為不知。然，體會此詩，當在武陵，佟培基《孟浩然詩集箋注》則以為長沙

之岳麓山，在長沙縣西南。[5] 詩中言作者至此水土不服之瘴癘地，南山水雲，若鯤鵬負雲氣而上。而瘴毒瀰漫，飛鳥不得度。地接長沙，屬湘江下游，作者感懷賈誼至此，曾作〈弔屈原賦〉。因此起悲。文中，蕭先生引杜詩、《史記‧屈賈列傳》、《史記正義》、《莊子‧逍遙遊》、《太平御覽》、崔豹《古今注》、桑欽《水經》等等，博通群書。

又，〈陪張丞相登荊州城樓因寄薊州張使君及浪泊戍主劉家〉：

薊門天北畔；銅柱日南端。
出守聲彌遠；投荒法未寬。
側身聊倚望，攜手莫同歡。
白璧無瑕玷；青松有歲寒。
府中丞相閣；江上使君灘。
興盡回舟去，方知行路難。（《孟浩然詩說》，卷2，〈律詩〉，頁226）

蕭先生評：

此詩因登荊州城樓而寄張劉，故以張劉為主。「荊州」，唐屬河北道。「浪泊」，《後漢書‧馬援傳》：「十八年春，軍至浪泊上」。王先謙《集解》：「浪泊，即今西湖」。其地在今安南河內省紅河與蘇歷江之間，唐屬安南中都護府交趾郡。薊門浪泊，二地去荊州甚遠，作者以登高望遠，始遐想及之耳。故以「薊門天北畔；銅柱日南端」為雙起。「薊門」謂張所在，自荊州視之，迴在天北；「銅柱」，見《後漢書‧馬援傳》注引《廣州記》云：「援到交趾，立銅柱為漢之極界」。此借「銅柱」以代交州，謂劉所在。「日南」本漢郡名，即今安南之順化，《漢書‧地理志》注云：「言其在日之南，所謂開北戶以向日者」。此言「日南端」，亦謂其極南耳。三四「出守聲彌遠，投荒法

---

[5] 佟培基：《孟浩然詩集箋注》，卷中，頁203。

未寬」仍以兩句雙承一二。張為史令,故曰「出守」,美其聲譽遐傳;劉為謫放,故曰「投荒」,傷其法無寬假也。至五六始點出己之登高想望,未能攜手同歡,作一收束。第七句「白璧無瑕玷」,兼指張劉而言,謂其見遺遐遠,實無小過。第八句「青松有歲寒」。指張丞相言,謂九齡位高年老,猶待罪荊州。《曲江集》中亦有〈登荊州城樓詩〉,當作於同時,可證。「使君灘」,在萬縣東,《水經·江水注》云:「楊亮為益州,至此舟覆,懲其波瀾,蜀人至今猶名之為使君灘」。此則借用為舟行所經之灘險,故結句曰「興盡回舟去,方知行路難」。謂咫尺之地,舟行猶且不易,況二人一在天北,一在日南,行路之難可知矣。(《孟浩然詩說》,卷2,〈律詩〉,頁227)

建生按:蕭先生言本詩,首言張在薊門,似在天北;劉在安南順化屬交州,如在日南。張為史令,出守聲譽遐傳,劉為謫放,傷其法無寬假,己則登高倚望,未能一起攜手同歡,實有遺憾。張劉如白璧無瑕,卻見遺甚遠。而張丞相、如青松蒼翠,待罪荊州,寒冬不凋。舟行灘險,咫尺之地,尚且不易;而張劉二人在天北、日南,行路之難可知。孟詩作層次分明。蕭先生徵引《後漢書·馬援傳》、王先謙《集解》,《漢書·地理志》,《曲江集》、《水經》等書,知所見博學。

又如〈送王昌齡之嶺南〉:

洞庭去遠近,楓葉早驚秋。
峴首羊公愛,長沙賈誼愁。
土毛無縞紵,鄉味有槎頭。
已抱沈痾疾;更貽魑魅憂。
數年同筆硯,茲夕間衾裯。
意氣今何在?相思望斗牛。(《孟浩然詩說》,卷2,〈律詩〉,頁252)

蕭先生評:

（李）空同（夢陽）以詩中有「數年同筆硯」句，斷為王孟「同學」，與今日之共事一師者，或不盡同。昌齡事跡略見《新唐書‧文藝傳》：「王昌齡，字少伯，江寧人。第進士，補秘書郎，又中宏辭科，遷汜水尉。不護細行，貶龍標尉。以世亂還鄉，為刺史閭丘曉所殺。張鎬按軍河南，兵大集，曉最後期，將戮之。辭曰：有親，乞貸餘命！鎬曰：王昌齡之親，欲與誰養？曉默然。昌齡工詩，緒密而思清，時謂之王江寧云」。傳中僅云「貶龍標尉」，龍標屬敘州，在今湘西，無之嶺南事。然昌齡有「出郴山口至疊石灣野人室中寄張十一」詩，中有「郴土群山高，耆老如中州。」證以此題，則嶺南之行，或為可信，正史紀傳從略，輒有不備耳。首句「洞庭去遠近」，謂昌齡經行所及。次句「楓葉早驚秋」，點時令，一也；用《楚辭‧九歌》「嫋嫋兮秋風，洞庭波兮木葉下」以染上句「洞庭」字，二也。楓葉驚秋，為淒衰之象，以弔其流謫，兼傷別離，三也。題曰「送王昌齡之嶺南」，如此句「驚」字作「經」，便辭意乖舛。三四用羊公點名送別之地，用賈誼以明遷謫之行。第五句「土毛無縞紵」，「縞紵」見《左傳‧襄公二十九年》：「吳季札聘於鄭，見子產如舊相識，與之縞帶，子產獻紵衣焉」。「土毛」見《後漢書‧馬援傳》：「其土毛，則權牧薦草芳茹甘菜」。注：「毛，草也」。昌齡江寧人，與浩然異縣，故謙謂土薄無縞紵之獻，惟以飲饌相餞，故第六句曰：「鄉味有槎頭」。葛立方《韻語陽秋》：「縮項鯿，出襄陽。以禁捕逐，以槎斷水，因謂之槎頭縮項鯿」。第七句「沈痾」，謂昌齡抱疾。第八句「魑魅」，謂為人所陷。第九句謂聚首已久。第十句謂分飛在即。末以別後相思作結。（《孟浩然詩說》，卷2，〈律詩〉，頁 252-253）

建生按：王昌齡，唐代邊塞詩人。蕭先生論本詩，首言昌齡經行洞庭所及，由遠而近，時令為秋，楓樹紅葉。三四用羊公峴山明送別之地，以賈誼言王昌齡謫遷嶺南。次言無縞紵以贈，惟土產縮項鯿、飲饌相餞。

七句言昌齡抱疾，八句言其為人所陷。後言相聚日久，分飛在即，別後相思。所論中，引《新唐書・文藝傳》、王昌齡詩、《楚辭・九歌》、《左傳・襄公二十九年》、《後漢書・馬援傳》，葛立方《韻語陽秋》，以見蕭先生之博學。

三、評論字句得失

　　蕭先生《孟浩然詩說》評論孟浩然詩，往往不止是單方面的評論，或者只論篇章結構、或者只論典實出處，或者只評論字句得失等等，而是就整首詩中，與字句、典實、結篇等等，甚至與其他詩人相關議題，一一羅列。是整體式的評論。而個人撰寫時，為行文方便，才分成幾個部分討論。有關《孟浩然詩說》中，評論詩中字句得失例子，

如〈雲門寺西六七里聞符公蘭若最幽與薛八同往〉：

> 謂余獨迷方，逢子亦在野。
> 交結指松栢，問法尋蘭若。
> 小溪劣容舟，怪石屢驚馬。
> 所居最幽絕，所住皆靜者。
> 密篠夾路旁，清泉流舍下。
> 上人亦何聞，塵念都已捨。
> 四禪合真如，一切是虛假。
> 願承甘露潤，喜得惠風灑。
> 依止託山門，誰能效丘也？（《孟浩然詩說》，卷1，〈古詩〉，頁3）

蕭先生評：

> 雲門寺在會稽雲門山，若耶深處，地最幽邃。首句自謂，次句謂薛八。三四言「同往尋符公蘭若」，「松栢」可「指」，則相去匪遙可知。「小溪」「怪石」，言「幽絕」，而以「所居」句以

點名之。「所住」謂「符公」並及諸僧眾,而以「靜」字承上文「幽」字。一言寺,一言僧,由景及人,以引起後文,令情景融合,語亦參錯出之,總在寫題面「最幽」二字。一本易「住」為「往」,意謂「居」「住」意同,殊不知兩句各有所指,本非重沓,若易為「往」字,則所指乃作者及薛八,太是無謂。「密篠」「清泉」,固自極力寫一「幽」字,然亦有分寸。「密篠夾路旁」,言徑之幽,仍承前「怪石」句;「清泉流舍下」,言水之幽,則承前「小溪」句。「小溪」兩句言沿途所見,「密篠」兩句則言既至所見。「怪石」蹲於路畔,而「密篠」則在寺前;「小溪」注於山間,而「清泉」則出舍下也。「上人」寫「符公」,「何聞」猶言「道人不聞」,則塵紛自淨,故下句以「塵念俱已捨」承之。「四禪」句由「不聞」出;「一切」句則應上「塵念」二字。至此悟「真如」之自在,「一切」之皆空,翛然有出塵之志。下文「願」「喜」二字,正從此兩句生來。但下文且不直說,而以「甘露」「惠風」擬喻,融境入情。須知「甘露」「惠風」,又非隨意託設,「甘露」仍應上文「清泉」,「惠風」仍應上文「密篠」,條理縣密,下字絲毫不苟。結尾兩句,仍從「願」「喜」二字度來,脈絡甚明。「依止」句總結,末句以「誰能效丘也」五字,照應起筆「迷方」「在野」四字,結構謹嚴。此詩自首至尾,全用對仗,字面並不工細,要在有意無意之間,行其自然而已。末句「也」字可兼作疑問詞用,究非本意,作者係用「丘也東西南北之人也」一語,以應首句「迷方」之意,否則與趁韻何異?劉(辰翁)評云云,不知所謂。(《孟浩然詩說》,卷1,〈古詩〉,頁4-5)

建生按:雲門山,在會稽雲門山,今浙江紹興雲門山。蕭先生認為本詩,首句謂己迷失方向,次言薛八亦在野。三四言二人友情堅貞,指松柏處同往尋符公居處和寺院(蘭若)。「小溪」四句,指符公所住蘭若幽靜,溪小而屢見怪石。「密篠」兩句,言徑多幽竹,清泉環繞,極為幽靜。

「上人」兩句,言符公道人不聞,塵念俱捨。接言,悟「真知」之真、自在,一切是假、虛幻。末,願承教誨,融境入情,依此山門佛法。是以蕭先生以本詩結構謹嚴,有意無意間,行其自然。其中論字句部分,如「小溪」「怪石」言「幽絕」,「靜」字言承上文「幽」字。「密篠」「清泉」極力寫一「幽」字,接承襲前文而來。以上等等,論孟浩然用字用句十分精闢。

又如〈宿天臺桐柏觀〉:

海行信風帆,夕宿逗雲島。
緬尋滄洲趣,近愛赤城好。
捫蘿亦踐苔,輟棹恣探討。
息陰憩桐柏,採秀尋芝草。
鶴唳清露垂,雞鳴信潮早。
願言解纓絡,從此去煩惱。
高步淩四明,玄蹤得三老。
紛吾遠遊意,學彼長生道。
日夕望三山,雲濤空浩浩。(《孟浩然詩說》,卷1,〈古詩〉,頁5)

蕭先生評:

首句言取道海程,次句言既達,兼點既達之時。三句寄意。四句暗點天臺。五六言捨舟登岸。「息陰」句點明「桐柏觀」;與下句並用《九歌‧山鬼》中語,蓋連類及之,以入游仙慕道之意;仍遙應第三句。「鶴唳」、「雞鳴」,皆謂次日侵曉。「清露」二字,用「鳴鶴戒露」意,寫實而語亦有所出也。「願言」兩句,謂將振脫世網,去諸煩惱,以期樂道遠遊,長生久視。「纓絡」,見孫綽〈遊天臺賦序〉:「方解纓絡,永托茲嶺。」《文選‧李善注》:「纓絡以喻世網也」。是「纓絡」二字,亦深切題面,初非泛辭。「高步」句,冀重還隱遯之身;「玄蹤」

句，期相逢有道之士。「遠遊」句，即申此意。「紛吾」二字既出屈《賦》，「遠游」二字，亦用《楚辭》，無非超舉飛昇之幻想，所謂「長生道」也。亦因所游為道「觀」觸想而起。結尾兩句，仍照應篇首「海行」「雲島」，而以仙山之可望而不可即作結，蓋不待褰裳濡足，自使人有凌雲意矣。(《孟浩然詩說》，卷1，〈古詩〉，頁6)

建生按：蕭先生言本詩，言首句取道海程，次言到達，且夜宿，三句言尋覓滄州趣寄意，四句回映題面天臺。五六句捨舟登岸。「息陰」句言題面「桐柏觀」。「采秀」句用《楚辭・山鬼》「采三秀於山間」，以言至此求仙慕道。「鶴唳」「雞鳴」，言次日清早。「願言」兩句言脫去世網，纓絡，縈纏，喻世網，言脫去俗理之縈繞，長居此山，道遠遊。「高步」二句，言居天臺銅柏觀，與四明山相連，亦可與老子、老萊子（三老，有作二老）等有道之士相逢。末，由道觀思及遠游，然「三山」（蓬萊、方丈、瀛洲）雲濤漫漫，可望而不可即也。結構緊密。而詩中用字，如「采秀」、「鶴唳」、「雞鳴」、「纓絡」等用詞，皆極分寸。

又，〈洗然弟竹亭〉：

吾與二三子，平生結交深。
俱懷鴻鵠志，昔有鶺鴒心。
逸氣假毫翰，清風在竹林。
達是酒中趣，琴上偶然音。(《孟浩然詩說》，卷1，〈古詩〉，頁49)

蕭先生評：

此詩實為五言律詩，以平仄稍有出入，遂列入五古耳。結聯當係對句，應作「偶然琴上音」，無據，不敢臆定。洗然為浩然之弟，竹亭其所作也。「洗然嘗次其兄浩然詩為三卷」，見《新唐書》卷五十〈藝文志〉。此篇述弟兄燕爾之歡，親切之中，仍

以意氣相尚。浩然於同胞中為最長，故出語即曰「二三子」。次句似朋友語，蓋群季俊秀，氣誼之孚，不獨為骨肉手足已也，此於下文可以見之。第三句「俱懷鴻鵠志」，當係用《史記・陳涉傳》語。則浩然與諸弟皆抱濟時之器與用世之心可知。「鵷鴻」句點兄弟，以見恭友之風。「逸氣」句謂俱工詞翰，洗然曾應進士舉，當是能文，非虛譽語。「清風」句點「竹亭」，意以籍咸自況。結句仍由「竹林」生出。「酒中趣」謂大阮，「琴上音」謂小阮，曠遠之懷，苔岑之契，相知有在，蓋不獨怡怡之樂而已。（《孟浩然詩說》，卷1，〈古詩〉，頁49-50）

建生按：蕭先生言本詩，首言與弟洗然似朋友，不獨骨肉之情。「俱懷」兩句，言浩然與諸弟俱抱濟時用世之心。「逸氣」兩句，言洗然能文，而作「竹亭」，如阮籍、阮咸。末，阮籍識得酒中趣，阮咸嗜琴上音，曠遠、飄逸情懷。佟培基《孟浩然詩集箋注》以本詩末二句，言孟嘉與陶淵明[6]，不如蕭先生說解通達。

又，〈夏日南亭懷辛大〉：

山光忽西落，池月漸東上。
散髮乘夕涼，開軒臥閒敞。
荷風送香氣，竹露滴清響。
欲取鳴琴彈，恨無知音賞。
感此懷故人，中宵勞夢想。（《孟浩然詩說》，卷1，〈古詩〉，頁54）

蕭先生評：

首句「山光忽西落」，謂夕照餘暉，忽焉晻曖，此是一事；次句「池月漸東上」，謂於池中見月，而知月之漸已東上，此又一事。皆不過即景成詞。如依他本作「西發」，乃謂見西山之

---

[6] 佟培基：《孟浩然詩集箋注》，頁420。

驟明，而以「池月」證之，則弄巧成拙矣。以上兩句言將夕。至第三句則明點「夜」字，如據此以證題面必為「夏夕」，則近於膠執，蓋舉「日」以概「夜」，固常用語也。「乘夜涼」三字，暗點「夏」字，「開軒」句即承「乘涼」而來。「閑敞」固寫實，「敞」字應「涼」字，「閑」字則暗伏「懷」字，亦見其細心處。「荷風」一聯，為篇中極有韻致之語。此景固自常見，襄陽亦不過信手拈掇，以極尋常語出之。略無雕飾刻畫之跡，而自成馨潤。大抵襄陽為詩，思路極細，而出語似不經意者，此是高一層工夫。後人刻意雕鏤，即令極工，終落第二乘。蓋造作之功顯，而自然之韻失也。「欲取鳴琴彈」句，固由「閑」字生出，以起下文，而鳴琴之念亦由「清響」引起，真所謂天機渾成。下句「知音」二字，又由「鳴琴」引出，全詩如蕉展葉，層層相關，至「感此懷故人」五字，而蕉心盡出矣。「感」字由上句「恨」字生出，末句「勞」字，又由此句「懷」字生出。「中宵」二字，則遙應篇首，謂自昏至夕，以至中夜未眠也。(《孟浩然詩說》，卷1，〈古詩〉，頁55)

建生按：蕭先生言本詩，首言夕陽餘暉，次言池月東上，三四句開軒散髮乘涼，「荷風」一聯，荷風送香，竹滴清露，極有韻致。「欲取」兩句，由「清響」生念，而思彈琴，卻無知己賞音。詩意層層逼進。懷故人未得，故「勞夢想」，蕭先生所謂「詩如蕉展葉，層層相關」，末則「蕉心盡出」。論說精闢。其中字句，「閑敞」，「敞」應作「涼」字，論孟詩字句得失，極有見地。

又，〈留別王侍御維〉：

寂寂竟何待？朝朝空自歸。
欲尋芳草去，惜與故人違。
當路誰相假？知音世所稀。

祇應守寂寞,還掩故園扉。(《孟浩然詩說》,卷2,〈律詩〉,頁92)

蕭先生評:

此浩然去都留別王維之作。起筆兩句,便極沈痛。「寂寞竟何待」,謂事已全無可為。「朝朝空自歸」,客中踉蹌之狀可知。「欲尋芳草去」,用《楚辭》意謂將歸。「惜與故人違」,謂不忍別維耳。是浩然與維,交誼最篤,維之推轂延譽,亦已竭其力矣。「當路」謂當時執政者,「知音」句謂相知如維者,世不多覯也。或謂此二句於維有悵恨之辭(見《韻語陽秋》),不獨於人情有未達,抑且以小人視王孟二公矣,大非。結句為無可奈何之詞,既歸故園,且又杜門却掃,以守索寞,其意興之頹敗可想矣。(《孟浩然詩說》,卷2,〈律詩〉,頁92)

建生按:蕭先生言本詩,首二句,言作者(浩然)仕事已欲歸去,卻不忍與好友王維道別。五六句言今之執政者,無可憑藉,何況如王維知音者不多。末,歸故園而杜門却掃,但守索寞,悲傷頹敗之心可知。蕭先生析理明暢,令人佩服。而詩中字句如「欲尋芳草去」、「當路」、「知音」、「索寞」,皆得其分寸。

又,〈送張子容赴舉〉:

夕曛山照滅,送客出柴門。
惆悵野中別,殷勤醉後言:
「茂林予偃息;喬木爾飛翻。
無使〈谷風〉誚,須令友道存!」(《孟浩然詩說》,卷2,〈律詩〉,頁157)

蕭先生評:

張子容以先天二年擢進進士第,則此詩至少作於開元元年,為浩然二十四歲時作也。前四句寫送別時情景。五句「茂林予偃

息」。庾信〈小園賦〉：「試偃息於茂林」，倪注引潘岳〈秋興賦〉：「僕野人也，偃息不過茅屋竹林之下」。浩然尚以野人自況也。六句「喬木爾飛翻」，用《詩·小雅·伐木》，謂子容之應科舉，猶鶯之求遷也。第七句用《詩·小雅·谷風》。首章末云：「將安將樂，女轉棄予」。謂毋以富貴相忘也。〈谷風·序〉云：「谷風，刺幽王也。天下俗薄，朋友道絕焉」。故結尾曰：「無使谷風誚，須令友道存」。後四句皆第三句所謂醉後之言。此固車笠之盟，亦預祝子容之獲雋耳。全詩平穩，第七句「使」字，於義究有未安，或亦功力尚有未至處也。(《孟浩然詩說》，卷 2，〈律詩〉，頁 157-158)

建生按：蕭先生分析本詩，前四句言黃昏送客，醉後野外送別，五六句，言己如隱居茂林隱士，有如野人，而子容應舉，如鶯之求遷。七句，引《詩》言，毋以富貴相忘。八句，言莫使天下俗薄，應存友道也。析理明暢。而第七句「使」字，於義未妥。明白指出孟詩字句不妥之處。又，蕭先生言張子容以先天 2 年（713）擢進士第，此詩至少作於開元元年（713），先天由西元 712 年 8 月起，至西元 713 年 11 月，開元元年為西元 713 年 12 月，如此推測浩然此詩 713 年 11 月至 12 月間。

四、更正前人評論欠佳者

蕭先生評論孟浩然詩，不隨前人腳步，往往出自己意，表現其獨到見解。試舉例如〈初春漢中漾舟〉：

羊公峴山下，神女漢皋曲。
雪罷冰復開，春潭千丈綠。
輕舟恣來往，探翫無厭足。
波影搖妓釵，沙光逐人目。
傾杯魚鳥醉，聯句鶯花續。
良會難再逢，日入須秉燭。(《孟浩然詩說》，卷 1，〈古詩〉，頁 10)

蕭先生集評:「劉辰翁:便好,又云:此雖清事,微近俗意,知此可以語此。又云:傾杯二句好。」(《孟浩然詩說》,卷1,〈古詩〉,頁10)又:「李夢陽云:此首全無好處。」(《孟浩然詩說》,卷1,〈古詩〉,頁10)蕭先生評:

> 起筆兩句,重在地而不在人,襄陽當漢水之曲處,浩然所游則在峴山之下,漢水之湄,意即前所謂「峴潭」是也。然以兩句點明一地,且兩用典實,殊覺浪費筆墨,孟詩必不如是。蓋浩然以「羊公」自況,而以「神女」暗射下文之「妓」耳。峴首羊公,漢皋神女,皆眼前故實,與隸事用典者有殊,其語極巧,正不可以拙率目之。「雪罷」兩句,點明「初春」,「輕舟」句亦點題面。第六句「探玩無厭足」,在他人詩中,尚無不可;就孟詩言,實為虛懸之句,疲苶乏力。宋刻本無此二句,則此聯恐非襄陽原句矣,刪去為是。「波影」兩句寫實,極是動人。而劉須溪云,「此雖清事,微近俗意」,意或指此。須知古人挾妓清游,事所常有,與後世儇薄子之所為有殊,自亦無傷於雅。況作者即景直書,所見未必即其所為,必欲繩之以道學家之見斥為近俗,非古人所當受也。「傾杯」兩句,於孟詩中,究為拙語,而須溪(辰翁)獨賞之,亦奇。結尾兩句,宋刻本無之。此聯平平,與上文亦少貫穿,即移置他詩中亦無不可。惟倘依宋本削去,則全無收結,不成篇章矣。(《孟浩然詩說》,卷1,〈古詩〉,頁10-11)

建生按:蕭先生評論本詩,先引劉辰翁、李夢陽評論意見。而本詩首言漢水曲處襄陽,點峴山下「峴潭」地。次,「雪罷」兩句,言初春盪舟。蕭先生以宋刻本無此二句,疑非浩然原句,宜刪去。「波影」兩句,挾妓清遊,寫實,動人。「傾杯」兩句,拙語而劉辰翁獨賞之,蕭先生以劉辰翁賞此,頗怪。末二句,宋刻本無,而此聯平平,無特殊性,移置他詩亦可。蕭先生針對孟詩及前人評論,提出具體、獨到看法。

又如〈耶溪泛舟〉：

> 落景餘清輝，輕橈弄溪渚。
> 澄明愛水物，臨泛何容與。
> 白首垂釣翁，新妝浣紗女。
> 相看似相識，脈脈不得語。（《孟浩然詩說》，卷1，〈古詩〉，頁12-13）

蕭先生集評：

> 劉辰翁：諸詩皆極洗鍊而不枯瘁。又在蘇州，清溪麗景，閒遠餘情，不欲犯一字，綺語自足。
> 李夢陽：白首以下，終是兩截，格亦不同。
> 黃培芳：神似樂府。（《孟浩然詩說》，卷1，〈古詩〉，頁13）

蕭先生評：

> 此首前半寫泛舟，後半寫泛舟所見，章法甚明。浩然家在襄陽，漢皋容與，時見篇章。此時浪跡南東，及時游衍，自不無鄉國之思。後半由浣女釣翁，興懷故土，雖未明言，而意在辭外。李空同（夢陽）評孟詩，不甚許可，病在以後人所謂「體」，「格」，強繩古人，實有未妥。又耶溪在山陰，水入鑑湖，相傳為西子浣紗處，故第六句及之，而劉（辰翁）評謂在蘇州，不知何據？至視此詩為「綺語」，與前評「漢中漾舟」詩為「近俗」，均失作者之用心矣。（《孟浩然詩說》，卷1，〈古詩〉，頁13）

建生按：孟浩然浪跡浙江，耶溪在浙江紹興南，水入鑑湖。蕭先生以本詩，前半寫泛舟，後半寫泛舟所見，浣女釣翁，興懷故土。而西施浣紗處，劉辰翁言在蘇州，不知何據？疑前賢所論。且視本詩為「綺語」，與

前〈漢中漾舟〉詩為「近俗」,失作者之用心。可知,蕭先生評論孟詩,出自胸中,不肯隨人腳跟轉也。

又,〈彭蠡湖中望廬山〉:

太虛生月暈,舟子知天風。
挂席候明發,眇漫平湖中。
中流見匡阜,勢壓九江雄。
黤黕凝黛色,崢嶸當曉空。
香爐初上日,瀑布噴成虹。
久欲追尚子,況茲懷遠公。
我來限於役,未暇息微躬。
淮海途將半,星霜歲欲窮。
寄言巖棲者:「畢趣當來同」。(《孟浩然詩說》,卷1,〈古詩〉,頁13-14)

蕭先生集評:「劉辰翁:十字一意(謂『崢嶸』兩句)」(《孟浩然詩說》,卷1,〈古詩〉,頁14)又:「李夢陽:調雜。」(《孟浩然詩說》,卷1,〈古詩〉,頁14)蕭先生評云:

此詩氣象雄渾,寫景如畫,而字句鉤連,尤為緊密。按廬嶽諸峯,負勢競上,不相拱揖。身在山中,則無由窺其面目,惟在湖中遠望,其峯巒錯結,烟雲離合,可見其全。題曰「彭蠡湖中望廬山」,固在行役之中,不暇探幽選勝,實則舟中遙望,最得匡廬神理。浩然性耽巖壑,故自然之美,觸目即得,選題取景均妙,全詩亦深得匡廬「博大深秀」之趣。篇首自破曉以前寫起,即曰:「太虛生月暈」,「太虛」二字,粗看亦無關緊要;然在舟中天色未明之際,水天冥漠,惟有舉首望空,而此時所見適為「月暈」。夫「月暈而風」,乃占候者所習知;而舟人曉發,於風色尤為留意,故曰:「舟子知天風」。此句「風」

字即由「月暈」生出。三句「挂席候明發」,「挂席」二字,又由上句「風」字生出,「知天風」之將至,故「挂席」以待,待天色之明,將以舟行也。以上三句,鉤連緊密,皆言未發以前。「眇漫平湖中」一句,點清題面,蓋破曉以前,移舟始發,所見惟有「平湖」而已。「中流」言已發,「見匡阜」點題。「勢壓九江雄」,言山勢之雄大。以下寫「望」字。「黭黮凝黛色」,言天已破曉,而朝暾未上,故山容「黭黮」,隱約可見。匡廬諸峯,林木菁茂,此時曉霧晴嵐,欲散未散之際,雖「黭黮」中仍不失蒼翠之色。「黛色」二字與「黭黮」,顏色頗近,而實有層次,蓋天色明一分,而所「望」亦明一分也。下句「崢嶸當曉空」,則山之輪廓已顯,「曉空」之中,「崢嶸」之勢可辨矣。以上四句,言舟行之後,望中所見,皆就全勢而言。下句特言「香爐」,乃專指此峯,蓋此時適受晨曦,故曰「初上日」以前止能辨山,此時兼能辨峯矣。「瀑布」當謂馬尾泉,彭蠡中所能見也。「噴成虹」三字,仍與上句初日有關,虹霓之出,乃空中水分受陽光折射而成,故日出、日沒、雨霽時有之。然曉空常在西,晚虹常在東,揆諸事理,香爐受日,彩虹宜在山後,不得謂為瀑布成虹。如依它本作「噴長虹」,則以虹狀瀑布,亦非恰切。蓋非真有「螮蝀在東」,特瀑泉噴濺,受朝日而幻為彩虹耳,故曰「瀑布噴成虹」也。此句視上句所見為尤明,蓋不僅能辨峯,且能辨泉;不僅能辨泉,且能辨瀑水所成之虹彩矣。以上自夜至明,由遠而近,層次分明,脈絡嚴細,寫題至此而盡,再著一字,便非身在舟中矣。以下雖另作起勢,自寫襟期,然仍由前半生出,蓋初日彩虹,現欲界之仙都;福地洞天,定神人之窟宅,縹渺之思,所不能已也。「久欲追尚子」一句,述生平襟抱,尚子棄家入山,事見《後漢書‧逸民傳》,意謂早欲謝跡塵紛,而女嫁兒婚,俗務未捐,仍為行役所困。「況茲懷遠公」一句,則又鉤回題面。遠公蓮宗初祖,遯跡東林,道場猶在目前,自不能無離塵之想也。此二句

雖引古人,要非借用典實;命意差近,而分際實自不同。下兩句謂將有「淮海」之行,苦為行役所限,不能追蹤往躅,暫息「微躬」,況征途止及其「半」,歲序又將告終,高蹈之期,惟有俟諸他日。故篇末以「寄言巖棲者,畢趣當來同」作結。「畢趣」二字,諸本皆同,殊難索解。如用向平婚嫁之事,釋為「了願」,未嘗不可;然「當來同」三字,仍覺牽強。想「畢」字當為「異」字之形訛,謂身在行役之中,不得同游世外,此時取徑雖殊,他日終當同隱也。此詩自是佳妙,而李夢陽以「雜調」二字評之,施閏章《蠖齋詩話》曰:「李空同看孟詩,不甚許可,每嫌『調雜』,似謂選體與唐體調雜也。余謂襄陽不近選體。唐人佳句,亦有偶帶選體者,李杜諸公詩,何嘗不兼有漢魏六朝語乎?空同自分其五言古作『選古』、『唐古』二種,正其所見不廣處。《國風》《雅》《頌》,就其一體中,不相類者頗多也」。其駁空同「調雜」之說,是矣;然猶有「選體」「唐體」之念在也。嚴羽云:「選詩時代不同,體製隨異,今人例謂五言詩為選體,非也」。古人為詩,體格因時而異,大抵漢京魏氏,其辭樸茂;齊梁之間,競尚綺繢,至於陳隋,流為輕艷。而一代之中,各家自有面目;一人之作,各篇自具風標。必欲劃為一式,其見已陋。今又持此以繩古人,必欲古人盡合於某家某體,尤為悖謬。殊不知大家之作,其本身已自成體格。當其任興謳吟之際,初無某家某體之念,淬其心胸,一如後世匠手之所為也。《滄浪詩話》論詩體,稱「以人而論,則有……孟浩然體……」則浩然自有浩然之體在,而夢陽乃以「體雜」二字罪之,得不為古人所笑耶?(《孟浩然詩說》,卷1,〈古詩〉,頁14-16)

建生按:蕭先生言首三句,舉首望空,適有「月暈」,知將起「天風」,舟子因掛帆候發。「眇漫」句,言舟在彭蠡湖、破曉方移,「中流」二句,舟發見匡阜,山勢雄偉,「勢壓九江」,「黤黕」二句,言山容隱約可見,

匡廬諸峯，崢嶸可辨。「香爐」四句，旭日漸上，香爐峯馬尾泉受陽光折射成虹。「久欲」句，作者慕向長（字子平，男女婚嫁畢，與同好北海禽等游五岳，不知所終）久欲謝跡塵紛，己則俗務未捐，為行役所困，見慧遠道場，引起離塵之想。「我來」二句，苦為行役所限，暫停於此。「淮海」二句，歲序告終，征途卻只及其半。高蹈有待他日。末二句，身在行役，不得同游世外，他日中當同隱。蕭先生分解層次清楚，並駁李夢陽調雜之說，認同施閏章《蠖齋詩話》，對於前賢之說有所取，有所不取。並進一步言，一代之中，各家自有面目，一人之作，各篇自具風標，尤其大家之作，本身自有體格，浩然自有浩然體，是矣。

又〈湖中旅泊寄閻九司戶防〉：

桂水通百越，扁舟期曉發；
荊雲蔽三巴，夕望不見家。
襄王夢行雨，才子謫長沙。
長沙饒瘴癘，胡為苦留滯？
久別思款顏，承歡懷接袂。
接袂杳無由，徒增旅泊愁，
清猿不可聽，沿月下湘流。（《孟浩然詩說》，卷1，〈古詩〉，頁22）

蕭先生集評：「劉辰翁云：好。」（《孟浩然詩說》，卷1，〈古詩〉，頁22）又：「施閏章云：妙於言月。（謂末句）」（《孟浩然詩說》，卷1，〈古詩〉，頁23）蕭先生評：

此詩為浩然旅泊湖中有懷閻九之作。依詩意推詳，閻九當為荊襄間人，謫宦瀟湘。首句「桂水通百越」，桂水一曰灕水，流經梧州入粵也。次句「扁舟期曉發」，著一「期」字，當謂閻九所在，盼其早歸也。然不可因句中有「通百越」字，遂謂取道西江。灕水上游出廣西興安，與湘水同源合流謂之瀟湘，自可順湘流而下。言通「百越」者，謂「扁舟曉發」在灕水上

游,固亦「通百越」也。「荊雲蔽三巴,夕望不見家」兩句,亦代閻九言。粗看閻九似為蜀人,實則言「荊雲」為「三巴」所「蔽」,望親舍而不可得見耳。自灘水望荊襄,謂巴山郛蔽其間,不過概言之,尚相違不遠也。「襄王夢行雨」句,浩然自謂,襄王夢神女事,見〈高唐賦〉。高唐為楚臺觀之名,在雲夢澤中。浩然旅泊湖中與襄王高唐之游差近,故引以自喻。「行雨」言神女薦枕,事涉狎暱,此事似屬不倫;後文亦多結想承歡之意。古人於朋友君臣之際,情真語摯,不可以後人淺陋之見繩之,況「行雨」事屬荒唐,浩然僅借以點名旅泊之地,亦未可知。「才子謫長沙」,用賈誼事,謂閻九也。「長沙饒瘴癘」句,當非借用典實,而係實指閻九宦游之地。長沙非僅指今湖南省治,在賈誼時,長沙國屬縣十三,為臨湘、羅、連道、益陽、下雋、攸、酃、承陽、湘南、昭陵、茶陵、容陵、安成。在唐為郡,亦屬縣六,為長沙、湘潭、湘、益陽、醴陵、瀏陽。但仍不出湘東北地,與灘湘相去甚遠。大抵古人於輿地不甚措意,詩文中尤多濶略。如鮑照〈蕪城賦〉,稱「南馳蒼梧漲海,北走紫塞雁門」,去揚州遠甚。王勃〈滕王閣序〉,稱「襟三江而帶五湖,控蠻荊而引甌越」,去南昌遠甚。白居易〈長恨歌〉,稱「峨嵋山下少人行」,亦云劍閣成都遠甚。「長沙」二字,乃概言江南湘桂地區耳。「胡為苦留滯」句,謂閻九宦游不歸,實無可戀者。「司戶」秩卑,於唐制為縣之佐貳,以升斗微官,而羈身瘴癘之地,非計之得者也。「久別」以下四句,皆言相思之苦。結尾兩句,照應篇首,仍速其早歸,故曰「清猿不可聽,沿月下湘流」。「清猿」,謂作客荒遠之地,不可久留。「沿」字本有順流而下之義,見《禹貢》鄭注。隨流見月,非謂自東徂西,如月所行。「下湘流」,謂由灘入湘,直還荊楚耳。此詩情致纏綿,極見感舊懷人之意,須溪但云「好」,不知所指。愚山則但稱「沿月」句為「妙於言月」,亦皮相之見耳。(《孟浩然詩說》,卷1,〈古詩〉,頁23-24)

建生按:蕭先生論本詩,言浩然旅泊洞庭湖(或說張九齡罷相後,浩然

陪九齡游洞庭湖[7]）作。次言閻九謫居灘湘，盼其早歸。「荊雲」二句，言荊楚之雲為三巴所蔽，望親舍而不可得見。「襄王」二句，浩然自謂，襄王夢神女事，蓋浩然旅泊湖中，與襄王高唐（楚臺觀名）夢之地近。而才子，用賈誼事，言閻九謫貶。「長沙」二句，指閻九宦游之地，湘桂地區多瘴癘，何苦留滯？「久別」以下四句，所謂「久別思款顏」，「接袂」「無由」，「徒增旅泊愁」。言相思之苦。結尾，速其早歸，故云「清猿不可聽，沿月下湘流」，直還荊楚。蕭先生所論，層次分明，考證典實詳細，以劉辰翁但云「好」，不知所指，對照之下，蕭先生見解之獨到可知。

又，〈秋登萬山寄張五〉：

> 北山白雲裏，隱者自怡悅。
> 相望始登高，心飛逐鳥滅。
> 愁因薄暮起，興是清秋發。
> 時見歸村人，沙平渡頭歇。
> 天邊樹若薺，江畔洲如月。
> 何當載酒來，共醉重陽節！（《孟浩然詩說》，卷1，〈古詩〉，頁27）

蕭先生集評：

> 劉辰翁云：朴而不厭。又云：時見二句，其理至此。
> 吳曾云：顏之推《家訓》云：《羅浮山記》：「望平地樹如薺」，故戴嵩詩：「長安樹如薺」。有人詠樹詩：「遙望長安薺」，此耳學之過也。余因讀浩然〈秋登萬山詩〉：「天邊樹若薺，江畔洲如月」，乃知孟真得嵩意。
> 李夢陽云：愁因薄暮起二句，不可言朴。（《孟浩然詩說》，卷1，〈古詩〉，頁28）

---

[7] 佟培基：《孟浩然詩集箋注》，頁114。佟培基：《孟浩然詩集箋注》引《唐才子傳校箋》卷二，閻防下傳璇琮曰：「此詩當係張九齡罷相後，浩然陪九齡游洞庭湖作。」按，元、辛文房《唐才子傳》，周本淳《唐才子傳校正》本（臺北：文津出版社，1988年）無此文。

蕭先生評：

> 此詩因登萬山而思故人，作以寄懷。首句「北山白雲裏，隱者自怡悅」陶宏景詩云：「山中何所有？嶺上多白雲。只可自怡悅，不堪持贈君」。謂身在白雲之中，可以自怡，固當與世相忘。第三句「相望始登高」，謂己以馳念故人，始登高而遙望耳。「登高」二字，止尋常登高望遠之意，非重陽故事。「心飛逐鳥滅」五字，似拙而實入神。登高相望，企其必來，故目送飛鳥，心亦隨之。鳥飛而心亦飛，鳥滅而心亦滅。「心飛」見想望之殷，「鳥滅」示失望之極。「心飛」承上句「望」字，「鳥滅」起下句「愁」字，脈絡甚明。「愁因薄暮起，興是清秋發」十字，看似輕巧，實極有分量，為全詩關捩所在。登高凝睇，故人不見，已滋悵惘之情；而時迫昏暮，是終不得見矣，眇眇予愁，由茲而起，故曰「愁因薄暮起」。然想望之情，未能自已；況登高之興，原為清秋而發，則相見之期，自可期之他日，故曰「興是清秋發」。「薄暮」句總結前文；「清秋」句引入後文。曰「暮愁」，曰「秋興」，皆有著落，非後人無病而呻者可比。以下「時見」二句，染「暮愁」；「天邊」二句，染「秋興」。然後以「何當載酒來，共醉重陽節」綜結全詩，以申寄望之意。此詩結構極嚴，思路極細，須溪評之以「朴」，但見其不用力處。空同謂「愁因薄暮起二句，不可言朴」，則竟以後人無病而呻之作目之，亦未深思之故。復齋所云，特字面耳，非緊要處矣。（《孟浩然詩說》，卷1，〈古詩〉，頁28-29）

建生按：蕭先生論本詩，首言孟詩取陶宏景詩意，身在白雲，可以自怡，與世相忘。「相望」二句，言馳念故人，登高遙望，目送飛鳥，心亦隨之，鳥滅而心亦滅。「愁因」二句，想望之情，不能自已，而登高之興，為清秋而發。「時見」二句，染暮愁，「天邊」二句，染秋興。末，申寄望之意。蕭先生並云本詩結構極嚴，思路極細。而劉辰翁但云「朴而不

厭」，李夢陽云「愁因二句，不可言朴」，皆未深思。而吳復齋所論，非緊要處。見蕭先生獨排前賢不當之意。

又，〈登江中孤嶼贈白雲先生王迥〉：

悠悠清江水，水落沙嶼出。
洞潭石下深，綠篠岸傍密。
鮫人潛不見，漁父歌自逸。
憶與君別時，泛舟如昨日。
夕陽開返照，中坐興非一。
南望鹿門山，歸來恨如失。（《孟浩然詩說》，卷1，〈古詩〉，頁29）

蕭先生集評：「劉辰翁云：如此不曉事！」（《孟浩然詩說》，卷1，〈古詩〉，頁29）又：「李夢陽云：同此一題，若誦『秋水共澄鮮』之句，則孟詩為奴僕矣。」（《孟浩然詩說》，卷1，〈古詩〉，頁29）

蕭先生評：

題中「孤嶼」在襄陽，與謝靈運詩所稱在永嘉之孤嶼，實非一地。此詩前六句寫實；中四句感舊；末兩句以悵惘之情作結。雖造語平平。讀之固令人意遠。夢陽持此與謝靈運作相較，遽斥孟詩為奴僕，此又盲目遵古之習，未足據為定論。茲附錄謝詩於後，讀者試比較之，即可知矣。

〈登江中孤嶼〉　　謝靈運
江南倦歷覽，江北曠周旋。
懷新道轉迥，尋異景不延。
亂流趨正絕，孤嶼媚中川。
雲日相輝映，空水共澄鮮。
表靈物莫賞，蘊真誰為傳？
想像崑山姿，緬邈區中緣。
始信安期術，得盡養生年。（《孟浩然詩說》，卷1，〈古詩〉，頁29-30）

建生按：蕭先生論本詩，言「孤嶼」在襄陽，非謝靈運〈登江中孤嶼〉所言永嘉孤嶼山。前六句，言清江之水，水落而沙嶼出，潭石下水深，綠竹在旁，漁父自歌。「憶與」下四句，言泛舟感舊。末二句，悵惘歸來。蕭先生並引謝靈運詩，評李夢陽論同一題，斥孟詩之為奴僕，並錄謝詩以證明。由二詩相較，亦各有趣味，不必如夢陽之說。

又，〈早發漁浦潭〉：

東旭早光芒，渚禽已驚聒。
臥聞漁浦口，橈聲暗相撥。
日出氣象分，始知江路闊。
美人常晏起，照影弄流沫。
飲水畏驚猿，祭魚時見獺。
舟行自無悶，況值晴景豁。（《孟浩然詩說》，卷1，〈古詩〉，頁40）

蕭先生集評：

劉辰翁云：別是一種清景可人。又云：「美人常晏起」，著此空濶，又別。其超眾作以此。
李夢陽云：此一首佳。（《孟浩然詩說》，卷1，〈古詩〉，頁40）

蕭先生評：

此詩全為寫實之作，故不待深思，一讀即知其佳妙。須溪所評，極是，然遽謂其即超眾作，則不盡然也。（《孟浩然詩說》，卷1，〈古詩〉，頁40）

建生按：蕭先生云本詩，首言初曉，陽光剛現，渚禽驚聒，言潭邊曉景。次言，浦江停泊船隻，已暗地撥槳。「日出」二句，言日已出，景象分明，始知江面寬。「美人」二句，言天明，可見舟上之人，美人晚起，映

照水面梳洗。次言時見食魚獺，取魚至水邊四面陳列。皆言所見實景。末，言晴景大地，心情愉悅，故無悶也。蕭先生以須溪言本詩超眾作，恐不盡然。是也。

又，〈梅道士水亭〉：

傲吏非凡吏，名流即道流。
隱居不可見；高論莫能酬。
水接仙源近；山藏鬼谷幽。
再來迷處所，花下問漁舟。(《孟浩然詩說》，卷2，〈律詩〉，頁90)

蕭先生集評：「劉辰翁云：好。又云：事料不凡，得語故異。」(《孟浩然詩說》，卷2，〈律詩〉，頁90) 又：「李夢陽云：亦佳。」(《孟浩然詩說》，卷2，〈律詩〉，頁90)

蕭先生評：

梅道士何人，已不可考，集中凡三見：一曰「尋梅道士」；一曰「清明日宴梅道士房」；此亦其一也。此詩後半勝前，結語最有韻致。篇中曰「不可見」，曰「藏」，曰「迷處所」，其境必幽絕。第六句用「鬼谷」，不知所指為實？抑僅虛擬？按「鬼谷」究在何所，多有異詞。郭景純〈游仙詩〉云：「清溪千餘仞，中有一道士。借問此何誰？云是鬼谷子。」〈鬼谷先生傳〉稱「楚有清溪，下深千仞，其水靈異。」清溪在湖北遠安縣東南。遠安去襄陽不遠，或為浩然游蹤所及。「鬼谷」知為梅道士所居，則語為指實，用事恰切。若僅為虛擬，止以「鬼谷」為「仙源」作對，便涉纖巧矣。起筆兩句，吐屬凡近，實為全詩之玷。而須溪本加密點以示激賞，誠不可解。(《孟浩然詩說》，卷2，〈律詩〉，頁90-91)

建生按：蕭先生言前半泛論，隱者為名流，亦即有道之士，隱者雖不可見，卻見高論。下半，言梅道士水亭，或為鬼谷子所居之處。末，言梅

道士所居不可見，再來則迷處所，只得花下問漁舟。蕭先生並且認為起筆兩句，為全詩之玷，而劉辰翁（須溪）卻激賞，令人費解。

又，〈尋滕逸人故居〉：

人事一朝盡，荒蕪三徑休。
始聞漳浦臥；奄作岱宗游。
池水猶含墨，山雲已落秋。
今宵泉壑裏；何處覓藏舟？（《孟浩然詩說》，卷 2，〈律詩〉，頁 109-110）

蕭先生集評：「劉辰翁云：其人已死，索語偏復。」（《孟浩然詩說》，卷 2，〈律詩〉，頁 110）又：「李夢陽云：後四句不稱。」（《孟浩然詩說》，卷 2，〈律詩〉，頁 110）

蕭先生評：

題曰「尋滕逸人故居」，是弔舊之作也。首句已點明傷逝之意，次句三徑之荒蕪，而感慨係之矣。讀此二句，如見行吟榛莽之中，廢然嗟嘆之狀。第四句「岱宗游」，猶言徂逝，非真有泰岱之行也。《文選・劉公幹贈五官中郎詩》云：「常恐游岱宗」。岱宗主召人魂。《後漢書・烏桓傳》：「中國人死者魂神歸岱山」，李注引《博物志》云：「泰山主召人魂」。羅振玉《丙寅稿》載漢劉伯平〈鎮墓券〉云：「生屬長安，死屬太山」皆其證。第五句曰「池水猶含墨」，謂遺蹤猶髣髴可尋；「山雲已落秋」，謂故人已音容俱杳，悲嘆之情，至此而極。然滕本逸人，則來時去順，生死險夷，宜無滯於胸。莊生云：「夫大塊載我以形，勞我以生，佚我以老，息我以死。故善吾生者，乃所以善吾死也。夫藏舟於壑，藏山以澤，謂之固矣；然而夜半有力者負之而走，昧者不知也」。隱逸之士，晦跡葆真，不可謂不善藏。然終不免於有力者負之而走，則亦大化運乘，有所不能邀藏者耳，又何怨乎？故結句但曰：「今宵泉壑裏，何處覓

藏舟？」蓋有悟於生死之理，始而嘅然，終乃釋然也。此詩感逝傷懷，殷情周復。空同（李夢陽）乃謂「後四句不稱」，如謂詩不稱人，則滕之事跡無考；如謂後不稱前，則全文一片，無瑕可指。空同好以格調繩古人，不知此詩後半格調亦有與前不稱處否？（《孟浩然詩說》，卷2，〈律詩〉，頁110-111）

建生按：蕭先生言本詩，首傷逝，次言三徑荒蕪，三四句言滕逸人徂逝，所謂「人死魂歸岱山」。五句，言遺跡髣髴可尋，而故人音容俱杳。末，有悟於生死之理，始感慨，終乃釋然，感傷逝懷。蕭先生言李夢陽（空同）好以格調評詩，認為本詩「後四句不稱」，意思模糊。意謂前賢評論，亦有疏漏。

又，〈夜泊廬江聞故人在東林寺以詩寄之〉：

江路經廬阜，松門入虎谿。
聞君尋寂樂，清夜宿招提。
石鏡山精怯，禪林怖鴿棲。
一燈如悟道，為照客心迷。（《孟浩然詩說》，卷2，〈律詩〉，頁134）

蕭先生集評：「劉辰翁云：玄之又玄。」（《孟浩然詩說》，卷2，〈律詩〉，頁134）

蕭先生評：

題曰「廬江」，恐有小誤。依首句，知在廬山下之江中耳，意當在今湖口與星子之間，即彭蠡入口一段。首句云：「江路經廬阜」，前有「彭蠡湖中望廬山」詩，當為浩然赴彭蠡途中所作。次句曰「松門入虎谿」，虎谿在廬山東林寺前。〈廬山記〉云：「流泉匝寺，下入虎谿。昔慧遠法師送客過此，虎輒號鳴，故名」。松門在江西新建縣北。《寰宇記》：「其山多松，北臨大江及彭蠡湖」。當即虎谿入江處。三四點明「故人在東

林寺」，五六想像東林景色，究不甚切；然其意尤重在故人之安禪耳。「石鏡山精怯」，用《抱朴子》。〈登涉篇〉曰：「萬物之老者，其精能假託人形，以眩惑人目而常試人；惟不能於鏡中易其真形耳。是以古之入山道士皆以明鏡九寸已上，懸於背後，則老魅不敢近人」。「禪林怖鴿棲」，用《涅槃經》，謂一鴿為獵者所逐，惶怖殊甚。避於舍利弗身影之下，猶復戰慄。至佛影下，始獲安然。此用「禪林」，非謂真棲於牀上也。如依它本作「林」或作「枝」，於「怖」字義未盡，且畜鴿夜不野棲，亦以作「牀」為是。七句「一燈如有悟」，「燈」字雙關。一點「夜」字；一謂故人傳法有悟。《大智度論》云：「所以囑累者，為不令法滅故；汝當教化弟子，弟子復教餘人，展轉相教，譬如一燈復燃餘燈，其明轉多」。末句曰：「為照客心迷」，謂故人如真有所悟，則望分其智焰，以照客途之人，使迷者能悟也。此詩兩句寫經過。三四述所聞。五六想像禪林夜色。七八念故人之習禪山寺，而己則飄泊塵途，冀其有所開悟。結構井然，意亦甚明。而須溪評曰：「玄之又玄」，真不知此詩「玄」在何處？須溪於「酬李少府」詩則曰「似方外語」，夢陽於「題大禹寺」詩則曰「此公作禪子語」，皆信筆下字耳。
（《孟浩然詩說》，卷2，〈律詩〉，頁134-135）

建生按：蕭先生言首二句寫浩然赴彭蠡途中經過，由江西新建北松門，即虎谿入江處。三四句述所聞，言故人在東林寺。五六句，想像東林禪寺夜色。七八句，故人習禪山寺，己則飄泊塵途。盼故人有悟，望分其智焰，以照客迷途之人，使迷者能悟道。蕭先生並云劉辰翁評本詩「玄之又玄」，不知「玄」在何處？證之其他詩評，以為前人評詩，往往信筆而寫。蕭先生本著就事論事，就詩論詩精神，評析古人詩，皆出於自己真知灼見，不同於前賢可知。

又，〈永嘉上浦館逢張八子容〉：

逆旅相逢處,江村日暮時。
眾山遙對酒,孤嶼共題詩。
廨宇鄰蛟室,人煙接島夷。
鄉園萬餘里,失路一相悲。(《孟浩然詩說》,卷2,〈律詩〉,頁155)

蕭先生集評:

殷璠云:至如眾山遙對酒,孤嶼共題詩,無論興象,兼復故實。
劉辰翁云:眾山孤嶼,且不犯時景。句句淘洗欲盡。
方回云:永嘉得孤嶼中川之名,自謝康樂始。此詩五六俊美。
黃培芳云:氣魄自大,此孟之似杜者。(《孟浩然詩說》,卷2,〈律詩〉,頁156)

蕭先生評:

此詩為初至永嘉逢張子容之作。與〈除夜樂成逢張少府〉及〈歲除夜會樂城張少府宅〉二詩同時,而此詩稍先。首句「逆旅相逢處」,點上浦館。次句紀相逢之時。三四知是日初遇,小有文酒之會。五句「廨宇」,謂子容官舍。時子容為樂成尉,而樂成濱海,故曰「鄰蛟室」。又曰「接島夷」也。惟「島夷」之「島」,疑應作「鳥」,對「蛟」字較工。按《漢書・地理志・冀州下》:「鳥夷皮服。」注:「一說居住海曲,被服容止,皆象鳥也。」又〈揚州下〉:「鳥夷卉服。」注:「東南之夷,善捕鳥者也。」按《禹貢》及《夏本紀》並作島。王先謙《漢書補注》曰:「《大戴禮》、《五帝紀》、《說苑》並作鳥,唐石經誤島,後人遂並夏紀改之」。子容亦襄陽人,故七句曰「鄉園萬餘里」。「失路」,謂子容見謫也。子容官至鴻臚寺卿,至此貶為縣尉。唐制卿從三品,少卿亦從四品上;而縣尉極卑,永嘉為上縣,尉亦不過從九品上耳。不可謂非「失路」矣,故「相逢」之後,繼以「相悲」也。又以時代論,杜甫晚

於浩然,而黃評謂孟似杜,將謂杜甫以前人皆學杜詩矣,妙極!(《孟浩然詩說》,卷 2,〈律詩〉,頁 156-157)

建生按:蕭先生言首句,指永嘉上浦館,兩人相遇之處。次句言,日暮相遇。三四句言是日初遇,有文酒之會。五句,言子容官舍在樂成,濱海,故言「鄰蛟室」。七句,言子容亦襄陽人,故曰「鄉園萬餘里」。末,子容由鴻臚寺卿貶為縣尉,故言「失路」。敘論極有層次。蕭先生又指出,杜甫晚於孟浩然,黃培芳評之曰「孟之似杜者」,則時間錯亂,見前賢評詩之隨意。而文中,蕭先生指出「人煙接島夷」句,「島」應作「鳥」,對「蛟」較工。此蕭先生獨到見解,非前賢可及。

又,〈贈蕭少府〉:

上德如流水,安仁道若山。
聞君秉高節,而得奉清顏。
鴻漸昇儀羽;牛刀列下班。
處腴能不潤;居劇體常閒。
去詐人無諂;除邪吏息姦。
欲知清與潔,明月在澄灣。(《孟浩然詩說》,卷 2,〈律詩〉,頁 234)

蕭先生集評:「李夢陽云:也如此作。」(《孟浩然詩說》,卷 2,〈律詩〉,頁 235)

蕭先生評:

「少府」為唐人尊縣尉之別稱,京縣從八品下,畿縣正九品下,上縣從九品上,中及下縣皆從九品下,其秩極卑,而詩中極為稱頌,則蕭少府之廉能方正可知。首句「上德如流水」,合用《老子》「上德不德」,「上善若水」二語。次句用《論語》「仁者樂山」語意。皆言蕭之持重。三四謂其志行之高,而以得識為幸。第五句「鴻漸昇儀羽」,《易・漸・上九》:「鴻

漸於逵,其羽可用為儀,吉。象曰:其羽可用為儀吉,不可亂也。」謂蕭簡重峻整,可為吏法也。第六句「牛刀列下班」,用《論語》語,謂蕭以大材而屈居下僚也。第七句處腴不潤,謂其持身以廉;第八句居據常閑,謂能好整以暇。九十謂不尚詐,而佞人自遠;能去惡,則吏姦自息。蓋尉主分判眾曹,收率課調也。末謂其清如水,其明如月。浩然集中贈人之作,雖上至卿相,偶有頌揚,然未有如此之甚者。而其人位不過縣尉,則其品德必有大過人者,乃終沈抑困躓,無以自顯於當世。浩然此詩自不勝其扼搤睨歎息;亦見此老評衡人物,胸中自有陽秋也。(《孟浩然詩說》,卷 2,〈律詩〉,頁 235)

建生按:蕭先生言本詩首句,取《老子》之語,恭維蕭少府雖列下位,人品則高,次言蕭之持重。三四句,言蕭少府志行高潔,得相識為幸。第五句,《易經》漸卦,艮下巽上,〈彖辭〉云:「漸之進也」,「進得位,往有功。」〈象辭〉初六注云:「鴻,水鳥也。適進之義,始於下而升者也,故以鴻為喻。」而全句言蕭簡重峻整,可為吏法。六句言,蕭才大而居下僚。七句,處腴不潤,持身廉。八句,言能好整以暇。九十兩句,言其不尚詐,而佞人自遠,能去惡,吏姦自息。末,謂其清廉如水,其明如月,稱揚蕭少府高尚品格,而終沈抑困躓。知浩然評衡人物,胸中自有定見,不隨俗人上下。

五、疑非孟詩或斷為孟詩

　　《孟浩然詩集》中,後人傳抄、編纂往往有誤入者。蕭先生提出質疑非孟詩。或詩中明顯為孟詩,而誤入他集者,蕭先生皆一一標出。由此可見蕭先生論詩之獨具隻眼。先就《孟浩然詩集》中,非孟詩作品,又可分為他集(或人)誤入者、非其所作者、存疑者。此外,有定為孟詩及早歲之作、孟詩誤入他集者等等。先就他集(或人)誤入者言,如〈示孟郊〉:

蔓草蔽極野，蘭芝結孤根。
眾音何其繁，伯牙獨不喧。
當時高深意，舉世無能分。
鍾期一見知，山水千秋聞。
爾其保靜節，薄俗徒云云。（《孟浩然詩說》，卷1，〈古詩〉，頁33）

蕭先生評：

陸游跋《孟浩然詩集》云：「此集有〈示孟郊詩〉。浩然開元天寶間人，無與孟郊相從之理，豈其人偶與東野同姓名耶？」《滄浪詩話》云：「孟浩然有〈贈孟郊〉一首，按東野乃貞元元和間人。浩然終於開元二十八年，時代懸遠；其詩亦不似浩然，必誤入」。惟馬星翼《東泉詩話》云：「孟浩然集中有〈贈孟郊〉一首，當是別一孟郊，非東野也。《滄浪詩話》譏其詩不似浩然，疑後人誤入之，亦泥。」《全唐詩》此首附於七古之末，題下註云：「按浩然與郊年代邈不相及，詩題疑有繆誤。」按此詩氣格確不類浩然之作，當係誤入，非題誤也，《滄浪》說極是。（《孟浩然詩說》，卷1，〈古詩〉，頁33-34）

建生按：蕭先生引陸游〈跋〉《孟浩然詩集》云：「浩然（689-740）開元天寶間人，而孟郊（750-814），無與郊相從之理。」《滄浪詩話》云：「其詩不似浩然，必誤入。」而《全唐詩》疑詩題有誤。經蕭先生推斷，當係誤入，如《滄浪詩話》所說，非題誤也。

又，〈家園臥疾畢太祝曜見尋〉：

伏枕舊游曠，笙歌勞夢思。
平生重交結，迨此令人疑。
冰室無煖氣，火雲空赫曦。
隙駒不暫駐，日聽涼蟬悲。

壯圖竟未立，頒白恨吾衰。
夫子自南楚，緬懷嵩汝期。
顧予衡茅下，兼致稟物資。
脫分趨庭禮，殷勤伐木詩。
脫君車前鞅，設我園中葵。
斗酒須寒興，明朝難重持。(《孟浩然詩說》，卷1，〈古詩〉，頁58）

蕭先生評：

此詩氣格不類浩然之作。次句「笙歌」，本非浩然所慕，何至有「勞夢思」？出語不倫，一也。「平生」兩句，頗費解，二也。「日聽」句，著一「悲」字，大非浩然性格，三也。壯圖未立，頒白恨衰，皆熱中語，與浩然高逸之性不侔。況浩然四十出游，尚在英年。不遇歸來，初無怨懟。卒時止五十有二，何至頒白之年，尚存悔恨之心？四也。王士元〈序〉云：「浩然凡所屬綴，就輒毀棄，無復編錄。」又云：「流落既多，篇章散逸，鄉里購採，不有其半。敷求四方，往往而獲。」此詩文章氣格全不類孟詩，意必後人羼入也。(《孟浩然詩說》，卷1，〈古詩〉，頁58）

建生按：蕭先生以本詩，「笙歌」非浩然所慕，何至有「勞夢思」？「平生重交結，迨此令人疑」二句，費解。「日聽涼蟬悲」，非浩然性格。而壯圖未立、頒白恨衰，與浩然性格不合。由詩中內容看，與浩然性格不合，必後人羼入《孟浩然詩集》者。不過，蕭先生云：「浩然四十出遊，尚在英年，不遇歸來，初無怨懟，卒時止五十有二，何至頒白之年，尚存悔恨之心。」此話似有商榷之地。浩然出遊未遇之後，有〈歲暮歸南山〉詩，「不才明主棄，多病故人疏。白髮催年老，青陽逼歲除。」言鬢髮已白，功名未就，而青陽（春天）催逼，雖不願老，然則無可如何！又，〈宿桐廬江寄廣陵舊遊〉有「建德非吾土，維揚憶舊遊。還將兩行

淚，遙寄海西頭。」建德，在浙江新安，維揚，指揚州。浩然在新安思鄉懷友，在於求仕失敗的心情，只有朋友才能體會。又，〈早寒江上有懷〉：「我家襄水曲，遙隔楚雲端。鄉淚客中盡，孤帆天際看。」浩然奔走於長江下游，想求仕，又想當隱士的矛盾，在心裡衝激。詩中是有「怨懟」之心。再說唐代文人，據姜亮夫《歷代名人年里碑傳總表》如陳子昂（659-695）40 歲，上官婉兒（664-710）47 歲，張說（667-730）64 歲，張九齡（673-740）68 歲，孟浩然（689-740）52 歲，李白（699-762）64 歲，王維（699-759）60 歲，韓愈（768-824）57 歲，柳宗元（773-819）47 歲[8]，平均值 59.7 歲，壽命不足 60 歲。「四十出遊，尚在英年」，恐有疑慮。且韓愈〈祭十二郎文〉云：「吾年未四十，而視茫茫，而髮蒼蒼，而齒牙動搖。」證實古人平均壽命不高，40 歲即有髮白早衰現象。

又，〈重酬李少府見贈〉：

養疾衡茅下，由來浩氣真。
五行將禁火，十步任尋春。
致敬惟桑梓，邀歡即主人。
回看後彫色，青翠有松筠。（《孟浩然詩說》，卷 2，〈律詩〉，
頁 128）

蕭先生集評：「劉辰翁云：似方外語。」（《孟浩然詩說》，卷 2，〈律詩〉，頁 128）又：「李夢陽云：亦只尋常。」（《孟浩然詩說》，卷 2，〈律詩〉，頁 128）

蕭先生評：

李評甚是；劉評所見，尚有未達。大柢孟詩鍼線極密；題字皆有交代；用典必恰切；造語必顧首尾；無死句；無贅字；不強

---

[8] 姜亮夫：《歷代名人年里碑傳總表》（臺北：臺灣商務印書館，1970 年）。引詩部分參〔唐〕孟浩然：《孟浩然集》（臺北：臺灣商務印書館，1979 年，商務四部叢刊正編）。

對；不趁韻。而此詩前後全無聯貫，無照應。次句及第七句為贅語。四八兩句趁韻。「禁火」句用「五行」字即為贅字。「尋春」句用「十步」字，乃勉強作對，用事不恰。「致敬」句亦嫌腐。類此之作，使果出自襄陽之手，則當日必不至享大名如此。（《孟浩然詩說》，卷2，〈律詩〉，頁129）

蕭先生復評：

近見黃君永武一文，論及此詩。因敦煌殘卷中此詩適在〈李少府與王九再來〉（殘卷題為〈寒食臥疾喜李少府見尋〉）一詩之前，而士禮居景宋本題為「愛州李少府見贈」，頓悟此詩非浩然自作。乃李來問病贈孟之詩，混入集中耳。此悟極妙，兩詩合勘，疑雲盡釋矣。予於孟詩之可疑者，偶有譏彈，疑非真作。顧確證難求，只有存備一說而已。此例稀有，安得起古人而問之哉？（《孟浩然詩說》，卷2，〈律詩〉，頁129）

建生按：蕭先生認為本詩為李少府問病贈孟詩，混入集中。蓋孟詩鍼線密、題字有交代、用典切、造語顧及首尾，無死句、無贅字、不強對、不趁韻；與本詩前後無連貫，四八句趁韻，有贅字、強對等等現象，與浩然詩風格不同。而且黃永武論此詩，敦煌殘卷中在〈李少府與王九再來〉，得以證實。

又，〈和張明府登鹿門作〉：

忽示登高作，能寬旅寓情。
絃歌既多暇，山水思彌清。
草得風光動，虹因雨氣成。
謬承巴里和，非敢應同聲。（《孟浩然詩說》，卷2，〈律詩〉，頁141）

蕭先生集評：「方回云：『草得風光動，虹因雨氣成』，亦佳。」（《孟浩

然詩說》,卷 2,〈律詩〉,頁 141)又:「李夢陽云:「草得風光動」兩句,雖細不傷。」。

蕭先生評:

此詩極拙。首尾四句,皆題外語。依浩然手法,只略點一二字,即為已足;何至為「和詩」而費字至二十耶?就中四句言:「絃歌」二句平穩。「草得」二句微有思致,而前後不屬。愚意以為此決非浩然之作。徒以題中有「鹿門」二字,遂為人混入集中耳。又浩然本居鹿門,乃次句竟謂「能寬旅寓情」,尤不盡情理。若謂次句乃謂張明府,則張身為邑宰,又有何旅情可寬耶?(《孟浩然詩說》,卷 2,〈律詩〉,頁 141)

建生按:蕭先生以本詩作極拙。首尾四句,皆題外語。中四句「絃歌」二句雖平穩,而「草得」二句前後不相屬。因斷言他人作品混入集中耳。亦見蕭先生明斷。

又,〈盧明府早秋宴張郎中海園即事得秋字〉:

邑有絃歌宰,翔鸞狎野鷗。
眷言華省舊,暫拂海池遊。
鬱島藏深竹;前溪對舞樓。
更聞書即事,雲物是新秋。(《孟浩然詩說》,卷 2,〈律詩〉,頁 204)

蕭先生評:

此詩與前首(指〈同盧明府早秋宴張郎中海亭〉)用語多相似。此題原無重作兩首之理,即令重作,亦不至仍用「絃歌」「華省」諸字也。按此首亦見盧象詩中,題有「得秋字」三字,是與前詩同為盧明府席上同時分韻之作。象詩以題同故混入孟集耳。(《孟浩然詩說》,卷 2,〈律詩〉,頁 204-205)

建生按：依蕭先生意思，本詩與前首〈同盧明府早秋宴張郎中海亭〉，同為盧象席上同時分韻之作，故混入《孟浩然詩集》中。

又，〈題梧州陳司馬山齋〉：

南國無霜霰，連年對物華。
青林暗換葉，紅蕖亦開花。
春去無山鳥；秋來見海槎。
流芳雖可悅，會自泣長沙。（《孟浩然詩說》，卷 2，〈律詩〉，頁 205）

蕭先生評：「浩然足跡未至梧州，結語亦與浩然身分不合。此首見宋之問詩中，當為之問徙欽州時作，混入孟集耳。」（《孟浩然詩說》，卷 2，〈律詩〉，頁 205）

建生按：蕭先生以本詩亦見於宋之問詩中，宋之問徙欽州（今廣東欽縣北）時，混入者。蓋風格全不類孟詩也。以風格論斷詩之真偽，非一般學者所及。

又，〈上張吏部〉：

公門世緒昌，才子冠裴王。
自出平津邸，還為吏部郎。
神仙餘氣色，列宿動輝光。
夜直南宮靜；朝趨北禁長。
時人窺水鏡；明主賜衣裳。
翰苑飛鸚鵡；天池待鳳凰。（《孟浩然詩說》，卷 2，〈律詩〉，頁 254）

蕭先生評：「此詩他本不載，其風格全不類孟作，且末無收結，必係誤入也。」（《孟浩然詩說》，卷 2，〈律詩〉，頁 254）

建生按：蕭先生以本詩風格全不類孟浩然之作，末無收結，必係誤

入。言「必」則斷言清楚。依佟培基《孟浩然詩集箋注》云:「張吏部,張均,尚書左丞相張說之子。」又:「此詩宋、蜀刻本入《孟浩然集》,張吏部為張均,宰相張說子,開元 13 年間為吏部員外郎。此詩最早載殷璠《河嶽英靈集》,署盧象,集成于天寶末,時張均、盧象皆在世,與殷璠同時,故當時依之為盧象作。《文苑英華》卷 250 載作盧象。《校注》云:「見集本。」可證宋時《盧象集》收有此詩。計有功《唐詩紀事》卷 26 亦作盧詩。[9] 如此看來,蕭先生雖未找出證據,但由孟詩風格論評,超乎一般。

又,〈長安早春〉:

關戍惟東井,城池起北辰。
咸歌太平日,共樂建寅春。
雪盡青山樹,冰開黑水濱。
草迎金埒馬;花伴玉樓人。
鴻漸看無數,鶯歌聽欲頻。
何當桂枝擢,歸及柳條新!(《孟浩然詩說》,卷 2,〈律詩〉,頁 254)

蕭先生集評:「劉辰翁云:是寒食富貴語。」(《孟浩然詩說》,卷 2,〈律詩〉,頁 255)又:「李夢陽云:鴻漸鶯歌,何言早春?黑水亦遠。」(《孟浩然詩說》,卷 2,〈律詩〉,頁 255)

蕭先生評:

此詩見張子容集中。「冰開」句用「黑水」字,去長安太遠,亦非浩然足跡所及。末用「桂枝」字,熱中仕進,與浩然性格不近,子容於先天二年擢進士第,意必此時之作。浩然與子容交契,故所作有誤入耳。(《孟浩然詩說》,卷 2,〈律詩〉,頁 255)

---

[9] 佟培基:《孟浩然詩集箋注》,頁 185、188。

建生按：蕭先生言本詩未用「桂枝」，熱中仕進，與浩然性格不近，張子容於先天2年（713）擢進士第，推測此時作。據佟培基《孟浩然詩集箋註》云：此詩《文苑英華》卷181，《唐詩紀事》卷23，《唐詩品彙》卷76作張子容詩。[10] 則蕭先生之推斷無誤矣，早於培基說。

又，〈登萬歲樓〉：

萬歲樓頭望故鄉，獨令鄉思更茫茫。
天寒雁度堪垂淚；日落猿啼欲斷腸。
曲引古隄臨凍浦；斜分遠岸近枯楊，
今朝偶見同袍友，卻喜家書寄八行。（《孟浩然詩說》，卷2，〈律詩〉，頁257）

蕭先生集評：「劉辰翁云：有點綴，亦淺淺便是。」（《孟浩然詩說》，卷2，〈律詩〉，頁257）又：「李夢陽云：後四句無味。」（《孟浩然詩說》，卷2，〈律詩〉，頁257）

蕭先生評：

劉長卿集中有〈登潤州萬歲樓〉詩，李紳、徐鉉詩亦有題詠之作，其樓當在京口。浩然初游會稽，曾至揚州，又有〈潤州送弟還鄉詩〉，必曾渡江而南。惟此詩前六句做悽酸語。結聯尤突兀不知所指。查《王昌齡集》中亦有〈萬歲樓詩〉，語甚悽怨，與此詩差近。王孟交深，或為贈答之作；或即王詩誤入，亦未可知。（《孟浩然詩說》，卷2，〈律詩〉，頁257）

建生按：萬歲樓，唐時潤州（京口，今江蘇鎮江）城樓名。為王恭所創。蕭先生以本詩前六句做悽酸語，結聯突兀。並云《王昌齡集》有〈萬歲樓〉詩，與本詩相近。疑王昌齡詩誤入。佟培基引《輿地志》，言《潤州類集》，孟浩然、皇甫冉（一作劉長卿）皆有〈萬歲樓〉詩。游信利《孟

---

[10] 佟培基：《孟浩然詩集箋注》，頁238。

浩然集箋注》云：疑此亦為潤州之作。[11] 則本詩或為孟浩然潤州時作，或他人詩作誤入。

其次，《孟浩然詩集》中，部分作品無明指作者為誰，但非孟浩然所作者如〈庭橘〉：

> 明發覽群物，萬木何陰森。
> 凝霜漸漸水，庭橘似懸金。
> 女伴爭攀摘，摘窺礙葉深。
> 並生憐共蒂，相示感同心。
> 骨刺紅羅被，香黏翠羽簪。
> 擎來玉盤裡，全勝在幽林。（《孟浩然詩說》，卷1，〈古詩〉，頁73）

蕭先生集評：「劉辰翁云：委曲。」（《孟浩然詩說》，卷1，〈古詩〉，頁73）

蕭先生評：「此詩不過積字成句耳，略無可取，當非襄陽所作。」（《孟浩然詩說》，卷1，〈古詩〉，頁73）

建生按：蕭先生評本詩不過「積字成句，略無可取」，斷非浩然所作。考之明萬曆4年（1576）顧道洪校刊本，〈庭橘〉詩未收。在〈凡例〉中，顧道洪提到：

> 是集（指《孟浩然詩集》）依宋本上中下三卷，……上卷計詩八十五首，中卷計詩六十三首，下卷計詩六十二首，共詩二百十首。外有張子容二首，白雲先生迴歌一首。……劉須溪批點者卷數與宋本相同，編次互有同異。……共二百三十三首，多於宋本二十三首。……今本即盛唐十二家之一，詩以體編，分為四卷，……共二百六十三首。元本多於宋本二十三首，今本又多於元本三十首，共多於宋本五十三首，另立補遺。……[12]

---

[11] 游信利：《孟浩然集箋注》（臺北：臺灣學生書局，1979年），頁277。
[12] 〔明〕顧道洪：〈凡例〉，收入〔宋〕劉辰翁評點：《孟浩然詩集》（臺北：國家圖書館藏，明萬曆4年顧道洪校刊本）。

換言之，《孟浩然詩集》，愈到後來誤入、羼入者愈多，而蕭先生從孟詩特色、詩意、字句即能判斷。知先生明斷也。

又，〈九日得新字〉：

> 初九未成旬，重陽即此辰。
> 登高尋故事，載酒訪幽人。
> 落帽恣歡飲，授衣同試新。
> 茱萸正可佩，折取寄情親。（《孟浩然詩說》，卷 2，〈律詩〉，
> 頁 102）

蕭先生集評：「李夢陽云：亦淺。」（《孟浩然詩說》，卷 2，〈律詩〉，頁 102）

蕭先生評：「此詩極淺俗，直似村學究限韻之作。首兩句尤不成語，顯非襄陽詩也。」（《孟浩然詩說》，卷 2，〈律詩〉，頁 102）

建生按：蕭先生以本詩內容淺俗，尤其首二句不成語，斷非浩然所作也。

再次，《孟浩然詩集》中，部分詩作雖無法肯定作者為誰，蕭先生疑非浩然詩者，如〈入峽寄弟〉：

> 吾昔與爾輩，讀書常閉門。
> 未嘗冒湍險，豈顧垂堂言。
> 自此歷江湖，辛勤難具論：
> 往來行旅弊，開鑿禹功存。
> 壁立千峯峻，漻流萬壑奔。
> 我來凡幾宿，無夕不聞猿。
> 浦上搖歸戀，舟中失夢魂。
> 淚沾明月峽，心斷鶺鴒原。
> 離闊星難聚，秋深露易繁。
> 因君下南楚，書此示鄉園。（《孟浩然詩說》，卷 1，〈古詩〉，
> 頁 60）

蕭先生集評:「李夢陽云:調雜。」(《孟浩然詩說》,卷 1,〈古詩〉,頁 61)

蕭先生評:

此詩紀入峽時途程之艱險,以示其弟也。家人勞問之辭,但取達情,固不必求工。然第四句「豈顧」二字,竟不可解,恐有字也。浩然古風,時有律句夾雜其間。故各詩編列,或入古風,或入近體,往往不一。夫古風中,連用儷偶,陶謝以來,無家無之。然儷偶而全用律句,則讀之不順。如此篇「往來」句以下,皆儷偶而兼為律句,僅「我來」兩具單行為稍異,使刪此一聯,則幾與排律相同。空同看孟詩,每嫌調雜,以衡此篇,誠非過當。王士元裒集孟詩之始,僅得二百十八首;而今本集中,多有浮溢。按浩然足跡,似未嘗入峽。此篇恐非浩然詩也。(《孟浩然詩說》,卷 1,〈古詩〉,頁 61)

建生按:弟,佟培基《孟浩然詩集箋注》作「舍弟」,並以宋本「舍」作「諤」。[13] 不知是否洗然?蕭先生以本詩第四句「豈顧」二字,不可解,恐有譌字。「往來」句以下,皆儷偶而兼為律句,李夢陽言其「調雜」。而宋本僅二百十首,王士元言二百十八首,今本多出甚多,如前所言,何況浩然似未入峽,是以蕭先生推測疑非浩然詩。

又,〈清明即事〉:

帝里重清明,人心自愁思。
車聲上路合,柳色東城翠。
花落草齊生,鶯飛蝶雙戲。
空堂坐相憶,酌茗聊代醉。(《孟浩然詩說》,卷 1,〈古詩〉,頁 74)

蕭先生評:

---
[13] 佟培基:《孟浩然詩集箋注》,頁 136-137。

此詩第七句曰「空堂坐相憶」，則為懷人所作。依孟詩例，題必曰「寄某」或「懷某」，命曰「即事」，題文已不稱。次句曰「人心自愁思」，依襄陽筆路，下文必明點或暗寫愁思者為何，而此詩則止有泛泛寫景，五六尤味薄。結聚亦浮泛，恐非浩然作也。(《孟浩然詩說》，卷1，〈古詩〉，頁74）

建生按：蕭先生以本詩題文不相稱，第二句以下泛泛寫景，五六句味薄，結句浮泛，亦疑非浩然所作。明顧道洪《孟浩然詩集》校刊本[14]未見本詩。游信利《孟浩然詩集箋注》云：「本篇見於宋版，明活字本、百家本、明刊本並無。」[15]蕭先生疑本詩非浩然作，亦有相當道理。

又，〈長樂宮〉：

秦城舊來稱窈窕，漢家更衣應不少。
紅粉邀君在何處？青樓苦夜長難曉。
長樂宮中鐘暗來，可憐歌舞慣相催。
歡娛此事今寂寞，惟有年年陵樹哀。(《孟浩然詩說》，卷1，〈古詩〉，頁80）

蕭先生評：

長樂宮在長安城東隅，本秦之興樂宮。漢高帝五年，始繕治，至七年，成。《雍錄》：「兩宮初成，朝諸侯群臣，乃於長樂宮，不在未央。自惠帝以後，皆居未央宮，而長樂宮常奉母后」。浩然居京師日短，此詩亦不深切史事，惟《全唐詩》載之《孟集》中，它本不見。七言歌行，孟作極少，實亦非其所長。此篇竭蹶將事，氣苦不振，恐非其所作也。(《孟浩然詩說》，卷1，〈古詩〉，頁80）

---

[14] 〔明〕顧道洪：《孟浩然詩集》校刊本，同註12。
[15] 游信利：《孟浩然集箋注》，頁88。

建生按：本詩，佟培基《孟浩然詩集箋注》，放在〈宋本集外詩〉[16]，蕭先生言《全唐詩》載之《孟浩然詩集》中，它本不見，且七言歌行，浩然少作，亦非其所長，而本詩氣苦不振，恐非其作。是也。

又，〈夏日辨玉法師茅齋〉：

夏日茅齋裏，無風坐亦涼。
竹林新筍概，藤架引稍長。
燕覓巢窠處，蜂來造蜜房。
物華皆可玩，花蕊四時芳。（《孟浩然詩說》，卷2，〈律詩〉，頁113）

蕭先生集評：「劉辰翁云：小兒造作。復有遇此而妙意自在玄黃之外。」（《孟浩然詩說》，卷2，〈律詩〉，頁113）

蕭先生評：「此詩四句傷繁密，末兩句太弱，太泛，結句幾於趁韻，孟詩不如是也，疑非浩然作。」（《孟浩然詩說》，卷2，〈律詩〉，頁113）

建生按：蕭先生言本詩中四句傷繁密，末兩句太弱、太泛，與孟詩風格不類，故疑非孟詩。佟培基《孟浩然詩集箋注》亦收入〈宋本集外詩〉，可能後人羼入。蕭先生分析明白。

又，〈送告八從軍〉：

男兒一片氣，何必五車書！
好勇方過我，多才便起予。
運籌將入幕，養拙就閒居。
正待功名遂，從君繼兩疏。（《孟浩然詩說》，卷2，〈律詩〉，頁167）

---

[16] 佟培基：《孟浩然詩集箋注》，頁423。

蕭先生集評：「劉辰翁云：起又雄渾。」（《孟浩然詩說》，卷 2，〈律詩〉，頁 167）

蕭先生評：

告八何人，已不可考，玩詩意要視浩然輩行為稍晚也。此詩是否浩然所作，不敢論定；要非佳詩，則可斷言。劉評所謂起筆雄渾，豈以「一片氣」、「五車書」即為「雄渾」耶？實不可解！「一片氣」三字，「片」字已屬未安。「何必五車書」一語，更見虛弱。「好勇」兩句，用《論語》。《王直方詩話》謂：山谷嘗謂余云：「作詩使《史》《漢》間全語，為有氣骨。後因讀浩然詩，見『以吾一日長』、『異方之樂令人悲』、及『吾亦從此逝』，方悟山谷之言」。後人遂謂運用經語，益見才調。不知用經語亦須得體，否則一味頭巾氣，極不可耐。此詩三四兩句，以子路、子夏擬告八，而以仲尼自況，可謂儗於不倫。以「好勇」謂「從軍」，亦欠分寸。至「好勇過我」，乃仲尼斥子路之辭，以之送人，尤為失體。第五句「運籌將入幕」，謂告八；第六句「養拙就閒居」，宜浩然自謂。此兩句文氣交代不明。結尾用二疏，謂望其功名既遂之後，致仕還鄉而已。然疏廣以明春秋為宣帝徵為博士，擢太子太傅；疏受以賢良舉為太子家令，擢為少傅，皆非以軍功起家者。且既曰「兩疏」，而告八止一人。浩然既以師長自居，則告八方在少壯，何至待其功名既遂，再從君為兩疏之繼耶？則此句「疏」字顯為趁韻矣。孟詩用事，必多面相關，務求恰切；行文必脈絡分明，交代清白。類此之作，誠不敢信為襄陽手筆，乃須溪以「雄渾」許之，殊未細思耳！（《孟浩然詩說》，卷 2，〈律詩〉，頁 167-168）

建生按：佟培基《孟浩然詩集箋注》云「告」氏，《元和姓纂》無此姓，疑作「郜」，郜貞鈕即中書令張柬之之甥。張柬之後裔多居襄陽。郜八或

為郗貞鈜之子姪輩。[17]蕭先生認為孟浩然詩，用事必多面相關，務求恰切；行文必脈絡分明，交代清白。本詩一二句，用字不妥；三四句以子路、子夏擬告八，而以仲尼自況，欠分寸。五六句文氣交代不明。末用疏廣疏受典故，二人非以軍功起家，亦不洽。是以蕭先生言「類此之作，誠不敢信為襄陽手筆」，即疑非浩然所作。知蕭先生思想敏銳。

《孟浩然詩集》中，蕭先生認為「恐非浩然作」的詩，尚有如：〈陪姚使君題惠上人房得青字〉（《孟浩然詩說》，卷2，〈律詩〉，頁117），蕭先生言「此詩全文空泛，說理亦淺。」「起筆兩句妝點近俗，恐非浩然作也。」（《孟浩然詩說》，卷2，〈律詩〉，頁121）〈贈道士參寥〉，「此詩不類酬贈之作」，「或係與參寥同賦一題」，「要未敢必其為孟作也。」〈和李侍御渡松滋江〉（《孟浩然詩說》，卷2，〈律詩〉，頁127），蕭先生言：「全詩一味諛頌，大是不堪。」「『截流』兩句，似巧而實拙。」「魚龍亦避驄」，頌揚失體。第二句「雄」字竟至趁韻，恐非襄陽詩也，又，〈送桓子之郢城成禮〉（《孟浩然詩說》，卷2，〈律詩〉，頁165）。蕭先生云：「此為賀人新昏之作，無可取。或非襄陽詩；或一時應酬之作。」又，〈和賈主簿弁九日登峴山〉（《孟浩然詩說》，卷2，〈律詩〉，頁188）。

蕭先生評云：

此詩三四兩句，只是補明第二句，則次句便嫌虛弱。結聯以十字點出「和」字，殊覺辭費。「楚萬」二字，或係當時習稱，亦覺勉強。末句「遙」字，及第七句「咸寡」字，均有未安。有無譌文，靡由校訂；是否孟作，亦不可知矣。（《孟浩然詩說》，卷2，〈律詩〉，頁189）

又，〈宴崔明府宅夜觀妓〉（《孟浩然詩說》，卷2，〈律詩〉，頁246），蕭先生評云：「此詩無可論者，全篇皆浮淺之辭，結語尤無味。疑非孟

---

[17] 佟培基：《孟浩然詩集箋注》，頁375。

詩，或一時任興之作耳。然須溪賞其『佳』矣，則謂之『佳』也可。」又，〈自潯陽泛舟經海潮作〉(《孟浩然詩說》，卷1，〈古詩〉，頁38)，蕭先生評云：「細按此詩前後語意不屬，且湘字重韻，恐係二詩，各有殘闕，後人綴湊成篇耳。」換言之，蕭先生疑此「係二詩，後人綴湊成篇」，疑非浩然所作，明矣。又，〈宴張別駕新齋〉(《孟浩然詩說》，卷2，〈律詩〉，頁189)，蕭先生云：「首句謂張先世簪纓累葉。次句謂別駕佐郡。……此事於浩然，無史可考。或傳載未備，或此首係他家誤入，亦未可知。」則疑此詩非孟所作。又，〈秦中感秋寄遠上人〉，蕭先生云：

> 按全詩語氣，為久寓秦中之人欲歸不得而作。觀第六句知其京華憔悴者，已歷多年，此與浩然隱居鹿門，不第即遊越中而歸，情事俱不甚合。《全唐詩》題下注：「一作崔國詩」(建生按：《河嶽英靈集》卷中亦作崔國輔詩)，恐是崔詩混入也。(《孟浩然詩說》，卷2，〈律詩〉，頁128)

換言之，此詩亦非孟詩。[18]

六、斷為孟浩然早期創作者

又，《孟浩然詩說》中，蕭先生斷其為早期創作者，如〈送張參明經舉兼向涇州覲省〉：

十五綵衣年，承歡慈母前。
孝廉因歲貢，懷橘向秦川。
四座推文舉，中郎許仲宣。

---

[18] 蕭繼宗：《孟浩然詩說》，卷2，〈律詩〉，頁149，〈夜渡湘水〉，「客行貪利涉，夜裏渡湘川。……」蕭先生云：「此詩〔唐〕殷璠：《河嶽英靈集》(上海：商務印書館，1929年，四部叢刊正編本) 卷中作崔國輔詩，然風格與孟詩一致，且行程亦與浩然所歷相合，當為孟詩無疑。」則蕭先生就詩之風格，明斷此詩為孟詩，非崔詩。不隨人浮泛之說。又〈過融上人蘭若〉(《孟浩然詩說》，卷3，〈絕句〉，頁268)，蕭先生云：「此詩幽深秀婉，餘味不盡。亦見《綦毋潛集》中，未知孰是。」則蕭先生就事論事，自有分寸。

泛舟江上別，誰不仰神仙？（《孟浩然詩說》，卷2，〈律詩〉，頁158）

蕭先生評：

此贈張參之作。時參將赴京應明經舉，並便道省親。首句謂參年纔十五，正綵衣之時。次句謂當時在家依母。三句「孝廉因歲貢」，孝廉本漢制，《漢書・武帝紀》：「元光元年冬十一月，初令郡國舉孝廉」，本以德行為重，後遂以泛稱貢士。《新唐書・選舉志》：「每歲仲冬，州縣館監舉其成者，送之尚書省」，故曰「因歲貢」也。第四句「懷橘」用陸績事，時張甫成童，行將謁父，故云。「涇州」唐屬關內採訪使，以京官領。去京畿不遠，且為涇水所經，故曰「向秦川」也。五句謂孔融見獎於李膺，六句謂王粲見許於蔡邕，皆以譽張之韶穎秀發。七句敘別。八句謂其英年有此，令人羨贊也。此詩自首至尾，語意一貫；然全詩一瀉無餘，略無風瀾渟蓄之處，自是不耐咀誦者，意必浩然早歲之作也。（《孟浩然詩說》，卷2，〈律詩〉，頁158）

建生按：蕭先生言本詩，全詩一瀉無餘，略無風瀾渟蓄之處，自是不耐咀誦，因斷定「必浩然早歲之作」。由詩表現內容、風格，缺乏風瀾渟蓄，即可斷其創作時間。

又，〈春怨〉：

佳人能畫眉，妝罷出簾幃。
照水空自愛，折花將遺誰？
春情多艷逸，春意倍相思。
愁心極楊柳，一種亂如絲。（《孟浩然詩說》，卷2，〈律詩〉，頁206）

蕭先生集評：「劉辰翁云：矜麗婉約。」（《孟浩然詩說》，卷2，〈律詩〉，頁206）

蕭先生評：「此詩及以後四首，度皆少年作，無甚可取。此詩五六尤浮泛。」（《孟浩然詩說》，卷 2，〈律詩〉，頁 206）

建生按：蕭先生以本詩，及後面三首〈閨情〉（《孟浩然詩說》，卷 2，〈律詩〉，頁 206）、〈寒夜〉（《孟浩然詩說》，卷 2，〈律詩〉，頁 207）、〈美人分香〉（《孟浩然詩說》，卷 2，〈律詩〉，頁 207），皆少年時所作，缺乏風瀾渟蓄之處，不必為賢者諱。而劉辰翁云：矜麗婉約。〈寒夜〉亦評：似詞。不符實境矣。

又，〈宴張記室宅〉：

甲第金張館，門庭軒騎過。
家封漢陽郡，文會楚材多。
曲島浮觴酌；前山入詠歌。
妓堂花映發，書閣柳逶迤。
玉指調箏柱；金泥飾舞羅。
誰知書劍客，歲月獨蹉跎？（《孟浩然詩說》，卷 2，〈律詩〉，頁 220）

蕭先生評：

此為浩然早歲之作。一三述張之門第。二四謂宴客。五六敘觴詠。七八紀亭榭。九十寫歌舞。結尾自慨喟。全詩章法完整，骨肉停勻；惟末兩句稍嫌虛輭耳。（《孟浩然詩說》，卷 2，〈律詩〉，頁 220）

建生按：蕭先生雖以本詩章法完整、骨肉停勻，仍以為浩然早歲之作，蓋末兩句「虛輭」，言已蹉跎歲月，未能及早取得功名。

又，〈春情〉：

青樓曉日珠簾映，紅粉春妝寶鏡催。
已厭交懽憐枕席；相將游戲遶池臺。

坐時衣帶縈纖草；行即裙裾掃落梅。
更道明朝「不當作」，相期共鬭管絃來。（《孟浩然詩說》，卷2，〈律詩〉，頁257）

蕭先生集評：

毛奇齡云：孟浩然〈春情〉詩落句：更道明朝不當作，相期共鬭管絃來。「不當作」三字何解？嘗以問南士，南士曰：此日樂已極，明日期再樂，似乎不情，故下此三字。猶北人云「先道箇不該」也。信然，則襄陽亦該諧一都管矣！然假使白傅竟以「不該」字直入之，則又索然耳。（《孟浩然詩說》，卷2，〈律詩〉，頁258）

蕭先生評：

此詩與古體中之〈庭橘〉，五言律中之〈春怨〉、〈閨情〉、〈寒夜〉、〈美人分香〉諸詩，皆似早歲習作，或分題應社之類耳。辭意均不深切，亦無足論者。浩然於言情之作，本不甚長；七言尤短拙矣。（《孟浩然詩說》，卷2，〈律詩〉，頁258）

建生按：蕭先生以本詩，與前面〈庭橘〉、〈春怨〉等詩，似早歲之作，或分題應社之類，蓋辭意不深，無足論者。

七、評論精闢

蕭先生於《孟浩然詩說》一書，對於孟詩評論精闢者觸目皆是，令人讚歎。試舉其中部分如〈南歸阻雪〉：

我行滯宛許，日夕望京豫。
曠野莽茫茫，鄉山在何處？
孤烟村際起，歸雁天邊去。

積雪覆平皋，飢鷹捉寒兔。
少年弄文墨，屬意在章句。
十上恥還家，徘徊守歸路。（《孟浩然詩說》，卷1，〈古詩〉，頁42）

蕭先生評：

此浩然不第歸來途次之作。首兩句謂自北「南」行。三四謂「歸」途。「滯」字點「阻」字。曠野茫茫，見冬令之蕭索；鄉山何處，謂歸心之緊切。「孤烟」句染「曠野」，「歸雁」句寫客懷。「積雪」句點被阻之由，飢鷹寒兔，固為曠野窮冬之所見，亦暗示落魄之意。「少年」兩句自敘，「十上」，歎不遇也。「歸路」句用「守」字，用「徘徊」字，寫題面「阻」字，但仍從上句「恥」字生出，意謂歸程雖為風雪所阻；然十上不報，方以還家為恥，猶幸雨雪載塗，得少徘徊於歸路中也。此詩失志歸來，意興蕭索。足見浩然少壯之日，不忘功名，文與命仇，才為主棄，至以還家為恥。則他日之情殷高蹈者，初非性甘恬退，特遭逢不遂，不得不然耳。此時情景，使他人為之，非以怨憤出之，即故為掩飾之辭。浩然獨直書沮喪之情，略無回護。詩人之情，所貴者真。浩然為詩，去彫存樸，所以過人者亦在此，豈後世專以矯情飾貌為事者所能知哉？（《孟浩然詩說》，卷1，〈古詩〉，頁43）

建生按：蕭先生論本詩，云浩然不第歸來途次之作。言其失志歸來，意興蕭索，直書沮喪之情，略無回護，表現真性情，不僅分析字句，由北而南，而後言歸途，而言積雪阻途，並自敘自幼好文墨，然，歎不遇。歸路用「守」字，「徘徊」字，寫題面「阻」字，從「恥」字生出。不僅條理井然，字字句句論析精闢，不似前賢用一二句即可論斷。

又，〈送丁大鳳進士赴舉呈張九齡〉：

吾觀〈鷦鷯賦〉，君負王佐才。
惜無金張援，十上空歸來。
棄置鄉園老，翻飛羽翼摧。
故人今在位，歧路莫遲回！（《孟浩然詩說》，卷1，〈古詩〉，頁63）

蕭先生評：

一本題作「送丁大鳳進士舉」無「張九齡」等字，察詩意以有為是。此詩旨在呈張九齡為丁鳳先容。起筆兩句，即為推譽之語。按《晉書‧張華傳》稱：「華學業優博，辭藻溫麗……器識弘曠，時人罕能測之，初未知名，著『鷦鷯賦』以自寄。……陳留阮籍見之，歎曰：『王佐之才也』。由是聲名始著」。故曰：「吾觀〈鷦鷯賦〉，君負王佐才」。即以華喻丁鳳，而自擬於籍，起筆極有身份，不同凡手。〈張華傳〉又稱「郡守鮮于嗣薦華為太常博士。盧欽言之於文帝，轉河南尹丞，未拜；除著作郎」。故三四曰：「惜無金張援，十上空歸來」。意謂茂先見賞於阮籍，遂得鮮于盧欽之薦，而鳳之落拓不偶，以未得有力者為之推輓耳。行文至此，已意在九齡矣。但不作直截語，仍由此句「惜」字生出下文，為丁鳳申其鬱抑。五六兩句，看似重同，亦略有分寸。「棄置」句謂退藏無用；「翻飛」句謂進取無階。結句必須點出九齡，使俗手為之，必作寒乞語，而此詩但曰：「故人今在位。歧路莫遲回！」一語輕輕道出，便有千鈞力量，此何等吐屬邪？妙在無一詞懇託，只勸丁及時進取而已。「遲」二字，亦回顧上文「十上」字。唐制進士應舉，例以經策第甲乙，然推譽之功，仍不可廢。丁屢試不第，坐乏奧援。「十上空歸」，已無餘勇。今幸故人在位，故勸其毋再「遲回」；然屬望之殷，則在九齡可知矣。（《孟浩然詩說》，卷1，〈古詩〉，頁63-64）

建生按：蕭先生分析本詩，起筆以張華譽丁鳳（開元間鄉貢進士），三四句言張華見賞於阮籍，遂得鮮于盧欽之薦；而丁鳳落拓不偶，未得有力者推舉。繼言歸來鄉園，棄置無用、進取無階，前途茫茫。末言故人張九齡可為荐舉，盼及時進取也。句句說來，有典有實，層層析理，極細至微，令人歎服。

又，〈送吳悅游韶陽〉：

五色憐雛鳳，南飛適鵁鴣。
楚人不相識，何處求椅梧？
去去日千里，茫茫天一隅。
安能與斥鷃，決起但槍榆？（《孟浩然詩說》，卷1，〈古詩〉，頁64）

蕭先生評：

吳悅之去楚入越，意必失志而去。浩然以此詩慰之，代攄不平之氣。首句以「雛鳳」喻悅。「南飛適鵁鴣」，語頗奇。按《禽經》云：「隨陽越雉，鵁鴣也。飛必南翥」。謂「雛鳳」北飛無所適，故隨鵁鴣而南翥也。「楚人不相識」，點名首句「憐」字，「何處求椅梧」，又暗接次句「南飛」字。「椅梧」，鳳所棲木。顏延之詩：「椅梧傾高鳳」。又嵇康〈琴賦〉：「惟椅梧之所生兮，託峻嶽之崇岡」。蓋鳳非「椅梧」不棲也。「去去」兩句，謂悅之南行。而曰「日千里」，「天一隅」者，仍說「鳳」「飛」耳。故結語曰：「安能與斥鷃，決起但槍榆？」斥鷃槍榆，用《莊子‧逍遙遊》語，《莊子》所言為鵬。「朋」「鳳」古同字，鳳飛眾禽相從以千萬，借為朋友義，則鵬鳳只是一物。全詩自首句「鳳」字起，直貫到底，皆以「鳳」為詩中之主，全用暗喻，不假他辭，誠不易得也。結句十字一氣，不可中斷，只能於「起」字處小逗，亦奇。須溪評詩，殆一寓目即下定讞，故多皮相語。至此詩乃曰：「再看方覺好」。英詩人華

茨渥斯之言曰:「詩人死於批評家之手」。一看即下評斷,則詩人之死者,多矣。安得評詩人一一為之「再看」耶?(《孟浩然詩說》,卷1,〈古詩〉,頁65)

建生按:蕭先生言本詩,以雛鳳喻吳悅(生平不詳),次言雛鳳北飛無所適,隨鷦鴣而往南(亦暗用《莊子・逍遙遊》大鵬南飛故事)。三句,轉進一層,楚人不識鳳,故四句,何處求梧椅(鳳非椅梧不棲)。五六句,言吳悅南行,人與鳳合一,「日千里」卻只「天一隅」。末,以《莊子・逍遙遊》斥鷃與鵬故事。言如何斥鷃與鵬鳳相提並論。所論層次井然。蕭先生並言,前人評詩,往往一寓目即下定讞,多皮相語。

又,〈夜歸鹿門山歌〉:

山寺鐘鳴晝已昏,漁梁渡頭爭渡喧。
人隨沙岸向江村,余亦乘舟歸鹿門。
鹿門月照開煙樹,忽到龐公棲隱處。
巖扉松徑長寂寥,惟有幽人自來去。(《孟浩然詩說》,卷1,〈古詩〉,頁74)

蕭先生集評:

胡仔云:浩然夜歸鹿門寺歌不若岑參〈巴南舟中即事〉詩云:「渡口欲黃昏,歸人爭渡喧」,岑詩語簡而意盡,優於孟也。
吳玕云:岑參〈巴南舟中即事詩〉云:「渡口欲黃昏,歸人爭渡喧」,蓋用孟浩然詩耳!
王翼雲云:此篇前半疊用四韻,後用頂鍼法轉韻。
唐汝詢云:此篇不加斧鑿,字字超凡。(《孟浩然詩說》,卷1,〈古詩〉,頁75)

蕭先生評:

此詩寫鹿門夜景之幽寂,起筆自黃昏寫起,而以「山寺鐘鳴」

點出。次句歸人爭渡,又著一「喧」字。此皆寫實;亦於靜中見鬧,以烘托後文「寂寥」之境。「人隨」兩句,亦為寫實;然一為「乘舟」,一為「爭渡」;一在忙中,一歸靜處。此眾生相,一入詩人眼底,變成佳趣。冷眼旁觀,自不無眾醉獨醒之感也。下以「鹿門」二字緊接上文,轉入龐公遺蹟。「巖扉松徑」,龐公所棲處之景也,然寂寥若是,以視「漁梁」「沙岸」,仙凡迥隔。結句「幽人」自謂,以見安玄守墨者,世不多覯也。(《孟浩然詩說》,卷1,〈古詩〉,頁75)

建生按:蕭先生言本詩由黃昏寫起,次言歸人爭渡。三四句,寫實,一乘舟,一爭渡;一在忙,一歸靜處。「鹿門」二句,轉入龐公遺跡。末,龐公棲處,「巖扉松徑」,龐公與己為「幽人」,感今思昔,安玄守墨而已!分析層層入理。

又,〈望洞庭湖贈張丞相〉:

八月湖水平,涵虛混太清。
氣蒸雲夢澤;波撼岳陽城。
欲濟無舟楫;端居恥聖明。
坐觀垂釣者,徒有羨魚情。(《孟浩然詩說》,卷2,〈律詩〉,頁83)

蕭先生集評:

殷璠云:「氣蒸雲夢澤,波撼岳陽城」,亦為高唱。
黃庭堅云:「氣蒸雲夢澤,波撼岳陽城」,不如九僧云:「雲間下蔡邑,林際春申君」也。
曾季貍云:老杜有〈岳陽樓詩〉,孟浩然亦有。浩然雖不及老杜,然「氣蒸雲夢澤,波撼岳陽城」,亦自雄壯。
蔡絛云:洞庭天下壯觀,自昔騷人墨客,題之者眾矣……然未若孟浩然「氣蒸雲夢澤,波撼岳陽城」,氣象雄張,如在目前。

第二章　《孟浩然詩說》探討　163

劉辰翁云：起手便別。又云：起得渾渾稱題。「蒸」「撼」不是偶然下字，而氣概橫絕，朴不可易。「端居」感興深厚。末語言有盡而意無窮。又云：七八託興可傷。

李攀龍云：此臨湖而興求仕之思，復量其才而不欲進也。秋高水溢，九江合流，洞庭濤勢之壯如是。因言欲濟而無舟楫，以興欲仕而無其才，是以端居而愧此時也。見釣者之得魚，不無欣慕意；然結網未遑，則亦徒然興羨耳。蓋襄陽本不欲仕，乃臨湖而有此歎，豈抱道之情，猶未能戰勝邱？

鍾惺云：三四氣概橫絕。五六感慨深厚，言有盡而意無窮。

楊慎云：五言律詩起句最難。六朝人稱謝朓工於發端，如「大江流日夜，客心悲未央」。唐人多以對偶起，雖森嚴而乏高古。余愛……孟浩然「八月湖水平，涵虛混太清」，雖律也而含古意，皆起句之妙，可以為法，何必效晚唐哉？

蔣一葵云：五字分明秋水澄潭。又云：後四句寓己意。

王夫之云：領聯較工部「吳楚東南」一聯近情理。凡詠高山大川，只可如此。若一往做汗漫峻峭語，則為境所凌奪，目眩生花矣。

沈德潛云：起法高渾，三四雄潤，足與題稱。又云：讀此詩知襄陽非甘於隱遯者。語云：臨淵羨魚，不如退而結網，意外望張公之接引也。

紀昀云：此襄陽求薦之作，前半望洞庭湖，後半贈張相公，只以望洞庭托意，不露干乞之痕。

黃培芳云：上半臨洞庭，下半上丞相。

許學夷云：前四句甚雄壯。後稍不稱。且舟楫聖明，以賦對比，亦不工。或以為孟詩壓卷，故表明之。（《孟浩然詩說》，卷2，〈律詩〉，頁83-85）

蕭先生評：

此詩諸家所評，大體均是。惟題稱「張丞相」，誠如《四庫提

要》所云為范陽張說。說於開元九年守兵部尚書同中書門下三品，十一年為中書令吏部尚書，十四年罷為尚書右丞相，至十七年復為右丞相，遷左丞相。皆浩然三十餘歲時事。此時浩然用世之心正切，非如晚歲之絕意仕途也。詩中「端居恥聖明」，用「邦有道，貧且賤焉，恥也」語意。以此贈張丞相，其言甚婉，其意甚明。李攀龍謂此詩乃「臨湖而興求仕之思」，所見是矣；至謂「復量才而不欲進」，則非也。攀龍以「羨魚」二字誤解結網為退而脩德之意，遂謂「欲濟而無舟楫」，亦「欲仕而無才」之意矣。「舟楫」字見《書‧說命》：「若濟巨川，用汝作舟楫」，本謂宰臣。此明指張公，望其援引，亦「匪媒不得」之意。「垂釣者」三字，亦暗指當政。「徒有羨魚情」，用《漢書‧董仲舒傳》語，意謂無綸無網，則亦徒然，猶仲尼「手無斧柯，奈龜山何」之歎，非自量無其才也。歸愚所云，斯得作者之意矣。夫詩意本深者，不可淺解；詩意本淺者，亦不可深解。攀龍一代才人，未必見不及此，特膠執「襄陽本不欲仕」之一念，遂故作深解。使攀龍而為宰執，襄陽贈以此詩，亦以無才目之，不其失人耶？（《孟浩然詩說》，卷2，〈律詩〉，頁85）

建生按：蕭先生言，張丞相指范陽張說，依《四庫提要》意見，與一般學者認為張九齡不同。起首云洞庭湖渾浩。三四句，言水波、湖面雄濶。五六句，「邦有道，貧且賤，恥也」。感慨深。末聯，借湖托意。望張公援引。蕭先生並言沈德潛得作者之意。但不如蕭先生斷論精闢。

又，〈寄趙正字〉：

正字芸香閣，幽人竹素園。
經過宛如昨，歸臥寂無喧。
高鳥能擇木；羝羊漫觸藩。
物情今已見，從此願忘言！（《孟浩然詩說》，卷2，〈律詩〉，頁123）

蕭先生評：

此詩寄趙正字。兼具規慰之意。唐制：門下及秘書二省皆設「正字」。龍翔二年改秘書省曰蘭臺監，秘書郎曰蘭臺郎，蘭臺本漢舊稱，為宮中藏書之處，一曰芸臺，亦曰芸閣。首稱「芸香閣」，則趙為秘書郎省正字，屬校書郎，掌校讎典籍，刊正文章。秩正九品，其位頗庳。次句「竹素園」，謂趙所居。「經過」句謂嘗相過從，「歸臥」則謂下直歸來，索寞一如往日。趙雖廁身臺省之中，而位卑官冷，門無車馬之盛；意其人必不甘沈抑，牢愁自困。故五六曰「高鳥能擇木；羝羊漫觸藩」。當時趙必力圖進取，輒為有司所扼。故喻以高鳥擇木，謂當他適以求軒鶱也。趙以下僚而求躁進，必為同列所擠排，自陷於侷促之境，故以「羝羊漫觸藩」曉之。《易‧大壯‧上六》：「羝羊觸藩──不能退，不能遂」。勸其毋汲汲而自困也。「物情」句謂「鳥」與「羝」皆足為鑒。結句「從此願忘言」，望其以寂寞自甘也。大抵銳進之士，必矜才以自衒，必申己而抑人，非至同僚側目，前跋後疐不已。浩然此詩，語婉意深，庶幾規諷之旨矣。（《孟浩然詩說》，卷2，〈律詩〉，頁123-124）

建生按：蕭先生言本詩，首言趙，祕書省正字。次句，竹素園，趙所居。三四句，言嘗與趙相過從，歸來寂寂。五六句，勸趙他適，毋汲汲自困。末，望其以寂寞自甘。並以趙為銳進之士，申己抑人，為同列排擠。浩然此語，語婉意深，規諷之旨。由詩意而論析趙個性，合情合理。

又，〈宿桐廬江寄廣陵舊遊〉：

山暝聽猿愁，滄江急夜流。
風鳴兩岸葉，月照一孤舟。
建德非吾土，維揚憶舊遊。
還將兩行淚，遙寄海西頭。（《孟浩然詩說》，卷2，〈律詩〉，頁136）

蕭先生集評：

> 劉辰翁云：「一孤舟」似病，天趣自得。
> 沈德潛云：孟詩高於起調，故清而不寒。
> 黃培芳云：一氣。無氣固不足以學王孟。（《孟浩然詩說》，卷2，〈律詩〉，頁136-137）

蕭先生評：

> 富春山水，有甲天下之稱。吳均〈與朱思元書〉云：「自富陽至桐廬一百許里，奇山異水，天下獨絕」。故前四句寫水亦兼寫山。首句云：「山暝聽猿愁」，又〈早發漁浦潭〉詩，亦云「飲水畏驚猿」。證之吳〈書〉云：『猿則百叫無絕』。則富春江上，實有猿啼。嘗怪唐人詩於三峽，富春，乃至荊湘之間，輒曰猿啼。而今日行蹤所居，未嘗聞此斷腸之聲。意必代易時移，獸啼鳥跡，輒有竄徙。古人為詩，言必寫實；後人則信筆虛構，聊充藻繪而已。夫古人所已言，而今日所無有者，仍復陳陳相因；古人所未言，而今日所實有者，反不敢據之入詩。既不吐故，又不納新，致滿紙陳言僻典，將飯作粥。此雖小事，亦可見詩學不昌之一端也。次句曰「滄江急夜流」，句中「急」字，亦可見於吳〈書〉「急湍甚箭，猛浪若奔」二語證之，皆寫實景也。「風鳴」兩句，分寫江岸見聞，以在夜間，故不許描容繪采。此詩前四句所寫富春景色，不足以見江山之秀美，反有蕭寒之感。因既為夜泊，復念舊游也。至第五句，點名建德，非吾土；第六句追憶維揚，重念舊游。故七句以「數行淚」承之，以見異鄉孤客之苦，末句「海西頭」三字，用隋煬帝〈泛龍舟歌〉：「借問揚州在何處？淮南江北海西頭」，以點明「寄廣陵舊游」也。至「一孤舟」三字，不為語病，前人辯之已詳，不復論。（《孟浩然詩說》，卷2，〈律詩〉，頁136-137）

建生按：蕭先生以吳均〈與朱元思書〉佐證，本詩寫桐廬江山水之實。

五句,點明建德,第六句,追憶維揚(揚州),七句,「數行淚」,見異鄉孤客之苦。八句末,「海西頭」言詩寄廣陵舊游。然則七八兩句,申己仕宦不如意之心情,淡淡的說成懷念友人之愁,此更上一層說法。

又,〈東陂遇雨率爾貽謝南池〉:

田家春事起,丁壯就東陂。
殷殷雷聲作,森森雨足垂。
海虹晴始見;河柳潤初移。
予意在耕鑿,因君問土宜。(《孟浩然詩說》,卷2,〈律詩〉,頁138)

蕭先生集評:

劉辰翁云:似目前而非目前。
方回云:此詩起句末句,幽雅自然。
李夢陽云:「河柳潤初移」似晚唐句。(《孟浩然詩說》,卷2,〈律詩〉,頁138)

蕭先生評:

此詩側重春雨,以田家耕作,及雨為宜也。起筆大踏步便出,略無拘滯。首句用「起」字,次句用「丁壯」字,以見及時耕植之盛。「殷殷」兩句,雖不用力,而雷雨如在目前。「海虹」兩句,造語益工,寫景亦美,然去農事已漸遠。故結尾雖曰意在耕鑿,雖曰因問土宜,亦不過一時偶興,非浩然果有志於此也。綜觀浩然諸詩,初志未嘗不屬意於廟廊;及其不遇,但思棲隱山林,訪尋芝朮。至於躬耕隴畝,實非其志。此與淵明之開荒理穢,種豆摘蔬,操趣迥殊。故孟詩一涉農事,恆有不到處。如此詩首兩句只是旁觀。三四已成賞雨。五六益遠,至七句始興耕鑿之意,八句一問便結。題中有「率爾」二字,想亦當時即景偶成,輒亦云云而已。集中惟〈仲夏南歸寄京邑舊

游〉詩：「歸來冒炎暑，耕稼不及春」二句，庶幾淵明風味。但下即云：「扇枕北窗下，采芝南澗濱」，則又志不在此矣。至於〈田家元日〉詩則曰：「我年已強仕，無祿尚憂農」，亦只巾服人語。〈田家作〉一首則竟曰：「冲天羨鴻鵠，爭時羞雞鶩」，又曰：「鄉曲無知己，朝端乏親故」，直以與村夫野叟伍為可羞矣。（《孟浩然詩說》，卷2，〈律詩〉，頁138-139）

建生按：本詩蕭先生言，首言春事起，次言丁壯耕植。三四句言，雷聲殷殷，雨下森森。五六句，言海虹與河柳之美，然與田家生活遠。七句，興耕鑿，八句，憂農問土宜。與淵明「種豆南山下」，「晨興理荒穢，待月荷鋤歸」之實地耕作不同。且孟詩又云：「爭食羞雞鶩」、「鄉曲無知己」，以與村夫野叟為恥。無淵明淡遠之志，田園之樂。

又，〈自洛之越〉：

皇皇三十載，書劍兩無成。
山水尋吳越；風塵厭洛京。
扁舟泛湖海；長揖謝公卿。
且樂杯中酒，誰論世上名！（《孟浩然詩說》，卷2，〈律詩〉，頁143）

蕭先生集評：「李夢陽云：何等氣魄！」（《孟浩然詩說》，卷2，〈律詩〉，頁143）

蕭先生評：

此詩首句用「皇皇」字，可知浩然早歲深棲，不忘匡濟。及至遭逢不偶，始專意山林，此詩正其下第居洛，邑鬱不歡之作也。詩稱「三十載」，非謂三十歲時所作，猶言三十年來耳。計其時當在開元中矣。此詩作於去洛之日，三四云云，非已然之跡，特欲出塵入山耳。五句承第三句，六句承第四句，命意略同。七八與李白「且樂生前一杯酒，何須身後千載名」，同

一口吻。然襄陽於酒,非如李白之「與爾同死生」也,特偶一
及之而已。此詩一氣呵成,苦乏跌宕之致,非孟詩上選也。
(《孟浩然詩說》,卷 2,〈律詩〉,頁 143)

建生按:蕭先生以為本詩,作者從早歲三十來年,不忘匡濟之心。後因
科舉遭逢不偶,至吳、越尋覓山水,出塵入山,是以離開京城,乘舟泛
遊湖海。此時心情,只想樂生前杯酒,何須留戀千載之名?詩雖一氣呵
成,缺乏跌宕變化;且樂生前酒,偶一為之,非真如李白灑脫也。

又如〈和張丞相春朝對雪〉:

迎氣當春至,承恩喜雪來。
潤從河漢下,花逼豔陽開。
不覩豐年瑞,安知燮理才?
散鹽如可擬,願糝和羹梅。(《孟浩然詩說》,卷 2,〈律詩〉,
頁 162)

蕭先生集評:

劉辰翁云:謂立春日,起得奇怪。
方回云:此必張九齡也。善用事者,化死事為活事。撒鹽本非
俊語,卻引為宰相和羹糝梅之事,則新矣。(《孟浩然詩說》,
卷 2,〈律詩〉,頁 162)

蕭先生評:

題中之張丞相確為張九齡。《曲江集》卷五有〈立春日晨對積雪
詩〉可證。起筆點題,首句點「春朝」,次句點「對雪」字。
以下則借「雪」頌「張丞相」。第三句「河漢」,謂星河。言雪
自天降,挾潤而下也,「潤下」字應次句「承恩」二字。第四句
「花逼豔陽開」,春朝逢雪,當在晴晝,故曰「艷陽」,「艷陽」
亦應首句「迎氣」二字。此句「花」字,非謂梅桃之類,實

指六出之雪花耳。雪花飄墜，受艷陽返照，幻為紅白交雜之奇葩。此景余鄉於廬山一經見之，記其時有句云：「霞雪偶相映，滿林紅杏花」。讀襄陽此句，益知其體物之工，殆非身歷其景者，不能賞其妙也。五六句呼應對句。《書・周官》：「惟茲三公，論道經邦，燮理陰陽」。後世遂以宰執為燮理陰陽之任。故謂「不有豐年瑞，安知燮理才」，以春雪之降，歸之丞相燮理之功也。「和羹」，見《書・說命》：「若作和羹，爾惟鹽梅！」〈傳〉：「鹽鹹梅醋，羹須鹹醋以和之」。此殷高宗命傅說作相之辭，後世遂以和羹喻宰執。沈佺期詩云：「鹽梅和鼎食」，貫休詩：「鹽梅金鼎調和」，皆以美人之相業。「散鹽」用謝道韞詠雪事，謝朗比雪曰：「散鹽空中差可擬」，故第七句曰：「撒鹽如可擬」，第八句則曰：「願糝和羹梅」。此詩因係和張丞相之作，故全篇皆稱頌之辭，於義無甚可取。然全詩以「雪」與「相業」交融說出，後半離合轉折，如像弄丸，得心應手，確是大妙。（《孟浩然詩說》，卷 2，〈律詩〉，頁 162-163）

建生按：蕭先生言本詩，首言春朝，次言對雪，三句言雪自天降，四句，晴晝逢雪，五六句，言春雪之降，歸於宰相燮理之功。末聯，用謝道韞詠雪事，及沈佺期等前人詩句，稱揚張丞相。故蕭先生言，全篇皆頌辭，於義無可取。然就其文字運用，得心應手，甚妙。蕭先生評論，就詩論詩，就事論事，十分精闢。

又，〈京還留別新豐諸友〉：（卷 2〈律詩〉頁 180）

吾道昧所適，驅車還向東。
主人開舊館，留客醉新豐。
樹繞溫泉綠；塵遮晚日紅。
拂衣從此去，高步躡華嵩。（《孟浩然詩說》，卷 2，〈律詩〉，頁 180）

蕭先生評：

此詩為浩然去京南歸時所作。次句曰「驅車還向東」者,以「新豐」在長安東,歸途所向,乃始由東入洛耳。三句曰「舊館」,以入京時曾經新豐,故云。「新豐」,漢置,唐屬京兆府,故城在今陝西臨潼縣。四句曰「醉新豐」,謂新豐之酒,非謂醉於新豐也。五六兩句,寫新豐景色。「溫泉」,謂華清池。《新唐書・地理志・昭應縣下》:「本新豐⋯⋯有宮在驪山下;咸亨二年始名溫泉宮。天寶元年,更驪山曰會昌山。三載,以縣去宮遠,析新豐萬年,置會昌縣。六載,更溫泉曰華清宮。宮治湯井為池,環山列宮室。」末句曰「高步躡華嵩」,嵩山在河南登封,固為還山之辭。華嶽仍在陝境,因此詩作於新豐,而華陰在東,亦為歸道所必經,故曰「躡華嵩」耳。若依他本題作「東京留別諸公」,而兼言華山,則直是去洛入秦矣,其辭大悖。浩然游京師,原冀有所遇合,不意流滯既久,而終無所諧,惟有悵悵而歸。此詩作於離京之初,始不無慨喟之感,故曰:「吾道昧所適,驅車還向東」。及至新豐而見主人延客,新釀初嘗,為之少解顏矣。蓋日在名場,心縈得喪,一旦置身局外,等是旁觀,心境便是不同。惟客舍主人。送往迎來,不知閱盡多少利名客爾。「樹繞溫泉綠,塵遮晚日紅」二語,看似寫景,實亦刻深。溫泉雖近在京畿,蒼林環繞,大抵往來之人,多事競逐,非為游賞。此際胸次蕭然,故同此一景,入眼轉新矣。長安道上,車馬紛馳,素衣為之化緇。名場中人,渾然不覺。此時冷眼旁觀,但見其塵遮晚日耳。至此萬慮釋然,決志東歸矣,故結語曰「拂衣從此去,高步躡華嵩」也。(《孟浩然詩說》,卷2,〈律詩〉,頁181)

建生按:蕭先生言本詩,首言宦途不順,次句,趨車往東入洛,三句,昔日曾在新豐留宿,舊館主人今開門招待。四句,樂新豐之酒。五六句,轉至新豐景物,華清池邊草木圍繞,而長安道上,車馬奔馳,其塵可遮傍晚陽光。末聯,浩然從此決意東歸,拂衣歸去,步躡華嵩。蕭先生分析、評論,十分精當。

又，〈過故人莊〉：

> 故人具雞黍，邀我至田家。
> 綠樹村邊合，青山郭外斜。
> 開軒面場圃，把酒話桑麻。
> 待到重陽日，還來就菊花。（《孟浩然詩說》，卷2，〈律詩〉，頁191）

蕭先生集評：

> 劉辰翁云：起手要如此！又云：每以自在相凌厲。
> 方回云：此詩句句自然，無刻畫之迹。
> 楊慎云：孟集有「到得重陽日，還來就菊花」之句。刻本脫一就字。有擬補者，或作醉，或作賞，或作對，或作泛，皆不同。後得善本，是就字，乃知其妙。
> 李夢陽云：就字好。
> 沈德潛云：通體精妙，末句就字作息，而歸於自然。
> 紀昀云：王孟詩大段相近，而體格又自微別——王清而遠，孟清而切。學王不成，流為空腔；學孟不成，流為淺語。如此詩之自然沖淡，初學遽躐等而效之，不為滑調不止也。
> 王堯衢云：就字甚妙。故人即不邀，菊花不可不就也。
> 唐汝詢云：孟之興味絕類淵明，獨恨以律易古耳……就字極佳，非有養不能道。（《孟浩然詩說》，卷2，〈律詩〉，頁191-192）

蕭先生評：

> 劉方沈三評，均甚是。此詩要觀其「通體精妙處」，以故人之邀，相聚田家，既見田家風物之美，亦見心境之閒適。行文技巧，妙在不著氣力。閒閒而起，閒閒而結，中間鋪敘數語，亦

極自然。至於末句「就」字，不過偶有脫落，偶有議補，故此字便成公案。實則作者當時，絲毫未嘗計較及此也。類此之字，集中不勝枚舉，何獨一「就」字，便是絕妙耶？文人評斷，往往隨聲附和，故事夸張，雖賢者亦所不免，如《六一詩話》紀老杜「身輕一鳥過」之類，皆過情之論也。（《孟浩然詩說》，卷2，〈律詩〉，頁192）

建生按：本詩蕭先生言，首「故人具雞黍，邀我至田家」，閑閑而起。中間，綠樹村邊合，廓外青山斜陽，而後主人面場圃開筵宴客，把酒話桑麻，皆極自然。末，「待到」兩句，閑閑而結，此即山水田園詩特色，不必專就「就」字而論也。

又，〈京還贈王維〉：

拂衣何處去，高枕南山南。
欲徇五斗祿，其如七不堪！
早朝非晏起；束帶異抽簪。
因向智者說，游魚思舊潭。（《孟浩然詩說》，卷2，〈律詩〉，頁201）

蕭先生集評：「李夢陽云：亦是健。」（《孟浩然詩說》，卷2，〈律詩〉，頁202）。

蕭先生評：

此自京還山以後，即寄王維之作。「欲徇五斗祿」，是游長安之動機；「其如七不堪」，是還山之原因。人生於出處得喪之間，心情變化，當不如是簡單。然觀王〈序〉紀韓朝宗事云：「山南採訪使本郡守昌黎韓朝宗，謂浩然間代清律，寘諸周行，必詠穆如之頌。因入秦，與偕行，先揚於朝，與期約日引謁。及期，浩然會寮友，文酒講好甚適。或曰：『子與韓公預諾而怠之，無乃不可乎？』浩然叱曰：『僕已飲矣，身行樂耳；遑恤其佗！』遂畢席不赴。由是閒罷。既而，浩然亦不之悔也。其

好樂忘名如此」。則亦未始非疏野性成，不甘羈靮也。(《孟浩然詩說》，卷 2，〈律詩〉，頁 202)

建生按：蕭先生言本詩，是浩然還山後，寄王維之作。首聯，即言此事。頷聯，言為「五斗祿」而游長安，然，「七不堪」，不堪吏職。腹聯，言己疏野之性，好樂忘名。末聯，如游魚思故淵，以明己歸隱意，有如淵明。論析簡明扼要。

又，〈下灨石〉：

灨石三百里，沿洄千嶂間。
沸聲常活活，洊勢亦潺潺。
跳沫魚龍沸，垂藤猿狖攀。
傍人苦奔峭，而我忘險艱。
放溜情深愜，登艫目自閑。
暝帆何處泊？遙指落星灣。(《孟浩然詩說》，卷 2，〈律詩〉，頁 238)

蕭先生評：

「灨石」，即今贛江之十八灘。《陳書・高祖紀》：「南康贛石，舊有二十四灘。灘多巨石，行旅者以為難」。題曰「下灨石」，即沿贛江之南康也。故首句曰「灨石三百里」，次句謂水經叢山中，故灘多險急。三四寫水勢，第三句用「沸」字，第五字亦用「沸」字，二字必有一譌。「洊勢」，猶言流勢，《易・坎》：「水洊至」，謂前後浪相續而至也。五六寫沿江景色，「跳沫」謂水激石之狀。七八謂人困行旅，皆已奔峭為苦；我肆游觀，獨能艱險俱忘。第九句「放溜」，謂乘急流而疾駛。梁元帝詩：「征人喜放溜」，喜其不勞而行速耳，故曰「情深愜」。第十句謂登舟縱望之樂。結聯點名所往。「落星灣」，即落星湖。在鄱湖之北部，濱星子縣境。《明一統志》：「在彭蠡湖西

北,陳王僧辯破侯景於落星灣」。《清一統志》:「湖中有小山,相傳為墜星所化。」南康有星子鎮,一名星子,以此。此詩範水模山,辭氣暢茂,讀之如身歷其境。(《孟浩然詩說》,卷2,〈律詩〉,頁238-239)

建生按:灩石,為贛江之十八灘。蕭先生言本詩,首句言十八灘三百里,次句言水經叢山,灘多險急。三句,言水聲活活,四句,言流勢潺潺,相續而至。五六句,沿江景色,水激石,魚龍游其上,山壁垂藤猿狖攀援。七八句,人困行旅,己則極力游賞,險難俱忘。九句,言乘急流心情愜,十句,登舟縱望。結聯,言船指江西南康里星子鎮落星湖。辭氣暢茂,如歷其境,蕭先生之評論精闢。

又,〈春曉〉:

春眠不覺曉,處處聞啼鳥。
夜來風雨聲,花落知多少?(《孟浩然詩說》,卷3,〈絕句〉,頁259-260)

蕭先生集評:

劉辰翁云:風流閒美,正不在多。
李攀龍云:首句破題。次句即景。下聯有惜春意。昔人謂詩如參禪,如此等語,非妙悟者不能道。
鍾惺云:都是情景妙。
顧華玉云:真景實情,人說不到。高興奇語,惟吾孟公。(《孟浩然詩說》,卷3,〈絕句〉,頁260)

蕭先生評:

曉聞啼鳥,心境清鮮。回想夜來風雨,不勝悼惜,正似劫後歸人語。(《孟浩然詩說》,卷3,〈絕句〉,頁260)

建生按：蕭先生言本詩，春天好眠，曉聞啼鳥，忽憶夜裏風雨，不勝悼惜花落滿地。有如劫後歸人語。分析精要。

又，〈送友入京〉：

> 君登青雲去，予望青山歸。
> 雲山從此別，淚濕薜蘿衣。（《孟浩然詩說》，卷3，〈絕句〉，頁261）

蕭先生集評：「劉辰翁云：甚不多語，神情悄然。比之蘇州，特怨甚。」（《孟浩然詩說》，卷3，〈絕句〉，頁261）

蕭先生評：

> 起筆以「青雲」與「青山」對舉，第三句以「雲山」二字一束，末句歸至自身，語殊悽黯。此詩重在惜別，非於當路有怨辭也。（《孟浩然詩說》，卷3，〈絕句〉，頁261）

建生按：蕭先生言本詩，首以「青雲」（仕途）與「青山」（隱逸）對舉。三句，言「雲」言「山」，從此分道，十分委婉。末句，惜別傷感，所謂黯然銷魂者矣。蕭先生言是。

八、兼論詩家、詩體

前面詩例，如《孟浩然詩說》〈自洛之越〉（《孟浩然詩說》，卷2，〈律詩〉，頁143），蕭先生於評語中，言孟浩然於酒，非如李白之「與爾同生死」，特偶一及之而已，又如〈登江中孤嶼贈白雲先生王迥〉（《孟浩然詩說》，卷1，〈古詩〉，頁29）比較孟浩然與謝靈運詩，並言前人（李夢陽）評詩之不當；又，〈彭蠡湖中望廬山〉（《孟浩然詩說》，卷1，〈古詩〉，頁13）論析「選體」、「唐體」、「雜調」「孟浩然體」，言之詳矣。以上等等，皆隨評論中涉及相關詩家、詩論予以說明。今，在舉其他詩例，如〈山中逢道士雲公〉：

春餘草木繁，耕種滿田園。
酌酒聊自勸，農夫安與言。
忽聞荊山子，時出桃花源。
採樵過北谷，賣藥來西村。
村烟日云夕，榛路有歸客。
杖策前相逢，依然是疇昔。
邂逅歡遘止，殷勤敘離隔。
謂予搏扶桑，輕舉振六翮。
奈何偶昌運，獨見遺草澤。
既笑接輿狂，仍憐孔丘厄。
物情趨勢利，吾道貴閑寂。
偃息西山下，門庭罕人跡。
何時還清溪，從爾煉雲液？（《孟浩然詩說》，卷1，〈古詩〉，頁34）

蕭先生集評：「劉辰翁云：尋常經過，寫得清妙。（謂「村烟」四句）」又：「李夢陽云：『奈何』以下其意怨。」（《孟浩然詩說》，卷1，〈古詩〉，頁34）

蕭先生評：

題中之「雲公」，即前孤嶼詩所贈之「王迥」。集中亦稱「白雲先生」、「王道士」、「王九」、「王白雲」、「王九迥」、「王山人」，詩凡十二首，可見與浩然之交誼之深。其人為道士，觀酬贈錄中，王所為詩，殊無可取，於浩然蓋方外交耳。首兩句言春時，三四謂耕種者雖多，苦無足與言者，為下文張本。「忽聞」四句謂「雲公」偶經村社，遂得「邂逅」。「村烟」四句於此詩中，適為冗贅之文，須溪獨賞其「清妙」，見仁見智，固不同如是。「謂予」以下四句，皆雲公語，以一「謂」字一氣貫之。「既笑」兩句，仍雲公所言，以接輿孔丘之「狂」「厄」喻浩然也。「物情」以下四句，作者自作慨嘆寬解之辭。「何時」

兩句，以世途混濁，願從游物外作結。「煉雲液」三字，亦稍稍點明題中「道士」意。按此詩風格，極似淵明。沈德潛云：「淵明胸次浩然，天真絕俗，當於言語象外求之。唐人祖述者，王右丞得其清腴，孟山人得其閒遠」。此論殊平正。今就此詩論，亦有可言者三：淵明遭逢易代，恥為世用，故安於窮賤，略無怨辭；浩然生直明時，聲明籍甚，而落拓不偶，故其不平之氣，假道士語以出之，一也。淵明以歸田為隱，躬耕草萊，故遇野老，即話桑麻，初無自異於眾之意；浩然身在田間，不忘騰擲，故心以田夫野老為不足與言，輒欲從游方外，以為真隱，二也。孟詩固自清遠，然此詩「烟村」四句，使令淵明為之，必不至蕪累如是，三也。即此一詩，陶孟高下，已可覘其大略矣。(《孟浩然詩說》，卷1，〈古詩〉，頁34-35)

建生按：蕭先生言本詩，由春時、耕種者不足與言，而王迥偶經村社，得以邂逅。王迥先生因言浩然「獨見遺草澤」，而以接輿、孔子之「狂」「厄」喻浩然，「物情」以下，浩然慨歎，「物情趨勢利」，已貴閑寂，以為寬解。是以門庭罕人跡。末，言世途混濁，願煉丹砂、游物外。詩似淵明風格。然蕭先生比較陶、孟詩不同，除引清朝沈德潛之說，並進言者三：言淵明安於貧賤，略無怨辭；浩然落拓不偶，不平之氣，假道士語出之。淵明躬耕草萊，與野老話桑麻，浩然身在田間，不忘騰達，並以田夫不足與言；本詩「烟村」四句，淵明為之，必不至蕪累如是。則淵明胸次高，浩然不如也。蕭先生借由本詩比較陶、孟，精確。

又，〈崔明府宅夜觀妓〉：

白日既云暮，朱顏亦已酡。
畫堂初點燭，金幌半垂羅。
長袖平陽曲，新聲子夜歌。
從來慣留客，茲夕為誰多？(《孟浩然詩說》，卷2，〈律詩〉，頁184)

蕭先生集評:「劉辰翁云:起作古語,似選。」(《孟浩然詩說》,卷2,〈律詩〉,頁184)

蕭先生評:

題曰「觀妓」,賞歌舞耳。當時詩人如崔顥、儲光羲、萬楚、劉長卿、王翰等皆有類似之作。此詩起筆蒼古。中四句稍富艷。結尾近於諧噱。李白有〈邯鄲亭觀妓〉詩。亦述歌舞,起筆云:「歌妓燕趙兒,魏姝弄鳴絲。粉色豔日彩;舞袖拂花枝。」但至後段,則云「平原君安在?科斗生古池。座客三千人,如今知有誰?我輩不作樂,但為後代悲!」則蒼蒼涼涼,寓哀於樂,自是高著。又杜甫有〈數陪李梓州泛江有女樂在諸舫戲為艷曲二首贈李〉二詩,亦為觀妓之作。其第一首云:「江清歌扇底,野曠舞衣前」。其二云:「白日移歌袖,清宵近笛牀」。亦不過述歌舞之盛。然其結句則云:「使君自有婦,莫學野鴛鴦!」大抵李性超脫,游身釵鬢之中,益增悲慨之感,故結語樂而實哀;杜性嚴謹,廁身粉黛之間,不無侷促之感,故結語諧而實峻。孟則無李之超脫,亦非杜之嚴謹,即事即情,信筆直書,殆所謂隨業流轉者矣。(《孟浩然詩說》,卷2,〈律詩〉,頁184)

建生按:蕭先生言本詩,首言日暮歌妓著裝、打扮。中四句,言歌舞之盛,有〈平陽曲〉、〈子夜歌〉。末,諧噱。評論中,蕭先生引李白〈邯鄲亭觀妓〉、杜甫〈數陪李梓州泛舟有女樂在諸舫戲為艷曲二首贈李〉詩,言李白寓哀於樂,杜則嚴謹,結語皆諧而實峻,孟則即事即情,信筆直書。同為「觀妓」詩,蕭先生能析論其不同風格。

此外,蕭先生撰寫《孟浩然詩說》體例上有些原則,如就版本說,在(修訂本)《孟浩然詩說・序》云:

綜合我所見過的各本,斟酌短長,分別取捨,寫成一個我自認

> 最好的版本，省得以後每一個讀者都得一一從頭去摸索，浪費精力。至於這種異同去取，是否完全正確，原本很難說，真有點近似現代刑事審判所采的「自由心證」。不過，「心證」很難說「自由」，實際上並非漫無標準。我的標準是這樣的：第一是從文理上認定，孟浩然是一個條理暢達的詩人，因此，他的作品，至少在文字上必然前後銜接，在理路上必然前後貫通。如果版本中的異文，足以使前後文梗塞，或思路背馳，當然不足「采信」。至於異文會使得文理不通的，那是顯然的錯誤，更不用說了。第二是從事理上認定。亦即異文中的內容，和孟浩然的性格、生平事蹟，或當代的史實，或一般的情理、物理不合的，當然在捨棄之列。第三是從修辭上認定。如果各本的異文，在文理上都不夠成瑕疵，但是，在章句中所表現的修辭技巧，層次上有顯然的高低與工拙，當然捨低而取高，去拙而存工。（《孟浩然詩說》，頁3）

換言之，蕭先生將所見各本，斟酌短長，從文理上、事理上、修辭上等認定，分別取捨，並非隨意自由的心證。

而「集評」方面，雖取前人評論，但並非羅列所有前人評論。前人評論往往互相轉引，大同小異，甚至找不出最先立說者，所以蕭先生認為沒有必要取不能鞭辟入裡的批評。蕭先生認為：

> 我們從批評者來說：一般的歷史批評，不如文學史的批評；文學史的批評，又不如專治一家者的批評。從被批評的對象來看：批評一個時代，不如一個流派；批評一個流派，又不如一人一家；批評一人一家，又不如一文一詩，乃至一字一句。正像攝影一樣，距離越近，範圍越小，客體的顯像就越真切，這是毫無問題的。在這本書裏面，我對於前人的評論，寧可采取其細部的、確指的意見；那些廣泛的描繪，含混的指陳，往往不切實際，則屏而不錄。（《孟浩然詩說》，頁5）

他認為批評一個時代，不如評一個流派，批評一個流派，不如評一家，評一人一家，不如評一詩，乃至一字一句。他取細部、確指的意見，含混不切實際，則不錄。前人的批評，往往是「拜偶像」、「任愛憎」、「認廠牌」的毛病，或隨意附和、或攀龍附鳳、或沒有清楚界說的形容詞，令人無法捉摸。蕭先生說出自己「詩」「說」，是：

> 我用最笨拙的方式，對這一家的作品，逐字逐句地較量，就寫下了這本「詩說」。我已盡我的力量——除非我的識力有不透之處——凡是詩中的精采之點，我必會表彰出來，決不輕易抹煞；凡是詩中的小小疵病，我也會指明出來，決不曲意迴護。目的是要把孟詩的真正面目，呈現在讀者之前。（《孟浩然詩說》，頁5）

逐字逐句的較量，可說是最科學的方法。而且將孟詩最精采處表彰出來，詩中小疵病也會指明，顯示孟詩的本來面目，這真是一位評論家最可貴的地方。也是他這本《孟浩然詩說》價值所在。

第三章　《中華民族詩歌》的探討

　　在文學研究上，我長期受到蕭先生的鼓舞，比較特別的是有次受到蕭先生重大的啟發，大概是民國81年（1992），向蕭先生問學，中午，先生請用便餐。忽然對我說，他平生心志，如張橫渠（載）所說的：「為天地立心，為生民立命，為往聖繼絕學，為萬世開太平。」平時，先生講文學課程幽默風趣，閒暇游於書畫，自在自如，雖可以看出文藝傳承，但不容易看出先生肩負傳統文化傳承。直到最近看到這本《中華民族詩歌》[1]，詳細看了書中內容，發現先生傳承文化、傳承道統的精神，在字裡行間湧現。雖然這本書只有91頁，但那種為「天地立心」、「生民立命」、為「往聖繼絕學」、「萬世開太平」的氣魄，在書中發揮的淋漓盡致，蕭先生晚年到中國國民黨任職，為國事奔波，應該是這種精神的表現。不是一般讀書人所能達到的境界。現在就依書中內容前後分成幾個部份來論析這本著作。

一、中華民族與詩歌

　　《中華民族詩歌》有意強調「中華民族」的「民族」「詩歌」。

　　所謂「民族」，是強調中國人對於自己的國家民族所產生的一種強烈的感情與志節。（《中華民族詩歌》，頁2）。而「詩歌」，緊縮在「五七言詩」為主要內容（《中華民族詩歌》，頁1-2）。

　　詩是「精美的語言」，出於人之自然，人為了要發抒自己的感情，就有了詩歌。但等到人類心智漸漸開發，原始社會漸漸形成，音樂歌舞的性質與作用，漸漸不僅限於純粹的「抒情」，而兼負著為宗教、為社會、甚至為政治而服務的任務（《中華民族詩歌》，頁4）。所以《毛詩‧大序》上說：

---

[1] 蕭繼宗：《中華民族詩歌》（臺中：臺灣省政府新聞處，1972年），收入民族文化叢書第10種，以下引《中華民族詩歌》皆據此本，不贅。此書在整理蕭先生書籍所得。

「情發於聲，聲成文謂之音。治世之音安以樂，其政和；亂世之音怨以怒，其政乖；亡國之音哀以思，其民困。故正得失，動天地，感鬼神，莫近於詩。」即是說明詩歌是政治、社會的反映，從詩歌可以瞭解時代的治亂，政治的得失。可知西方人所謂「為藝術而藝術」的文學觀，在中國古代並不存在，至少是處於極端的劣勢，佔有絕對優勢的是以倫理為中心的文學觀。因為中國思想是以儒家哲學為主流，一般知識階級都服膺於儒學，對於文學的批判，也奉儒家思想為衡度，而儒家思想是以倫理為中心的。(《中華民族詩歌》，頁7)

進一步的說：

中國文學批評者傳統的看法，總是把「人品」擺在第一，「文品」擺在第二。無論文辭如何美好，如果作者的人品不足取，也就把他的作品視為美麗的謊言，否定了它的價值。歷代的僉壬、奸賊、貳臣，不管他們的文學的造詣如何，在文學史裏，往往是不加齒錄的。(《中華民族詩歌》，頁8)

不過中國文學批評家，對於作家人品的要求，不像理學家所持的標準那樣嚴格。蕭先生說：

只要「大德不踰閑」，「小德」方面有所「出入」，文學批評家並不計較的。所謂「大德」，特別是指忠孝大節而言。一個人細行不謹，究竟還無傷大雅，如果大節有虧，則其人便不足齒，這在理論上是合情合理的。就理而論，不忠不孝，是完全違反了我們中國的傳統倫理；就情而論，試想一個不顧生身父母的人（移孝作忠者例外），或者可以出賣國家民族利益的人，還會有什麼感情呢？一個無情無義的人，決不可能成為詩人；其所作的詩歌，無論怎樣文辭華贍，聲調鏗鏘，決不會有真感情，也就決不會有什麼崇高的價值；即使昧著良心，淨說些冠冕堂皇的話語，總可以看出言不由衷，聲情乖舛的痕跡。那些

第三章 《中華民族詩歌》的探討　185

浮辭枵響,就單以文學水準而論,也就沒什麼可取了。(《中華民族詩歌》,頁9)

所以《中華民族詩歌》所錄,並不完全以其文學造詣為主要標準,而是要強調作者對於國家民族所產生的一種強烈的感情與志節(《中華民族詩歌》,頁9)。換句話來說,就是要能有「天地立心」、為「生民立命」、為「往聖繼絕學」、為「萬世開太平」精神的作品,才是作者所要選錄,全是儒家之道,全乎經世致用,才能傳遞中華文化,不純粹只是書寫個人的感情而已。

而他所謂的「中華民族」,參考胡耐安《中國民族志》的說法,是包括於漢族系、通古斯族系、突厥族系、藏族系、蒙古族系、南蠻族系、僰撣族系、爨僰族系、孟吉族群、烏梁海族、塔吉克族、臺灣土著群等等(《中華民族詩歌》,頁10-11)。

蕭先生說:

中華民族由於世世代代主要從事農業的關係,天性地愛好和平,自我滿足,是最容易和全世界人類和平相處的民族,所以「天下一家」、「世界大同」的思想,在中國發生最早,而且深入人心。一直到海通以後,列強環伺,中國人的這種思想,不僅沒有減低,反而更普遍。唯有中國人的著作裏,中國人的文告裏,中國人的日常談話裏,開口閉口,時常以為和平,為正義,為全世界人類的幸福而立言。而別的國家,並不如此,他們主要的目的,是如何為自己的國家謀利益,如何從國際矛盾中討便宜,只要對自己有好處,別的國家民族的死活,儘可以不顧。(《中華民族詩歌》,頁16)

又說:

在非農業的社會裏,其哲學思想是:「道德是弱者的武器」,也許以為中國人只有在國勢微弱的時候,才大喊正義,高唱和

平，鼓吹世界大同。到了力量足夠的時候，一樣會侵略別人，歌頌戰爭，事實上並不如此。在中國歷史上，大規模侵略外國，只有元朝一代，而當時的蒙古族系，並不曾、也不肯接受正統的中華文化，所以橫掃歐亞，殺個淋漓盡興，造成史無前例的大帝國，至今在白種人心目中還留下一個猶有餘悸的印象──黃禍。正因為沒有接受正統中華文化，「馬上得之，不能馬上治之」，不出幾十年工夫，這個大帝國就迅速地崩潰，假設蒙古族系當時很快地接受漢族系的文化，也許不至於殺得一時興起，造出這個中國史上的特例；也許用夏變夷，把這個帝國治理得很好，維持得很久，使今天的世界情形改觀。（《中華民族詩歌》，頁 17）

蕭先生認為中華民族世代務農，天生愛好和平；在非農業國家，為自己國家謀利益，不管他國死活。且發動戰爭的決定者是帝王，中國只有在元朝的時代橫掃歐亞，白種人心中猶有餘悸，稱為黃禍。主要是因為元朝統治者，沒有接受正統中華文化之故；也因此不出幾十年工夫，元帝國迅速崩潰。如蒙古族系接受漢族文化薰陶，當可國祚綿長。

蕭先生又說：

古代帝王的詩不多，談到對外關係的更不多。但我們從最少的詩中，仍可看出他們的態度。如漢高祖身經百戰，其所作的〈大風歌〉，只是一片鄉土之情，希望有勇士們能守住邊圍，不讓外族入侵而已。唐太宗武功彪炳，但他的詩裡很少自己誇耀過，他的〈執契三邊靜〉詩中卻特別強調「戢武」、「昇文」，目的仍在於「興廢」、「存亡」，大義昭然。連有奸雄之號的魏武帝的〈至廣陵於馬上作〉一首，還是列舉古公亶父對薰育戎狄，只以文德懷柔，不肯用兵；趙充國對於叛羌，只以屯田墾邊之策來對付，希望「不戰屈敵虜，戢兵稱賢良」。只有好大喜功的漢武帝，對於開拓疆域的興趣較為濃厚，從他的〈蒲梢天

馬歌〉中,可以看出他在征伐大宛以後,得到名馬時候的躊躇滿志,然而他還是自認為神物之來,歸於「有德」者。

至於純粹的詩人,對於以戰爭去征服外族,並不以為然。如富有浪漫性格的李白,在他的〈戰城南〉裏,描寫戰爭的可怕之餘,明白地指出:「乃之兵者是凶器,聖人不得已而用之。」至於愛國憂時的杜甫,在他的「三吏」、「三別」之類的詩裏,極力表示對征戍徭役的反感,即在〈前出塞〉之一,也委婉地說:「苟能制侵陵,豈在多殺傷?」。(《中華民族詩歌》,頁18)

中國歷代帝王,除漢武帝對於開拓疆域較有興趣外,其他帝王軍隊只是「守邊」、「戢武」而已。至於歷代詩人,往往認為「兵是凶器」,只要能制止侵陵,「豈在多殺傷?」愛好和平。

中華民族的融合,往往出於族系間的戰爭,而文化的融合,較低文化被融合於高文化,蕭先生說:

> 族系與族系之間的戰爭,是一種敵對的行動,但敵對的結果,最後還是導致於融合。族系融合的途徑很多,而戰爭是最痛苦,最不幸的一種。在戰爭當時,雙方只有互相兼併、征服之意,而族系的融合,則是就整個民族發展史去看的一種意外的收穫。當然,除此之外,如雙方人口自動或被動地遷移,兩族系間人民私人的交往,進而互通婚姻,商業上的往來,共同災患之防避,宗教之傳佈,生活技能之交換學習,道路交通之改進,風俗習慣之互相仿效,都足以很自然地促進雙方的融合。但是,歷史上的成例,高文化和較低文化相互接觸的結果,儘管互有影響,最後總是較低文化被融合於高文化之中,亦即被高文化所同化。(《中華民族詩歌》,頁19)

就民族發展說,戰爭是最痛苦的,但藉由戰爭產生融合,可說是意外的

收穫。當然,最好的融合方式,是用自然的方式,如遷移、通婚、宗教的傳佈、風俗、生活的互相學習等等。

中國從上古居無常處的流動生活,而氏族集團,大禹平治水土後,開始形成邦國,以後商、周、秦、漢等等,到了清朝,進入了一個新時代。蕭先生說:

> 歷史走到清朝,已跨入了一個亙古未有的新時代,已經不再是只以中國為中心的時代,不再是族系與族系之間的盛衰消長的時代,而必須以中華民族和世界上各民族,各國家作生存競爭於更大的空間的時代了。但是,滿族統治階級並無這種眼光,其思想意識仍舊停留在唐宋元明那種朝代更替的老觀念裏,仍舊局限在內中國而外四夷的老範圍裏。到清朝末年,當局顢頇,朝政敗壞,以至國勢陵夷,如果沒有新的變化、新的政府,便無法應付這個新的時代、新的局勢,就有給中華民族以外的異族來滅亡中國的危險。當時具有世界眼光的先知先覺者,憬悟到非推翻滿清政府,便不足以救亡圖存,才有孫中山先生出而領導革命。(《中華民族詩歌》,頁21)

等到革命成功,清帝遜位以後,一切由和平解決,完成各族系的融合。

二、堅信心、一意志

中華民族是有悠久文化的民族,民族融合後,增加更多的活力。蕭先生比較中外文明古國說:

> 當埃及人在尼羅河谷建築金字塔的時候,我們的祖先,在黃河沿岸也建立起早期的王國;當巴比侖的智士們在觀察星宿測度周天的時候,中國人也正在制定曆法,而且預測著日月虧蝕;當希臘人在多山的半島上建立「城邦」(City States)的時候,中國早有一千多年的封建王國了。

當羅馬帝國奄有地中海沿岸,並向蠻荒的歐陸推進,征服英、法、西班牙諸夷的時候,中國的漢朝正在發展一個政治修明的龐大帝國,殷實的羅馬人,已經從敘利亞人和波斯人手上買到中國的絲織品了。這兩個大帝國都曾受過野蠻的游牧民族的攻擊。最後,羅馬帝國崩潰了,但中國沒有。當歐洲陷於混亂的黑暗時期,中華民族卻愈來愈壯大、堅實、繁榮、富庶。一直到今天,中華民族還是屹立不搖。(《中華民族詩歌》,頁26)

就實際說,中華民族確實是愈來愈強大、富庶。不過部分的人,心性軟弱,容易導致身敗名裂。他說:

大凡國家到了極危難的時候,軟弱的人最容易動搖信心,也最容易墮落到身敗名裂。而這些人都原來自以為很聰明,能識時務的。事實上,他們也並不是沒有知識,而是缺乏智慧——目光短視。目光短視的人,對於事理認識不透,自然對於民族的信心不夠;沒有信心,一遭遇逆境,就容易動搖。(《中華民族詩歌》,頁27)

所以,蕭先生認為應該發揚自己民族的優點,克服一切困難,展開歷史的新頁。他舉的詩例如:

〈愛國歌〉四章　　梁啟超
泱泱哉!我中華!最大洲中最大國,二十二行省為一家。物產腴沃甲大地,天府雄國言非誇。君不見英日區區三島尚崛起,況乃堂喬吾中華。結我團體,振我精神,二十世紀新世界,雄飛宇內疇與倫?可愛哉,我國民!可愛哉,我國民!
芸芸哉!我種族!皇帝之冑盡神明,寖昌寖熾徧大陸。縱橫萬里皆兄弟,一脈同胞古相屬。君不見地球萬國戶口誰最多?四百兆眾吾種族。結我團體,振我精神,二十世紀新世界,雄

飛宇內疇與倫？可愛哉，我國民！可愛哉，我國民！
彬彬哉！我文明！五千餘歲歷史古，光焰相續何繩繩。聖作賢述代繼起，浸灌沉黑揚光晶。君不見羯來歐北天驕驟進化，寧容久烏吾文明？結我團體，振我精神，二十世紀新世界，雄飛宇內疇與倫？可愛哉，我國民！可愛哉，我國民！
轟轟哉！我英雄！漢唐鑿孔縣西域，歐亞搏陸地天通。每談黃禍我其慄，百年噩夢駭西戎。君不見博望定遠芳蹤已千古，時哉後起吾英雄。結我團體，振我精神，二十世紀新世界，雄飛宇內疇與倫？可愛哉，我國民！可愛哉，我國民！（《中華民族詩歌》，頁30-31）

又如：

〈題自書精神一到何事不成橫卷〉　　傅熊湘

我聞阿爾卑山高於天，鳥垂雙翼飛不前，壯士一呼萬軍振，漢尼拔與拿破崙兮相後先；地絕東西限南北，航繞阿非繞阿墨，蘇彝士河、巴拿馬峽一朝齊洞開，造物無功天失色。思之思之思無窮，精氣之極鬼神通，至誠不動未是有，孟王管霸斯語將毋同。豪傑能興可作聖，為志帥氣氣生性，不然六極「弱」居中，心死大哀風不競。千年士氣溯中摧，秦皇漢武罪之魁，銷兵鋤強風所被，直使生靈終古形如槁木心如灰。東漢諸公頗奮迅，清談一誤亡於晉，北宋復起繼以明東林，更自顏黃顧王以後存無塵。精神兮精神，精神兮國魂，疾則速兮行且至，一脈煖兮宙合皆為春。精神兮無死！國魂兮歸只！愚公之力可使山為移，縱然我身厥功未竟還更付之孫與子。天有日月星，惟精神之健兮運不停；地有河海嶽，匪精神之固兮奚以託？君不聞死諸葛能走生仲達，千古奇事真堪詫。適生適死何足論，精神長在無時滅，懿夫伊川道學世無雙，一言實踐可興邦。畢士馬克惕然悟，譯詞偶合言無厖。只今故國山河改，造時應有英雄

在，百丈灘頭挽急流，狂瀾既倒安能待？吁嗟乎！精神一到何事不可成，人定勝天天亦難與爭。讀吾詩者可以勃然興，聞斯言者可以終身行。(《中華民族詩歌》，頁32)

讀來，令人精神振奮。

三、宏氣度、富熱情

蕭先生認為，以漢族系為主的中華民族：

最早卜居於東亞中溫度的廣大平原之上，以農業為其主要職業，又以儒家哲學為思想主流。因為氣候溫和，所以他們的性格中庸溫厚，不走極端；因為土地遼闊，所以他們的胸襟寬大弘廓，而不褊窄；因為以農為業，努力耕耘，即有收穫，對生活具安全感，故樂天而不悲觀；安土重遷，休戚與共，對他人富人情味，故重義而不自私；經常與「大自然」合作，對生命有同情心，故熱情而不冷酷；因為以儒家思想為主流，又把所有這些天性的優點，更提昇為共同的、最高的倫理標準，成為中國人嚮往的典型——由「希賢」，而「希聖」，而「希天」。(《中華民族詩歌》，頁33)

以儒家思想為主流，過農業生活，努力耕耘；土地遼遠，胸襟寬大；安土重遷，重義不自私；嚮往典型為：希賢、希聖、希天。換言之，器度恢宏，富於熱情。

在詩人眼中，代表中國人從農業社會裏培養的溫柔敦厚氣質的，只有陶潛。而就人本主義儒家思想，表現人倫（君臣、父子、夫婦、兄弟、朋友）親親之愛，把骨肉、婚姻之愛，推廣至於鄉土、邦家，乃至於人類。像這樣的詩篇，指不勝屈，大多數作品，都涉及倫常。

蕭先生列舉這方面的詩如：

〈讀山海經〉　　晉 陶潛
孟夏草木長，遶屋樹扶疏。
眾鳥欣有託，吾亦愛吾廬。
既耕亦已種，時還讀我書。
窮巷隔深轍，頗迴故人車。
歡然酌春酒，摘我園中蔬。
微雨從東來，好風與之俱。
汎覽周王傳，流觀山海圖。
俯仰終宇宙，不樂復何如？（《中華民族詩歌》，頁37）

〈雜詩〉之一　　晉 陶潛
人生無根蒂，飄如陌上塵。
分散逐風轉，此已非常身。
落地為兄弟，何必骨肉親？
得歡當作樂，斗酒聚比鄰。
盛年不重來，一日難再晨。
及時當勉勵，歲月不待人。（《中華民族詩歌》，頁37）

〈飲酒〉之一　　晉 陶潛
結廬在人境，而無車馬喧。
問君何能爾？心遠地自偏。
採菊東籬下，悠然見南山。
山氣日夕佳，飛鳥相與還。
此中有真意，欲辨已忘言。（《中華民族詩歌》，頁38）

〈羌村〉之一　　唐 杜甫
崢嶸赤雲西，日腳下平地。
柴門鳥雀噪，歸客千里至。
妻孥怪我在，驚定還拭淚。
世亂遭飄蕩，生還偶然遂。

鄰人滿牆頭，感嘆亦歔欷。
夜闌更秉燭，相對如夢寐。(《中華民族詩歌》，頁38)

〈示長安君〉荊公之妹　　宋　王安石
少年離別意非輕，老去相逢亦愴情。
草草杯盤供笑語，昏昏燈火話平生。
自憐湖海三年隔，又作塵沙萬里行。
欲問後期何日是？寄書應見雁南征。(《中華民族詩歌》，頁39)

〈悼亡〉　　明　薄少君
英難七尺豈煙消？骨作山陵氣作潮。
不朽君心一寸鐵，何年出世翦天驕？
男兒結局賤浮名，回首空嗟一未成。
遺得八旬垂白父，淚枯老眼欲無聲。
碧落黃泉兩未知，他生寧有晤言期？
情深欲化山頭石，卻盡還愁石爛時。
兒幼應知未識予，予從汝父莫躊躇。
今生汝父無由見，好向他年讀父書。(《中華民族詩歌》，頁39)

〈病中贈內〉　　清　袁枚
宛轉牛衣臥未成，老來調攝費經營。
千金儘買群花笑，一病纔微結髮情。
碧樹無風銀燭穩，秋江有雨竹樓清。
憐卿每問平安訊，不等雞鳴第二聲。(《中華民族詩歌》，頁38-39)

以上詩篇，可以代表宏氣度、富熱情的詩作。

四、崇俠義、勵志節

蕭先生認為「崇俠義」的意思：

「俠」和「義」是一體，「見義勇為」就是「俠」。一個人到了義憤填膺的時候，也會忘記自己是農夫或是書生，一樣會挺身而起的。像臺灣的丘逢甲，不也是光緒進士，一位道道地地的書生嗎？但當臺灣被割讓給日本之後，這位書生也起而組織義軍去抗日了。他的〈離臺〉詩說：「我不神仙聊劍俠，仇頭斬盡再昇天。」因為激於民族大義，也就不顧一切，由仙而俠，要「斬盡仇頭」再說。（《中華民族詩歌》，頁 45）

又說：

「快恩仇」，是俠客的美德之一，但是，仇有公私，勇有大小。私人間的恩怨，是微不足道的，任俠之士，應該有寬宏的器量。丘逢甲之所謂「仇」，才是大仇，是國家民族的仇恨，才值得攘袂而起。他用的別署叫「倉海君」，見於《史記‧留侯世家》。張良為了要報韓國之仇，求刺客去刺秦王，才去「東見倉海君，得力士為鐵椎重百二十斤，秦皇帝東游，良與客狙擊秦皇帝博浪沙中」。可見丘逢甲以劍俠自命，為的要復國仇，這才夠得上一個真正的「俠」字。（《中華民族詩歌》，頁 46）

蕭先生認為，俠義的另一美德是：

俠義的另一美德是「輕生死、重然諾」，也就是太史公所謂「已諾必成，不愛其軀，赴士之阨困」。程嬰和公孫杵臼為了救趙氏孤兒，在《史記》裏有幾句對話：「杵臼謂嬰曰：『立孤與死孰難？』嬰曰：『死易，立孤難耳。』杵臼曰：『吾為其易者。』」結果杵臼為這件事犧牲自己去頂死，而程嬰則撫養孤兒，立為趙氏後，卒復父仇（詳《史記‧趙世家》）。大丈夫一諾千金，

把生死置之度外，這是何等義氣！無怪顧炎武的〈義士行〉說「程嬰公孫杵臼無其倫」了。(《中華民族詩歌》，頁47)

又：

談到「重然諾」，普通人也能做到幾成，問題還在承擔事件的大小，與堅持信諾的久暫。如諸葛亮從隆中對策時，「由是感激，遂許先帝以驅馳」，到白帝託孤，答應劉備「竭股肱之力，效忠貞之節，繼之以死」，是何等大事，多麼長的時間！而諸葛亮「已諾必誠，不愛其軀」，做到了「鞠躬盡瘁，死而後已」，這不是真正的俠義嗎？杜甫詩有關諸葛亮的很多，如〈蜀相〉，就提到「三顧頻煩」與「兩朝開濟」，為了實踐信諾，不知費盡多少苦心。所以他在另一首〈詠懷古跡〉中，說他「大名垂宇宙」，不是偶然得來的。諸葛亮的佐劉興漢，和程嬰公孫杵臼之救孤存趙，只有事件之大小不同，而其為俠義則一。(《中華民族詩歌》，頁47-48)

輕生死、重然諾，便是俠義的精神。

蕭先生舉了一些詩例，如：

〈詠史〉　　魏 阮瑀
燕丹養勇士，荊軻為上賓。
圖擢盡匕首，長驅入西秦。
素車駕白馬，相送易水津。
漸離擊筑歌，悲聲感路人。
舉坐同咨嗟，歎氣若青雲。(《中華民族詩歌》，頁51)

〈詠史〉之六　　晉 左思
荊軻飲燕市，酒酣氣益振。
哀歌和漸離，謂若旁無人。

雖無甲士節，與世亦殊倫。
高眄邈四海，豪又何足陳。
貴者雖自貴，視之若埃塵。
賤者雖自賤，重之若千鈞。(《中華民族詩歌》，頁51)

〈詠荊軻〉　　晉 陶潛
燕丹善養士，志在報強嬴。
招集百夫良，歲暮得荊卿。
君子死知己，提劍出燕京。
素驥鳴廣陌，慷慨送我行。
雄髮指危冠，猛氣衝長纓。
飲餞易水上，四座列群英。
漸離擊悲筑，宋意唱高聲。
蕭蕭哀風逝，淡淡寒波生。
商音更流涕，羽奏壯士驚。
心知去不歸，且有後世名。
登車何時顧，飛蓋入秦庭。
凌厲越萬里，逶迤過千城。
圖窮事自至，豪主正征營。
惜哉劍術疏，奇功遂不成。
其人雖已沒，千載有餘情。(《中華民族詩歌》，頁51-52)

〈蜀相〉　　唐 杜甫
丞相祠堂何處尋？錦官城外柏森森。
映階碧草自春色，隔葉黃鸝空好音。
三顧頻煩天下計，兩朝開濟老臣心。
出師未捷身先死，長使英雄淚滿襟。(《中華民族詩歌》，頁53)

〈詠懷古跡〉之一　　　唐 杜甫
諸葛大名垂宇宙，宗臣遺像肅清高。
三分割據紆籌策，萬古雲霄一羽毛。
伯仲之間見伊呂，指揮若定失蕭曹。
運移漢祚終難復，志決身殲軍務勞。(《中華民族詩歌》，頁53)

〈經下邳圯橋懷張子房〉　　　唐 李白
子房未虎嘯，破產不為家。
倉海得壯士，椎秦博浪沙。
報韓雖不成，天地皆震動。
潛匿游下邳，豈曰非智勇。
我來圯橋上，懷古欽英風。
唯見碧流水，曾無黃石公。
嘆息此人去，蕭條淮泗空！(《中華民族詩歌》，頁52)

〈易水行〉　　　明 李東陽
田光刎頸如拔毛，於期血射秦雲高。
道旁洒淚沾白袍，易水日落風悲號。
督亢圖窮見寶刀，秦皇繞殿呼且逃，
力脫虎口爭秋毫。荊卿倚柱笑不眺，
身就斧鑕甘腴膏。報答有客氣益豪，
十日大索徒為勞，荊卿荊卿嗟爾曹！(《中華民族詩歌》，頁52)

〈離臺〉　　　清 丘逢甲
英雄退步即神仙，火氣消除道德篇。
我不神仙聊劍俠，仇頭斬盡再昇天。(《中華民族詩歌》，頁52)

〈詠鷹〉　　黃興

獨立雄無敵，長空萬里風。
可憐此豪傑，豈肯困樊籠？
一去渡滄海，高揚摩蒼穹。
秋深霜氣肅，木落萬山空。（《中華民族詩歌》，頁54）

以上等等皆是此類作品。

五、愛和平、尚武德

蕭先生認為中華民族是愛好和平的，所以：

> 中國老百姓所祈求的，是外無敵國侵略，內無寇盜橫行，上無暴君虐待，大家能過著太太平平的日子而已。決沒有放著好日子不過，偏要去窮兵黷武的。過去歷史上發生戰爭，準是這三個條件出了問題：外族入侵，就得為抵禦外侮而戰；國內不寧，就得為討平內亂而戰；要是遇著暴君昏主，苛政虐民，實在弄得民不聊生了，就得為革命而戰。這些戰爭，說穿了，都是事出無奈，萬不的已的。一旦亂平事定，大家又忙著偃武修文，過太平日子去了。（《中華民族詩歌》，頁57）

萬一有了不可避免的戰爭，為了和平，中國人願意付出代價。蕭先生說：

> 在古代中國的外患，常來自北方，那種騷擾簡直簡直是無窮止的。但是原則上中國總是採取懷柔政策，不願訴之武力，如杜甫所云：「……自古以為患，詩人厭薄伐。修德使其來，羈縻固不絕……」（〈留花門〉—詩長不錄）有好些時期，為了謀取邊疆的安定，避免人民的犧牲，甚至不惜以大量金錢去「買」取和平。不過如果他們貪得無饜，兇殘過度，如元稹所描寫的：「少壯為俘頭被髡，老翁留居足多刖，烏鳶滿野屍狼藉，樓榭成灰牆突兀……」（〈縛戎人〉—詩長不錄），就不能不起

而自衛了。至於內亂，原則上也是採取綏靖政策，但如果足以釀成巨變，危害朝廷，如韋莊所描寫的：「內府燒成錦繡灰，天街踏盡公卿骨……」（〈秦婦吟〉─詩長不錄），如杜甫所描寫的：「……箭入昭陽殿，笳吹細柳營……毀廟天飛雨，焚宮火徹明……」（〈奉送郭中丞〉─詩長不錄），就不能不加以討伐了。清兵入關，虐待漢族，如揚州十日，嘉定三屠，當時屈於暴力，反抗不成；後來倒也太平了一段時期，大體上還能忍受；到清末朝政不綱，國勢益危，在加上列強侵略，割地賠款，有識之士，以深感亡國之禍，迫在眉睫。如黃遵憲的〈流球歌〉、〈越南篇〉、〈臺灣行〉、〈朝鮮歎〉（諸詩過長不錄）……等，沈痛之音，溢於言表。如于右任在清末所作的〈雜感〉詩，就不能不大聲疾呼，主張起而革命了。（《中華民族詩歌》，頁58）

犧牲到最後關頭，忍無可忍，只好起而革命了。

中華兒女雖愛和平，但也不是弱者，是「健兒」，是「壯士」。崇高武德，是維持和平的保障。

蕭先生舉的詩例包括：

〈幽州胡馬客歌〉　　唐 李白
幽州胡馬客，綠眼虎皮冠。
笑拂兩隻箭，萬人不可干。
彎弓若轉月，白雁落雲端。
雙雙掉鞭行，遊獵巷樓蘭。
出門不顧後，報國死何難。
天驕五單于，狼戾好兇殘。
牛馬散北海，割鮮若虎餐。
雖居燕支山，不道訴風寒。
婦女馬上笑，顏如頹玉盤。

翻飛射鳥獸，花月醉雕鞍。
旄頭四光芒，爭戰若蜂攢。
白刃灑赤血，流沙為之丹。
名將古誰是？疲冰良可歎！
何時天狼滅，父子得安閒？（《中華民族詩歌》，頁60）

又：

〈洗兵馬〉　　唐　杜甫
中原諸將收山東，捷書夜報清晝同。
河廣傳聞一葦過，胡危命在破竹中。
祇殘鄴城不日得，獨任朔方無限功。
京師皆騎汗血馬，回紇餧肉蒲萄宮。
已喜皇威清海岱，常思仙仗過崆峒。
三年笛裏關山月，萬國兵前草木風。
成王功大心轉小，郭相謀深古來少。
司徒清鑒懸明鏡，尚書氣與秋天杳。
二三豪俊為時出，整頓乾坤濟時了。
東走無復憶鱸魚，南飛覺有安巢鳥。
青春復隨冠冕入，紫禁正耐烟花繞。
鶴駕通宵鳳輦備，雞鳴問寢龍樓曉。
攀龍附鳳勢莫當，天下盡化為侯王。
汝等豈知蒙帝力，時來不得誇身強。
關中既留蕭丞相，幕下復用張子房。
張公一生江海客，身長九尺鬚眉蒼。
徵起適遇風雲會，扶顛始知籌策良。
青袍白馬更何有？後漢今周喜再昌。
寸地尺天皆入貢，奇祥異端爭來送。
不知何國致白環，復道諸山得銀甕。
隱士休歌紫芝曲，詞人解撰河清頌。

田家望望惜雨乾，布穀處處催春種。
淇上健兒歸莫嬾，城南思婦愁多夢。
安得壯士挽天河，淨洗甲兵長不用。(《中華民族詩歌》，頁 60-61）

又：

〈登金陵雨花臺望大江〉　　明 高啟
大江來從萬山中，山勢盡與江流東。
鍾山如龍獨西上，欲破巨浪乘長風。
江山相雄不相讓，行勝爭誇天下壯。
秦皇空此瘞黃金，佳氣葱葱至今王。
我懷鬱塞何由開。酒酣走上城南臺。
坐覺蒼茫萬古意，遠自荒烟落日之中來。
石頭城下濤聲怒，武騎千羣誰敢渡？
黃旗入洛竟何祥；鐵鎖橫江未為固。
前三國，後六朝，草生宮闕何蕭蕭！
英雄時來務割據，幾度戰血流寒潮。
我今幸逢聖人起南國，禍亂初平事休息。
從今四海永為家，不用長江限南北。(《中華民族詩歌》，頁 61）

又：

〈雜感之一〉　　于右任
偉哉說湯武，革命協天人。
夷齊兩餓鬼，名理認不真。
祗怨干戈起，不思塗炭臻。
心中有商紂，目中無商民。
扣馬復絮絮，非孝亦非仁。
縱云暴易暴，厥暴實不倫。

仗義討民賊，何憤爾力伸。
吁嗟莽男子，命盡歌無因。
耗矣首陽草，頑山慘不春。（《中華民族詩歌》，頁 61-62）

等等皆是。

而歌詠「健兒」從軍詩篇如：

〈軍城早秋〉　　唐 嚴武
昨夜秋風入漢關，朔雲邊月滿西山。
更催飛將追驕虜，莫遣沙場匹馬還。（《中華民族詩歌》，頁 64）

又：

〈夾馬營〉　　清 查慎行
櫪馬驚嘶嘶不止，紅光夜半熊熊起。
男兒墜地稱英雄，檢校回朝作天子。
陳橋草草被冕旒，版籍不登十六州。
卻將玉斧畫大渡，肯遣金戈踰白溝？
隔河便是遼家地，鄉社枌榆委邊鄙。
當時已少廓清功，莫怪屢孱主和議。
君不見蛇分鹿死鬭西京，豐沛歸來燕代平。
至今芒碭連雲氣，不似蕭蕭夾馬營。（《中華民族詩歌》，頁 64）

又：

〈從軍行〉　　明 王世貞
碟馬吹塵紫極昏，洗刀飛血九河渾。
長城直拓三千里，表取陰山作北門。（《中華民族詩歌》，頁 64）

等是。

六、恥屈辱、同敵愾

蕭先生認為一個人應有第一是道德價值，即對於事理，應該有是非、善惡、邪正之辨，如果「是」、「善」、「正」，就應該堅持；如果是「非」、「惡」、「邪」，就應該反對。第二是人格價值，應要求自己人格的完整。(《中華民族詩歌》，頁65)

苟全偷活，固然可恥，不過孔子說：「邦有道，貧且賤焉，恥也；邦無道，富且貴焉，恥也。」貧賤未必可恥，可恥的在於人格的不完善。而最大的恥辱，是國家的恥辱，同胞們以為同敵愾的。蕭先生說：最大的恥辱，還是國家的恥辱，如前引謝靈運詩：「韓王子房奮，秦帝魯連恥。」魯仲連其人偉大之處，就是把已六國之眾而奉秦為帝，引為奇恥。他說：「彼即肆然稱帝，連有蹈東海而死耳！」假如魯仲連是羅素的話，他會說：「秦王做不做皇帝，與我魯仲連有什麼相干？要我蹈東海而死，我才不幹呢！」試想，這兩人人格的差距有多遠！明朝林章的〈少年行〉說：「但言割地與和親，不愁戰死愁羞死。」意思是說，國家有了恥辱，大丈夫怕的不是戰死，怕只怕「醜死了」。唐人王貞白的〈出塞曲〉說：「燕然山上字，男子見應羞。」意思是說東漢的竇憲擊破匈奴，出塞三千里，令班固作銘辭刻於燕然山，是何等光耀！現在卻是「匈奴不繫頸，漢將但封侯。」即使封了侯，如果看見班固的銘辭，只要是男子漢，也應該慚愧。(《中華民族詩歌》，頁65-66)

蕭先生進一步的說，國家的恥辱，何只是「男子」，有志氣的女子一樣引以為恥。如鑑湖女俠秋瑾便說「破碎河山如國羞」。不過最早從是革命事業的，要算是秋瑾。秋瑾之前如宋朝梁紅玉、明朝秦良玉，也都是傑出女性。

蕭先生又說：

愛國，不只是男人的事，也是女人的事；也不只是武人的事，也是文人的事。拿著槍桿去捍衛國家，是愛國；運用才智去建

設國家,也是愛國。但也有不少的人,以為「百無一用是書生」,總覺得惟有從軍才有大丈夫的氣概,如楊炯的〈從軍行〉就坦白的地說:「寧為百夫長,勝作一書生。」這種看法,倒不一定是絕對正確,因為文人有文人的貢獻,不能一律比較。但是到了國家危急的時候,武人的表現更直接而具體,所以下竇的〈白志詩〉才以為坐在教室哩,不如走向戰場上,大歎其「俯仰辟雍中,胡能救世艱?」(《中華民族詩歌》,頁 67)

可見,不論男女,武人文人,愛國是大家一致的心。年輕的有投筆請纓的故事,年紀大的也有所謂「烈士暮年,壯心未已」。可知,無論男女、老幼、文武、知識分子、非知識份子,愛國、報國的心相同的,最可恥的,如顧炎武說的「士大夫之無恥,是為國恥」。

蕭先生在這方面舉的詩例如:

〈出塞曲〉　　唐　王貞白
歲歲但防虜,西征早晚休。
匈奴不繫頸,漢將但封侯。
夕照低烽火,寒笳咽戍樓。
燕然山上字,男子見應羞。(《中華民族詩歌》,頁 69)

又:

〈醉中感懷〉　　宋　陸游
早歲君王記姓名,只今憔悴客邊城。
青山猶是鶻行舊,白髮新從劍外生。
古戍旌旗秋慘淡,高城刁斗夜分明。
壯心未許全銷盡,醉聽檀槽出塞聲。(《中華民族詩歌》,頁 73)

又:

〈示兒〉　　宋 陸游
死去元知萬事空，但悲不見九州同。
王師北定中原日，家祭毋忘告乃翁。（《中華民族詩歌》，頁74）

又：

〈詠秦娘玉〉　　明 思宗
學就西川八陣圖，鴛鴦袖裏握兵符。
由來巾幗小心受，何必將軍是丈夫。
蜀錦征袍手製成，桃花馬上請長纓。
世間多少奇男子，誰肯沙場萬里行。
露宿風餐誓不辭，嘔將心血代胭脂。
北來高唱勤王曲，不是昭君出塞時。
憑將箕帚靖皇都，一派歡聲動地呼。
試看他年麟閣上，丹青先畫美人圖。（《中華民族詩歌》，頁70）

又：

〈羅山兩男子行〉　　清 陳肇興
兩男子者，嘉義米戶林炳心、竹頭角莊民許益也。從林總戎領義民守斗六，營破，俱不屈死。沙連人談其事甚焉，為作此行以表之。
黑雲壓營鼓聲死，軍中躍出兩男子。
誓掃黃巾不顧身，椎牛大饗千義民。
鞬中尖刀腰間箭，裂眥決戰飛黃塵。
可憐糧盡援復斷，裏瘡一呼死傷半。
力盡關山未解圍，軍無儋石多思叛。
賊騎長驅斗六門，萬人散盡兩男存。
反手被縛見賊王，脅之使跪仍雙蹲。

一男戟手與賊語:「生不滅賊死殺汝!」
——雙眉倒豎目如炬。
一男掀髯與賊言:「男兒七尺報君恩,今日之死泰山尊!」
觀者人人都讚美,賊亦因之頌不已,謂「此等死無愧恥」。
不然斗六將帥多如雲,紛紛屈膝誰非死?
一樣沙場白骨枯,似此從容就義無倫比。
嗚呼!從容就義無倫比,一節自堪千古矣!(《中華民族詩歌》,頁75)

又:

〈黃海舟中感懷〉　　秋瑾
聞道當年鏖戰地,只今猶帶血痕流。
馳驅戎馬中原夢,破碎河山故國羞。
領海無權悲索寞,磨刀有日快恩仇。
天風吹面泠然過,十萬烟雲眼底收。(《中華民族詩歌》,頁70)

〈日人石井君索和即用原韻〉　　秋瑾
漫云女子不英雄,萬里乘風獨向東。
詩思一番海空闊,夢魂三島月玲瓏。
銅駝已陷悲回首,汗馬終慚未有功。
如許傷心宗國恨,那堪客裏度東風?(《中華民族詩歌》,頁70)

又:

〈讀放翁集〉　　梁啟超
詩界千年靡靡風,兵魂銷盡國魂空。
集中什九從軍樂,亙古男兒一放翁。

孤負胸中十萬兵，百無聊賴以詩鳴。
誰憐愛國千行淚，說到胡塵意不平。（《中華民族詩歌》，頁74）

又：

〈卻隱〉　　連橫
天下雖興亡，匹夫與有責。
墨子不黔突，仲尼不煖席；
人生社會間，當為國家役。
何堪放義務，隻身貪安逸？
吾聞古聖賢，自任為世式。
伊尹耕有莘，相湯沃明辟；
武侯隱南陽，佐漢討國賊。
上以格君心，下以布民澤。
如何為國民，沉淪在泉石？
理亂置不聞，政教亦不識。
同胞哀嗷嗷，袖手任沒溺。
旁觀實足恥，敗群失公德。
國所重在民，無民何有國？
滅種慘為奴，何地堪遯跡？
昔有首陽山，今無陶潛宅。
種柳與采薇，亦為強者斥。
君居在中原，燎原火正赫。
外力日以張，覆亡僅頃刻。
危幕燕難巢，沸釜魚必赤。
內有客地居，祖宗遭痛擊。
君仇尚未報，胡可偷旦夕？
君身非女兒，胡以甘巾幗？
為君進一言，願君志竹帛。

君觀班定遠，投筆去沙磧；
又觀陶士行，衙齋習運甓。
人生處世間，白駒急過隙。
況又炎炎中，物競參天擇。
速速棄衡門，出身立功勳。
毋為巢與由，當為禹與稷。
行義以達道，大哉剛柔克。（《中華民族詩歌》，頁 75-76）

等等皆此詩作。

七、處艱難、扶正氣

　　中國改朝換代之際，也就是統治權轉移時，讀書人、百姓對於傳統的倫理觀念，反抗邪惡的正義感，中華民族的民族意識，逐漸在心裡發酵。有苟全性命，成為順民，有揭竿而起義，有不仕二主遁入深山隱居，也有為革命而犧牲的。其中，蕭先生認為最得表彰的，是為爭民族正氣，人類正義的英雄。像文天祥戰敗被俘，而有〈正氣歌〉，表現民族正義。鄭思肖的詩說「此地暫胡馬，終身只宋民」，抱持的志節，是亡不了的。臺灣的詩人連橫〈櫟社大會示同社諸子〉詩有：「莫談櫟社終無用，佇看輪囷拔地時。」也都表現民族正氣。

　　英雄之可貴，因為他能創作時代。蕭先生說：

時代是英雄創造的，大好河山，要有英雄才能生色，元好問的〈橫波亭為清口帥賦〉詩說：「千年豪傑壯山邱。」又說：「浮雲西北是神州。」黃興〈和譚石屏〉詩說：「能爭漢土為先著，此去神州第一功。」都是鼓勵有志氣的朋友去光復舊物的。鄭成功不愧為一個創造時代的英雄，他光復臺灣，戰敗荷蘭人，為東方人吐一口氣，連橫有詩讚美他是「東方男子」。可是鄭成功的生平志業是反清復明，而對於「浮雲西北是神州」，終沒

有恢復。和他共舉大事的張煌言就有好幾首詩去激他，其中一首說：「只恐幼安肥遯老，藜牀皁帽亦徒然！」其實鄭成功未必肯像管寧一樣「肥遯老」，只是死得太早了，不然的話，也許清朝的局勢要改觀，又一次「千年豪傑壯山邱」了。（《中華民族詩歌》，頁79-80）

又說：

這些英雄志士肯勇敢犧牲，只是為了民族大義。義之所在，奮不顧身。宋末的謝枋得有兩句詩：「義高便覺生肯捨，禮重方知死甚輕。」梅堯臣的〈古意〉也說：「男兒自有守，可殺不可苟。」男兒所守者為何，只是一個「義」字，所以說「義高便覺生肯捨」。生死，是任何人都重視的，所謂「千苦艱難為一死」，人豈可輕於一死？可是人人都會死的。過去已死的人，真是恆河沙數，但活在現在的人心裏的也就寥寥可數。這寥寥可數的人，不過死得有意義而已，明末的張家玉〈軍中夜感〉詩說：「裹尸馬革英雄事，縱死終令汗竹香。」甯調元的〈從軍行〉說：「男兒得伴沙場死，不遣生還亦令名。」所以這些人身體雖然和普通人一樣死了，可是精神一直活在人間。（《中華民族詩歌》，頁81）

「天地有正氣」，所謂「義高便覺生可捨」，由於諸中表現民族正氣、正義，身體雖死，可是精神活在人世間。這就是處艱難，顯正氣。在逆境，面對邪惡，不屈不撓，把中華民族的堅毅的志節表現出來，成為至大至剛的正氣。

蕭先生舉的詩例如：

〈古意〉　　宋 梅堯臣
月缺不改光，劍折不改剛。
月缺魄易滿，劍折鑄復良。

勢力壓山岳，難屈志士腸。
男兒自有守，可殺不可苟。(《中華民族詩歌》，頁 88-89)

〈關山月〉　　宋 陸游
和戎詔下十五年，將軍不戰空臨邊。
朱門沈沈按歌舞，廄馬肥死弓斷絃。
戍樓刁斗催落月，三十從軍今白髮。
笛裏誰知壯士心，沙頭空照征人骨。
中原干戈古亦聞，豈有逆胡傳子孫？
遺民忍死望恢復，幾處今宵有淚痕。(《中華民族詩歌》，頁 85)

〈正氣歌〉　　宋 文天祥
天地有正氣，雜然賦流形：
下則為河嶽，上則為日星，
於人曰「浩然」——沛乎塞蒼冥。
皇路當清夷，含和吐明庭。
時窮節乃見，一一垂丹青：
在齊太史簡，在晉董狐筆，
在秦張良椎，在漢蘇武節；
為嚴將軍頭，為嵇侍中血，
為張睢陽齒，為顏常山舌；
或為遼東帽——清操厲冰雪；
或為出師表——鬼神泣壯烈；
或為渡江楫——慷慨吞胡羯；
或為擊賊笏——逆豎頭破裂。
是氣所磅礴，凜烈萬古存，
當其貫日月，生死安足論！
地維賴以立，天柱賴以尊；

三綱實係命，道義為之根。
嗟予遘陽九，隸也實不力，
楚囚纓其冠，傳車送窮北，
鼎鑊甘如飴，求之不可得。
陰房闃鬼火，春院閟天黑。
牛驥同一皁，雞棲鳳凰食。
一朝蒙霧露，分作溝中瘠。
如是再寒暑，百沴自辟易。
嗟哉沮洳場，為我安樂國，
豈有他繆巧，陰陽不能賊？
顧此耿耿在，仰視浮雲白。
悠悠我心憂，蒼天曷有極！
哲人日已遠，典刑（型？）在夙昔。
風簷展書讀，古道照顏色。（《中華民族詩歌》，頁91）

〈北行別友〉　　宋 謝枋得
雪中松柏愈青青，扶植綱常在此行。
天下久無龔勝潔，人間不獨伯夷清。
義高便覺生肯捨，禮重方知死甚輕。
南八男兒終不屈，皇天后土眼分明。（《中華民族詩歌》，頁88）

〈德祐二年歲旦〉之一　　宋 鄭思肖
有懷長不釋，一語一酸辛。
此地暫胡馬，終身只宋民。
讀書成底事？報國定何人？
恥見甘（干？）戈裏，荒城梅又春。（《中華民族詩歌》，頁85）

〈答〉　　宋 鄭思肖
語聲帶咽吐新詩，徹骨唧冤痛不知。

報國心惟憂漢賊，讀書人肯學胡兒？
劍攜入手霜三尺，鏡挂當胸月一規。
終久難磨天理在，匪伊談笑定時危。（《中華民族詩歌》，頁86）

〈橫波亭為青口帥賦〉　　金 元好問
孤亭突兀插飛流，氣壓元龍百尺樓。
萬里風濤接瀛海，千年豪傑壯山邱。
疏星淡月魚龍夜，老木清霜鴻雁秋。
倚劍長歌一杯酒，浮雲西北是神州。（《中華民族詩歌》，頁87）

〈軍中夜感〉　　明 張家玉
慘淡天昏與地荒，西風殘月冷沙場。
裹尸馬革英雄事，縱死終令汗竹香。（《中華民族詩歌》，頁89）

〈讀秦紀〉　　清 陳恭尹
謗聲已弭怨難除，秦法雖嚴亦甚疏。
夜半橋邊呼孺子，人間猶有未焚書。（《中華民族詩歌》，頁86）

〈櫟社大會示同社諸子〉　　連橫
寥落吾徒未有奇，孤芳獨抱一編詩。
廿年舊淚傷鋤蕙，千古高風繼採薇。
裙屐漸欣鄉國盛，文章足起劫塵衰。
莫談櫟社終無用，佇看輪囷拔地時。（《中華民族詩歌》，頁86）

〈絕命詩〉之一　　熊朝霖
夷禍紛紛愧霸才，天荒地老實堪哀。
須知世界文明價，勁是英雄血換來。(《中華民族詩歌》，頁88)

〈和譚石屏〉　　黃興
懷椎不遇粵途窮，露布飛傳蜀道通。
吳楚英雄戈指日，江湖俠氣劍如虹。
能爭漢土為先著，此去神州第一功。
愧我年來頻敗北，馬前趨拜敢稱雄？(《中華民族詩歌》，頁87)

以上等等詩篇皆能表現處艱難、扶正氣的精神。

就以上所述，包括「堅信心、一意志」，「宏器度、富熱情」，「崇俠義、勵志節」,「愛和平、尚武德」，「恥屈辱、同敵愾」，「處艱難、扶正氣」諸德目及內容說，這本書的的確確表達作者心中的理想，「為天地立心，為生民立命，為往聖繼絕學，為萬世開太平」的真正旨意。

結　語

　　由第 1 冊《生平交遊篇》知曉蕭先生生平、時代環境、交遊等，而蕭先生天生高才，大時代的動盪，造就了一代文豪。本冊《詩與詩學篇》中，就古典詩創作及古典詩學作一論述。

　　古典詩創作，就《興懷集》所錄，分成酬酢、寫景、遊覽、閑適、感懷、紀事、詠物、題畫、說理等論析。酬酢方面，不論題辭、賀壽、次韻等，謙恭有節，言之有物，非俗套塞責。寫景詩，不論登山、臨水、遊覽、閑適，詩作結構富於變化，妙用典故，使作品更為曲折、婉轉，詩意又富於儒家思想、憂國、愛國情操、思鄉之情，字裡行間，融入寫景，所謂情景相合。感懷詩，重抒情，或感時懷鄉，或表現生活趣味、夫妻和樂，或追憶往事，皆為先生生活體驗，流露真情。所謂《興懷集》，即感懷而作、至於紀事，記錄當時時事，不論兒時記憶，對日抗戰，烈女殉國，颱風過境，如重播歷史影片，一一在目。詠物詩，以詠植物為主，旁及動物、金佛等，能就物體物，或寓情、寓理，饒有趣味。題畫詩，先生為畫家，就所作畫，賦予詩意，享受自然，清心愉悅。而說理詩，〈擬寒山〉12 首，就天地造化，花開花謝，人類弱肉強食，宇宙有限？無限？天地相生相滅，黃帝造人，動物生存，種族歧異種種差別問題，提出質疑，有如屈子〈天問〉。不過文中少許論文資料，因分類關係，有重出現象，是因從不同角度分類所產生，也從不同角度論析，也許更能符合作者創作原意。

　　《孟浩然詩說》體例殊勝，如梁實秋先生指出精華在於按語，包括分析篇章結構，標示典實出處，評論字句得失等等，是一部精審、嚴謹學術著作。書中部分意見，與後來大陸學者出版有關孟浩然著作，不謀而合，然時隔 30 年矣！

　　《中華民族詩歌》，包括堅信心、一意志，宏氣度、富熱情……等

德目及詩歌內容，表達作者心中理想「為天地立心，為生民立命，為往聖繼絕學，為萬世開太平」的真正旨意。

　　完成這部《蕭繼宗先生研究》是我多年的心願。蕭先生是我民國 55 年（1966）就讀東海大學中文系、民國 60 年（1971）就讀東海中文研究所老師。蕭老師（以下稱先生）不僅從小有「神童」的稱號，教書時，說話滔滔不絕，表現他滿腹經綸，也表現他敬業認真的精神。是一位難得一見的傑出優良教師。

　　民國 85 年（1996）3 月 11 日，一場意外車禍，揮別人世，讓許多人，包括親人、友朋、他的學生以及社會上關心他的人等等，難過不已。我知道只有哀慟是沒有用的，所以從民國 90 年（2001）我第三次教授休假開始，便著手到處搜集資料，那年，也得到國科會短期研究的補助，在臺灣大學國科會人文中心待了二個月，搜集、整理資料。所以說，很感謝國科會人文中心的補助，也因此能訪問臺北正中書局與蕭先生相關人員，也到中國國民黨部尋訪相關資料。以後先撰寫《蕭繼宗先生傳》初稿，休假結束，恢復上課以後，因忙於教學和其他方面研究，所以停頓一段時間。98 年（2009）至 99 年（2010），第四次休假期間，漸次完成，包括〈蕭繼宗先生出生的環境〉、〈蕭繼宗先生的時代環境〉、〈蕭繼宗先生傳〉、〈從《興懷集》看蕭繼宗先生交遊〉、〈蕭繼宗先生古典詩的探討〉、〈蕭繼宗先生詞與詞學研究的探討〉等篇章，其他如〈蕭繼宗先生散文的探討〉、〈蕭繼宗先生其他學術著作的探討〉（如《湘鄉方言》等）、〈蕭繼宗先生的藝術研究〉等等，亦在往後的日子陸續撰寫完成。其中，曾經將《蕭繼宗先生傳》部分摘要，在民國 94 年（2005）10 月以〈從《興懷集》、《獨往集》看蕭繼宗先生生平與人格思想〉為題，發表於「緬懷與傳承──東海中文系五十年學術傳承研討會」，收入該研討會《論文集》（臺北：文津出版社，2007 年），也發表於《東海中文學報》第 18 期（臺中：東海大學中文系，2006 年）。另一篇〈蕭繼宗先生寫景詩的探討〉，曾發表於民國 99 年（2010）10 月 28 日中文系學術研討會，主要取自於第 2 冊《蕭繼宗先生研究・詩與詩學篇》。同仁包括李建崑

教授、朱岐祥教授、李金星教授及彭錦堂教授等提供寶貴意見，特此致謝。此篇也發表於《東海中文學報》第 23 期。又在民國 100 年（2011）參與東海中文系主辦中國古典詩學新境界發表〈蕭繼宗先生感懷詩的探討〉，收錄於東海大學中文系出版的《中國古典詩學新境界》論文集（臺中：東海大學中文系，2011 年）。後，也將這三篇論文收入華藝學術出版社的《古典詩文研究論稿》（臺北：華藝學術出版社，2014 年）。

我寫過多篇論文與學術著作，覺得撰寫這部《蕭繼宗先生研究》最有意義。一方面他是我的老師，開啟過我許多學問，指導我論文，還教我做人處事的道理，讓我一生受用。與老師接觸，就如與親人一般。有次，我完成《蔣心餘研究》，在〈自序〉提到老師曾經審閱指導，他向我說：「難道我們只有師生情誼？」讓我感動。是的，跟蕭老師、師母的感情，不止於一般的師生，跟自己的親人、沒有兩樣，其恩德，有如蒼天無極，所以蕭先生意外車禍逝世，讓我悲慟不已！也懷著感恩的心情，讓我決心完成《蕭繼宗先生研究》主要動力。站在蕭先生立場，服務東海大學二十年，把最寶貴、最精華時間奉獻給東海，對東海教育貢獻很大；以後，為國家、為社會奉獻更多；他不僅精通中英文，在學術方面，著作等身；在文學藝術上，精於詩書畫音樂，得到國家文藝獎；受國家肯定。能為他完成這部著作，很有意義。

完成這部著作，也要感謝蕭師母張宗毓女士生前的鼓勵，還有部分老師，如東海大學退休教授柳作梅先生，是從前蕭先生僚屬，也是他的好友，審閱部分稿件，提供寶貴意見。蕭東海，蕭先生公子，提供了蕭先生《日記》、書信等文獻資料，充實書中內容，也完成了《幹侯墨緣集》。還有蕭先生湘鄉友人李公弢嫡孫李逸凡同學提供家中珍藏蕭先生早期作品《澹夢集》（民國 35 年青島出版），也要感謝。此外，自己不斷的撰寫，也請了東海大學中文系部分同學幫忙，包括：張若瑜（已畢業）、吳宛真（今為彰師大碩士生）、洪培雅（今為中山大學中文所碩士生），以及我的研究助理黃順弘、馮鈺琳（皆為東海碩士班學生）等人的協助，

以工讀名義為這部書打字,微薄的工讀費,不足以表達內心的感激,需要特別提到的。

開始撰寫此書時,蕭師母身體尚稱硬朗,而民國 98 年(2009)師母已在美國去世,令人不勝感懷!

不管怎麼說,能將這部約百萬字的書,陸陸續續花了 13 年的時間來完成,真是「刻骨銘心」的記憶,懷著感念師恩及母校的心情,完成這部著作,相信這部著作的完成,不僅對我來說,對東海師生、對這個社會也具重大意義。展望民國 104 年(2015),正值蕭先生百年冥誕,而母校東海大學剛好創校六十周年,在心靈深處總是浮現感懷與愉悅。

最後,感謝內人負責全稿總整理,也感謝華藝學術出版社的邀約並協助出版,永銘於心。

王建生於大度山
103 年(2014)8 月

參考文獻

一、蕭繼宗先生著作及後人研究相關論文

（一）蕭繼宗先生著作（參考〈蕭先生自訂稿〉）

1. 創作
    1929　《良能集》（十五歲以前之經義）／長沙
    1944　《晚霞頌》（新體詩，譜為 Sonata）／安徽
    1946　《澹夢集》（三十歲以前之詩作）／青島
    1954　《獨往集》（散文）／臺中／元杰書局／初版
    1957　《豆棚瓜架錄》（短篇故事）／臺北
    1961　《友紅軒詞》／臺北／正中書局
    1974　《獨往集》（散文）／臺中／元杰書局／二版
    1983　《獨往集》（散文）／臺北／正中書局

2. 批評
    1953　《友紅軒詞話》／香港
    1961　《孟浩然詩說》／臺中／東海大學
    1968　《先秦文學選註》／臺北／正中書局
    1969　《孟浩然詩說》／臺北／商務印書局
    1972　《中華民族詩歌》／臺中／省政府新聞處
    1977　《花閒集》（後蜀）趙崇祚輯；蕭繼宗評點校注（另有蕭先生自存朱批本）／臺北／學生書局
    1978　《麋鹿蓮寸集》（清）汪淵集句；蕭繼宗評訂（另有蕭先生自存朱批本）／臺北／聯經出版社

3. 專著
    1957　《實用詞譜》附：實用詞韻／臺北／中華叢書委員會
    1990　實用詞譜》附：實用詞韻／臺北／國立編譯館

4. 譯著
    1970　*Chinese Village Plays*／Amsterdam
5. 語言
    1982　《湘鄉方言》（另有蕭先生自存精校本）／臺北／正中書局
6. 散篇
    1963　〈湘君湘夫人及大司命少司命四篇結構之研究〉／臺中／《東海學報》
    1964　〈孔子及其詩教〉（韓譯）／漢城／成均哲學
    1965　〈東飛鴻爪〉（游記）／臺北／《中央日報》
    1969　"Li Ho and His Poetry"／臺北／CMRASC
    1972　〈Yi Tae-hyon-A Marvel of Tzù Poetry in Korea〉／漢城／ASPAC Quarterly
    1975　〈以中國人看韓國獨立運動〉／臺北
    1977　〈高麗史樂志諸詞試校〉／漢城
7. 合集
    1990　《興懷集》（另有蕭先生自校本）／臺北／學生書局
8. 主編
    1976　《十年教訓》／臺北／中國國民黨中央委員會，黨史會
    1976　《雪恥圖強》／臺北／中央文物供應社
    1980　《邁向輝煌的世代》／臺北／正中書局
9. 未刊稿
    《半履詞》（甲稿）、《半履詞》（乙稿）、《半履詩》（乙稿）、《半履選詞》（皆手抄本，整理蕭先生書籍時發現）
    〈中華文化特質導言〉（演講稿）
    〈釋大同〉（未刊稿）
    〈中國看韓國獨立運動〉（演講稿，民國64年（1975）9月蕭先生為黨史會主任委員至韓國獨立運動史編纂委員會委員長李殷相邀約）
    〈正中書局股份有限公司職員依例退休報告〉

（二）後人研究相關論文、著作（依作者、編者姓氏筆劃次序）

王建生：〈從《興懷集》、《獨往集》看蕭繼宗先生生平與人格思想〉，《東海中文學報》第 18 期，2006 年 7 月。

王建生：〈從《興懷集》、《獨往集》看蕭繼宗先生生平與人格思想〉，收入東海大學中文系編：《緬懷與傳承：東海中文系五十年術傳承研討會論文集》，臺北：文津出版社，2007 年。

王建生：〈蕭繼宗先生寫景詩的探討〉，《東海中文學報》第 23 期，2011 年 7 月。

王建生：〈蕭繼宗先生感懷詩的探討〉，臺中：東海大學中文系，中國古典詩學新境界學術研討會論文，2011 年 11 月。

王建生：《鏤金錯采的藝術品──索引本評校補《麝塵蓮寸集》》，臺北：秀威資訊科技公司，2011 年。

王建生：《古典詩文研究論稿》（收三篇學報、學術研討會有關蕭先生論文），臺北：華藝學術出版社，2014 年。

王建生：提供蕭繼宗先生（節曾文正〈湖南文徵序〉）行書拍賣《《文訊》30：作家珍藏書畫募款拍賣會圖錄》，臺北：財團法人台灣文學發展基金會，2013 年。

徐國能：〈蕭繼宗《實用詞譜》評介──兼較舒夢蘭《白香詞譜》、龍沐勛《唐宋詞格律》在應用上之優劣得失〉，《暨大學報》第 3 卷第 2 期，1999 年 7 月。

崔右明：提供蕭繼宗先生行書（舊作〈喝火令〉）拍賣《《文訊》30：作家珍藏書畫募款拍賣會圖錄》，臺北：財團法人臺灣文學發展基金，2013 年。

陳瑞洲、謝鶯興合編：《蕭繼宗先生學行年表初稿》，收入《東海大學名人錄系列》（七），臺中：東海大學，2000 年。

鍾慧玲：〈新詞誰解裁冰雪？──蕭繼宗先生與《麝塵蓮寸集》探論〉，東海大學中文系《中文學報》第 8 期，2006 年 7 月。

鍾慧玲：〈新詞誰解裁冰雪？——蕭繼宗先生與《麝塵蓮寸集》探論〉，收入東海大學中文系編：《緬懷與傳承：東海中文系五十年術傳承研討會論文集》，臺北：文津出版社，2007年。

二、古代文獻（依作者、編者姓氏筆劃次序）

《老子道德經》，收入《四部叢刊正編本》，臺北：臺灣商務印書館，1979年。
《周易》，收入《四部叢刊正編本》，臺北：臺灣商務印書館，1979年。
《周禮》，收入《四部叢刊正編本》，臺北：臺灣商務印書館，1979年。
《爾雅》，收入《四部叢刊正編本》，臺北：臺灣商務印書館，1979年。
《監本纂圖重言重意互註點校尚書》，收入《四部叢刊正編本》，臺北：臺灣商務印書館，1979年。
《論語》、《孟子》、《大學》、《中庸》，收入書韻樓叢刊，上海：古籍出版社，2003年。
中央輿地出版社編：《全宋詞》，臺北：中央輿地出版社，1970年。
中國科學院整理：《續修四庫全書總目提要稿本》，江蘇：齊魯書社，1996年。
王士禛：《花草蒙拾》，收入唐圭璋主編《詞話叢編》，北京：中華書局，2005年。
王夫之：《薑齋詩話》，清話本，臺北：西南書局，1979年。
王安石：《臨川先生文集》，收入《四部叢刊正編本》，臺北：臺灣商務印書館，1979年。
王奕清：《歷代詞話》，收入唐圭璋主編《詞話叢編》，北京：中華書局，2005年。
王國維：《人間詞話》，收入唐圭璋主編《詞話叢編》，北京：中華書局，2005年。
王象之編：《輿地紀勝》，臺北：文海出版社，1962年。
王維：《王摩詰文集》，上海：古籍出版社，2003年。

孔穎達：《左傳注疏》，收入《四部備要本》，臺北：中華書局，1966年。

孔穎達：《左傳注疏及補正》，臺北：世界書局，1984年。

田同之：《西圃詞說》，收入唐圭璋主編：《詞話叢編》，北京：中華書局，2005年。

田況：《儒林公議》，收入《叢書集成初編》，上海：商務印書館，1937年。

司馬遷：《史記》，臺北：藝文印書館，1955年。

司馬遷：《史記》，臺北：世界書局，《新校三家注》本，1973年。

白居易：《白氏長慶集》，收入《四部叢刊正編本》，臺北：臺灣商務印書館，1979年。

江順詒輯，宗山參訂：《詞學集成》，收入唐圭璋主編：《詞話叢編》，北京：中華書局，2005年。

吳任臣：《十國春秋：一百十四卷》，周昂重校刊本，臺北：國光書局，1962年。

吳衡照：《蓮子居詞話》，收入唐圭璋主編：《詞話叢編》，北京：中華書局，2005年。

李白：《李太白文集》，收入《欽定四庫全書珍本十一集》，臺北：臺灣商務印書館，1981年。

李白：《李太白文集》，康熙繆刻本，上海：古籍出版社，2003年。

李重華：《貞一齋詩說》，收入臺靜農編：《百種詩話類編》，臺北：藝文印書館，1974年。

李時珍：《本草綱目》，哈爾濱：北方文藝出版社，2007年。

李賀：《李賀歌詩編》，收入《四部叢刊正編本》，臺北：臺灣商務印書館，1979年。

杜甫：《杜工部集》，上海：古籍出版社，2003年。

杜甫著，楊倫編輯：《杜詩鏡銓》，臺北：新興書局本，1968年。

杜甫著，錢謙益註：《杜工部集注》，臺北：新文豐出版，1979年。

杜牧：《樊川詩集・外集》，收入《四部叢刊正編本》，臺北：臺灣商務印書館，1979年

杜牧：《樊川詩集・外集》，據四部叢刊本影印，上海：古籍出版社，2005 年。

沈祥龍：《論詞隨筆》，收入唐圭璋主編：《詞話叢編》，北京：中華書局，2005 年。

沈雄：《古今詞話》，收入唐圭璋主編：《詞話叢編》，北京：中華書局，2005 年。

沈德潛：《說詩晬語》，收入臺靜農編：《百種詩話類編》，臺北：藝文印書館，1974 年。

辛文房：《唐才子傳》，臺北：廣文書局，1969 年。

周濟：《介存齋論詞雜著》，收入唐圭璋主編：《詞話叢編》，北京：中華書局，2005 年。

孟浩然：《孟浩然集》，收入《四部叢刊正編本》，臺北：臺灣商務印書館，1979。

孟浩然著，顧道洪校刊，宋劉辰翁評點：《孟浩然詩集》，臺北：國家圖書館藏本，明萬曆 4 年。

孟棨：《本事詩》，臺北：藝文印書館，1966 年。

房玄齡著，吳士鑑、劉承幹同注：《晉書》，據武英殿本影印，臺北：藝文印書館，1955 年。

姚思廉：《梁書》，臺北：藝文印書館，1955 年。

洪興祖：《楚辭補注》，臺北：漢京文化事業，1983 年。

洪興祖：《楚辭補注》，臺北：大安出版社，2007 年。

紀昀：《四庫全書總目提要》，臺北：藝文印書館，1969 年。

范曄著：《後漢書》，王先謙《補註》本，臺北：藝文印書館，1955 年。

唐圭璋修訂：《全宋詞》，北京：中華書局，1965 年。

孫武：《孫子兵法》，收入《諸子集成》本，臺北：世界書局，1972 年。

孫星衍校：《吳子》，收入《諸子集成》本，臺北：世界書局，1972 年。

徐師曾：《文體明辨序說》，與吳訥《文章辨體序說》合刊，臺北：長安出版社，1978 年。

徐師曾纂，沈芬、沈騏著：《詩體明辯》，臺北：廣文書局，1972年。
徐禎卿：《談藝錄》，臺北：藝文印書館，1971年。
殷璠：《河嶽英靈集》，收入《四部叢刊正編本》，臺北：臺灣商務印書館，1979年。
國家圖書館輯：《玄覽堂叢書》，臺北：國家圖書館，正中書局印行，1981年。
國家圖書館輯：《玄覽堂叢書》‧第1冊，《北狄順義王俺答謝表》不分卷，明隆慶間刊本；〔明〕張鏊撰：《交黎剿平事略》四卷，明嘉靖辛亥刊本。
國家圖書館輯：《玄覽堂叢書》‧第2冊，〔明〕楊一葵：《裔乘》8卷（上），明萬曆乙卯刊本。
國家圖書館輯：《玄覽堂叢書》‧第3冊，〔明〕楊一葵：《裔乘》8卷（下），明萬曆乙卯刊本；〔明〕梁天錫編：《安南來威圖冊》3卷《輯略》3卷，明隆慶辛未刊本。
國家圖書館輯：《玄覽堂叢書》‧第4冊，楊時寧編：《宣大山西三鎮圖說》3卷，明萬曆癸卯刊本。
國家圖書館輯：《玄覽堂叢書》‧第5冊，〔明〕兵部編：《九邊圖說》不分卷，明隆慶3年刊本；〔明〕馮瑗輯：《開原圖說》2卷，明萬曆間刊本。
國家圖書館輯：《玄覽堂叢書》‧第6冊，〔明〕張天復撰：《皇輿考》12卷（上），明萬曆16年姑蘇張象賢刊本。
國家圖書館輯：《玄覽堂叢書》‧第7冊，〔明〕張天復撰：《皇輿考》12卷（下），明萬曆16年姑蘇張象賢刊本；〔元〕張道宗撰：《紀古滇說原集》1卷，明嘉靖己酉刊本；〔明〕，董越撰：《朝鮮雜志》1卷，明鈔本。
國家圖書館輯：《玄覽堂叢書》‧第8冊，〔明〕吳仲撰：《通惠河志》2卷，明嘉靖戊午刊本；〔明〕梁夢龍等撰：《海運新考》3卷，明萬曆6年真定知府錢普刊本。

國家圖書館輯:《玄覽堂叢書》・第 9 冊,〔明〕序書編次:《漕船誌》8卷,朱家相增修,明嘉靖間刊本。

國家圖書館輯:《玄覽堂叢書》・第 10 冊,〔明〕林烴等撰:《福建運司志》16 卷(上),明萬曆癸丑原刊本。

國家圖書館輯:《玄覽堂叢書》・第 11 冊,〔明〕林烴等撰:《福建運司志》16 卷(下),明萬曆癸丑原刊本。

國家圖書館輯:《玄覽堂叢書》・第 12 冊,不著撰者:《諸司職掌》10卷(上),明刊本。

國家圖書館輯:《玄覽堂叢書》・第 13 冊,不著撰者:《諸司職掌》10卷(下),明刊本。

國家圖書館輯:《玄覽堂叢書》・第 14 冊,〔明〕周應賓撰:《舊京詞林志》卷,明萬曆 25 年原刊本;不著撰者:《高科考》1 卷,明鈔本。

國家圖書館輯:《玄覽堂叢書》・第 15 冊,〔明〕楊時喬撰:《皇朝馬政記》12 卷,明萬曆南京太常寺刊本。

國家圖書館輯:《玄覽堂叢書》・第 16 冊,〔明〕熊鳴岐輯:《昭代王章》6 卷(上),明師儉堂刊本。

國家圖書館輯:《玄覽堂叢書》・第 17 冊,〔明〕熊鳴岐輯:《昭代王章》6 卷(下),明師儉堂刊本。

國家圖書館輯:《玄覽堂叢書》・第 18 冊,《兵部問寧夏案》1 卷,明鈔本;《刑部問寧夏案》1 卷,明鈔本;〔明〕趙士楨撰:《神器譜》1 卷,明萬曆間精刊初印本;〔明〕趙士楨撰:《神器譜或問》1 卷,舊鈔本。

國家圖書館輯:《玄覽堂叢書》・第 19 冊,〔明〕呂毖輯著:《明朝小史》18 卷,清初刊本。

國家圖書館輯:《玄覽堂叢書》・第 20 冊,〔明〕吳毖輯著:《明朝小史》18 卷,清初刊本。

國家圖書館輯:《玄覽堂叢書》・第 21 冊,〔明〕馮夢龍撰:《甲申紀事》13 卷(上),明弘光刊本。

國家圖書館輯：《玄覽堂叢書》‧第 22 冊，〔明〕馮夢龍撰：《甲申紀事》13 卷（下），明弘光刊本。

國家圖書館輯：《玄覽堂叢書》‧第 23 冊，〔明〕茅瑞徵撰：《東夷考略》不分卷，明萬曆己卯刊本；〔明〕張鼐撰：《遼籌》2 卷附《遼茅略》1 卷，《陳謠雜詠》1 卷，明刊本。

國家圖書館輯：《玄覽堂叢書》‧第 24 冊，〔明〕顏季亨撰：《九十九籌》10 卷，明六庚申刊本與國家圖書館藏目錄不同。

袁枚：《小倉山房尺牘》，清光緒 18 年（1892），上海：圖書集成印書局。

袁枚：《隨園詩話》，清光緒 18 年（1892），上海：圖書集成印書局。

康熙御製：《詞譜》，臺北：洪氏出版社，1980 年。

《莊子》，收入《諸子集成》本，臺北：世界書局，1972 年。

張純一：《晏子春秋校注》，收入《諸子集成》本，臺北：世界書局，1972 年。

張惠言：《張惠言論詞》，收入唐圭璋主編《詞話叢編》，北京：中華書局，2005 年。

張湛注：《列子》，收入《諸子集成》本，臺北：世界書局，1972 年。

張德瀛：《詞徵》，收入唐圭璋主編：《詞話叢編》，北京：中華書局，2005 年。

清聖祖：《全唐詩》，臺南：平平出版社，1974 年再版。

章樵注：《古文苑》，臺北：鼎文書局，1973 年。

脫脫：《宋史》，臺北：藝文印書館，1955 年。

郭茂倩：《樂府詩集》，收入《四部叢刊正編本》，臺北：臺灣商務印書館，1979 年。

都穆：《南濠詩話》，收入臺靜農編：《百種詩話類編‧後編》，臺北：藝文印書館，1974 年。

陳廷焯：《詞壇叢話》，收入唐圭璋主編：《詞話叢編》，北京：中華書局，2005 年。

陳匪石：《聲執》，收入唐圭璋主編：《詞話叢編》，北京：中華書局，2005 年。

陳師道：《後山詩話》，臺北：藝文印書館，1971 年。
寒山子：《寒山子》，收入《四部叢刊正編本》，臺北：臺灣商務印書館，1979 年。
舒夢蘭：《白香詞譜》，臺北：文光圖書公司，1971 年。
馮金伯：《詞苑萃編》，收入唐圭璋主編：《詞話叢編》，北京：中華書局，2005 年。
曾國藩：《經史百家雜鈔》，臺北：世界書局，1972 年。
曾國荃等：《湖南通志》，光緒 11 年（1885）重刊本，臺北：臺灣華文書局，1967 年。
曾國荃等：《湖南通志》，臺北：京華書局，1967 年。
黃子雲：《野鴻詩的》，收入臺靜農編：《百種詩話類編‧後編》，臺北：藝文印書館，1974 年。
黃庭堅著，史容註：《山谷詩外集》，臺北：學海出版社，1979 年。
楊載：《詩法家數》，收入何文煥編：《歷代詩話》，臺北：藝文印書館，1971 年。
溫庭筠：《溫庭筠集》，收入《四部叢刊正編本》，臺北：臺灣商務印書館，1979 年。
萬樹：《詞律》，臺北：廣文書局，1971 年。
鄒祇謨：《遠志齋詞衷》，收入唐圭璋主編：《詞話叢編》，北京：中華書局，2005 年。
蒲松齡：《聊齋志異》，臺北：中國聯合書局，1960 年。
趙翼：《甌北詩鈔》，湛貽堂（江蘇常州趙翼故居著書處）本，嘉慶壬申（1812）。
趙翼：《甌北詩鈔》，湛貽堂（江蘇常州趙翼故居著書處）本，臺北：國立臺灣大學圖書館藏本，嘉慶壬申（1812）。
趙翼：《陔餘叢考》，臺北：新文豐出版公司，1975 年。
趙松谷：《王右丞集箋註》，臺北：廣文書局，1977 年。
趙爾巽：《清史稿》，臺北：中華書局，1998 年。

劉熙載：《詞概》，收入唐圭璋主編：《詞話叢編》，北京：中華書局，2005年。

鄭文焯：《白雨齋詞話》，收入唐圭璋主編：《詞話叢編》，北京：中華書局，2005年。

鄭玄注：《毛詩》，據四部備要本校刊，上海：古籍出版社，2003年。

鄭汝璧撰：《皇朝帝后紀略》1卷，明萬曆己卯（7年）漳洲知府，曹銑刊藍印本；葫蘆道人撰：《鹹鬩小史》6卷，鈔本。

蕭統：《昭明文選》，收入《四部叢刊正編本》，臺北：臺灣商務印書館，1979年。

錢熙祚校：《慎子》，收入《諸子集成》本，臺北：世界書局，1972年。

謝希聲注：《公孫龍子》，收入《諸子集成》本，臺北：世界書局，1972年。

韓愈：《昌黎先生集》，臺北：故宮博物院影印宋本，1982年蔣復總序。

嚴羽：《滄浪詩話》，收入何文煥編：《歷代詩話》，臺北：藝文印書館，1971年2月。

嚴萬里注：《商君書新校正》，收入《諸子集成》本，臺北：世界書局，1972年

顧施禎纂輯：《昭明文選六臣彙註疏解》，臺北：華正書局，1974年。

顧祖禹：《讀史方輿紀要》，臺北：中華書局，1955年。

三、近代人研究文獻

丁加勇：《湘方言動詞句式的配價研究——以隆回方言為例》，長沙：湖南師範大學出版社，2006年。

丁仲祜（福保）：《陶淵明詩箋注》，臺北：藝文印書館，1989年。

下村作次郎著，邱振瑞譯：《從文學讀臺灣》，臺北：前衛出版社，1997年。

于右任：《右任墨存》，臺北：上海大學同學會出版，1958年。

于右任：《于右任詩存全集》，嘉義：文智書局，1975年。
于故院長治喪委員會組織編輯委員會：《于右任先生紀念集》，臺北：治喪委員會，1967年。
于捷道、李捷編：《毛澤東交往錄》，北京：人民出版社，1991年。
大華晚報社編：《佘井塘先生紀念文集》，臺北：大華晚報社，1985年。
中國文化大學：《張其昀先生文集》，臺北：中國文化大學，1986年。
中國國民黨黨史會編：《中國國民黨六十五年工作紀實》，臺北：近代中國出版社，1981年。
尹雪曼：《中華民國文藝史》，臺北：正中書局，1975年。
王力：《漢語詩律學》，上海：上海教育出版發行，2002年。
王兆鵬：《詞學史料學》，北京：中華書局，2009年。
王孝廉：《水與水神》，臺北：漢忠文化事業，1987年。
王明惠等編：《現代中國》，臺北：世業文化出版社。1990年。
王建生：《趙甌北研究》，臺北：學生書局，1988年。
王建生：《增訂本鄭板橋研究》，臺北：文津出版社，1999年。
王建生：《心靈之美》，臺北：桂冠圖書公司，2000年。
王建生：《袁枚的文學批評》，桃園：聖環圖書公司，2001年。
王建生：《簡明史國詩歌史》，臺北：文津出版社，2004年。
王建生：《陶謝詩選評注》，臺北：秀威資訊，2008年。
王建生：《韓柳文選評注》，臺北：文津出版社，2008年。
王建生：《楚辭選評註》，臺北：秀威資訊，2009年。
王森然：《近代二十家評傳》，臺北：文海出版社，1973年。
王雲五：《岫廬八十自序》，臺北：商務印書館，1970年。
王壽南編：《王雲五先生哀思錄》，臺北：臺灣商務印書，1980年。
王覺源：《近代中國人物漫譚》，臺北：東大圖書公司，1991年。
北京大學中文系語言學論叢編輯部：《語言學論叢》，上海：教育出版社，1960年。
任半塘箋訂，崔令欽注：《校坊記》，臺北：洪業書局，1973年。

伍云姬：《湖南方言的動態助詞》，長沙：湖南師範大學出版社，2009年。
成惕軒先生紀念集編輯委員會：《成惕軒先生紀念集》，臺北：文史出版
　　　社，1990年。
朱仁夫：《中國古代書法史》，北京：北京大學出版社，1998年。
朱恒夫注釋、耿湘沅校閱：《新譯花間集》，臺北：三民書局，2002年。
朱浤源、張瑞德訪問、蔡說麗、潘光哲紀錄：《羅友倫先生訪問紀錄》，
　　　臺北：中央研究院，1994年。
羊基廣：《詞牌格律》，成都：巴蜀書社，2008年。
余井塘：《跛翁逸墨》，臺北：國立政治大學、國立復旦大學校友出版印
　　　行，1985年。
余傳棚：《唐宋詞流派研究》，武漢：武漢大學出版社，2004年。
佟培基：《孟浩然詩集箋注》，上海：古籍出版社，2000年第一版，2009
　　　年4月第三次印刷。
吳世昌：《詞林新話》，北京：北京出版社，2000年。
吳世昌著，吳令華編：《詩詞論叢》，北京：北京出版社，2000年。
吳質彬：《湖南省攸縣話語根探源》，臺北：自刊本，1989年。
呂芳上、夏文俊編：《羅志希先生傳記暨著述資料》，臺北：中華民國史
　　　料研究中心發行，1976年。
改琦：《玉壺山房詞選》，合肥：黃山書社，2009年。
李獻：《龍磵詩話》，臺北：商務印書館，1990年。
李榮：《婁底方言詞典》，南京：江蘇教育出版社，1998年。
李一氓校：《花間集校》，收入《宋紹興本花間集附校注》，臺北：鼎文
　　　書局，1974年。
李曰剛：《先秦文彙》，臺北：中華叢書編審委員會，1963年。
李冬紅：《花間集接受史論稿》，濟南：齊魯書社，2006年。
李冰若：《花間集評注》，收入《宋紹興本花間集附校注》，臺北：鼎文
　　　書局，1974年。
李谷城：《中共最高領導層》，香港：明報出版社，1992年。

李松林、陳太先：《蔣經國大傳》，北京：團結出版社，2002年。
阮毅成：《三句不離本杭》，臺北：正中書局，1972年。
阮毅成：《八十憶述》，臺北：聯經出版社，1984年。
杜三鑫編：《素翁詩書畫》，臺北：何創時書法藝術文教基金會，1926年。
杜正勝主編：《中國文化史》，臺北：三民書局，1995年。
肖鵬：《群體的選擇——唐宋人詞選與詞人群通論》，南京：鳳凰出版社，2009年。
周振鶴、游汝傑：《方言與中國文化》，臺北：南天書局，1990年。
周祖謨校：《方言校箋》，臺北：鼎文書局，1972年。
周婉窈：《臺灣歷史圖說》，臺北：聯經出版社，2004年。
孟暉：《花間十六聲》，北京：華聯書店，2008年。
宛敏灝：《詞學概論》，北京：中華書局，2009年。
屈守元，常思春主編：《韓愈全集校注》，成都：四川大學出版社，1996年。
屈萬里：《尚書釋義》，臺北：中國文化大學出版，1980年。
林玫儀：《詞學考詮》，臺北：聯經出版社，1987年。
林家有：《孫中山與中國近代化道路研究》，廣州：廣東教育出版社，1990年。
林義正編：《巴壺天先生追憶錄》，臺北：三民書局，1988年。
波多野太郎編：《中國方志所錄方言匯編》，橫濱：橫濱大學，1975年。
柳亞子編：《曼殊大師紀念集》，臺北：臺灣時代書局，1975年。
胡文楷編著、張宏生等增訂：《歷代婦女著作考》，上海：古籍出版社，2008年。
胡頌平編著：《胡適之先生年譜長編初稿》，臺北：聯經出版社，1984年。
唐昌晉：《擊磬集》，臺北：幼獅文化事業，1961年。
孫康宜著，李奭學譯：《晚唐迄北宋詞體演進與詞人風格》，臺北：聯經出版社，2001年。
徐復觀：《中國藝術精神》，臺中：東海大學。1966年。

祝嘉：《書學史》，北京：中國書店，1987年。

秦巘：《詞繫》，北京：北京師範大學出版社，1996年。

翁文煒：《翁文煒先生畫集》，臺北：文輝美術，1983年。

馬宗霍：《書林藻鑒》，臺北：臺灣商務印書館，1965年。

國史館編：《國史擬撰：中華民國國史稿》，臺北：國史館，1988年。

國史館編：《中華民國史地理志（初稿）》，臺北：國史館，1990年。

國立編譯館主編：《特殊兒童教育》，臺北：正中書局，1981年。

康有為：《廣藝舟雙輯》，收入祝嘉《廣藝舟雙楫疏證》，九龍：中華書局，1979年。

張之洞問、范希曾補正：《書目答問補正》，臺北：新興書局，1966年。

張心澂：《偽書通考》，臺北：宏業書局，1970年。

張以仁：《花間詞論集》，臺北：中央研究院中國文哲所，2001年。

張玉法：《中華民國史稿》，臺北：聯經出版社，1998年。

張朋園：《中國現代的區域研究——湖南省，1860–1916》，臺北：中央研究院近代史所，1983年。

張軍：《楚國神話原型研究》，臺北：文津出版社，1994年。

張筱強、劉德喜等編：《圖片中國百年史（修訂本）》，山東：畫報出版社，1994年。

梁容若：《中國文學史研究》，臺北：三民書局，1967年。

許介麟：《戰後臺灣史記》，臺北：文英堂，1996年。

連戰、連方瑀：《連震東先生紀念集》，臺北：自刊本，1989年。

陳布雷編：《蔣介石先生年表》，臺北：傳記文學雜誌社，1978年。

陳伯中先生主編：《鄭彥棻先生紀念集》，臺北：彥棻文教基金會，1991年。

陳英：《湖鄉錄》，臺南安達打字印刷，臺大圖書館藏。

陳衍：《近代詩鈔》，上海：商務印書館，1935年。

陳盈達：《戰後大陸來臺古典詩人張默君及其《瀛嶠元音》》，臺中：東海大學中國文學系博士論文，2015年。

陳慶煌導讀：《花間集》，臺北：金楓出版社，1991 年。
傅抱石：《傅抱石美術文集》，上海：古籍出版社，2003 年。
勞幹：《成廬詩稿》，臺北：正中書局，1980 年。
寒山著，李誼注：《禪家寒山詩注》，臺北：正中書局，1995 年。
惲如辛：《民國書畫家彙傳》，臺北：商務印書館，1986 年。
惲如辛：《民國書畫家彙傳》，臺北：商務印書館，2008 年。
斐普賢：《集句詩研究續集》，臺北：臺灣學生書局，1979 年。
曾寶蓀：《曾寶蓀回憶錄》，臺北：龍文出版社，1989 年。
游信利：《孟浩然集箋注》，臺北：臺灣學生書局，1979 年。
游國恩：《先秦文學史參考資料》，臺北：漢京文化事業，1983 年。
湘鄉縣志編纂委員會編：《湘鄉縣志》，長沙：湖南出版社，1993 年。
程郁綴選注：《歷代詞選》，北京：人民出版社，2004 年。
逯欽立輯：《先秦漢魏晉南北朝詩》，臺北：學海出版社，1984 年。
隋樹森：《古詩十九首集釋》，香港：中華書局，1973 年。
馮自由（懋龍）：《革命逸史》初集，臺北：商務印書館，1953 年。
黃伯度編：《許世英先生紀念集》，臺北：文海出版社，1978 年。
正中書局編：《正中書局六十年》，臺北：正中書局，1991 年。
黃節注：《阮步兵詠懷詩注》，收入《黃節注漢魏六朝詩六種》，北京：人民文學出版社，2008 年。
黃節注：《曹子建詩注》，收入《黃節注漢魏六朝詩六種》，北京：人民文學出版社，2008 年。
黃節注：《鮑參軍詩》，收入《黃節注漢魏六朝詩六種》，北京：人民文學出版社，2008 年。
黃節注：《謝康樂詩注》，收入《黃節注漢魏六朝詩六種》，北京：人民文學出版社，2008 年。
楊仁愷：《中國書畫》，臺北：南天書局，1992 年。
楊金鑫：《青年毛澤東與近代湖湘文化》，長沙：湖南師範大學出版社，1998 年。

楊亮功：《楊亮功先生叢書》，臺北：臺灣商務印書館，1988年。
楊軍箋注：《元稹集編年箋注》，西安：三秦出版社，2005年。
楊時逢：《湖南方言調查報告》，臺北：中央研究院歷史語言研究所，1974年。
葉迦瑩：《唐代名家詞選講》，北京：北京大學出版社，2007年。
葉迦瑩：《迦陵詩詞稿》，北京：中華書局，2008年。
葉石濤：《臺灣文學史綱》，高雄：春暉出版社，2007年。
翟時雨：《漢語方言學》，重慶：西南師範大學出版社，2006年。
聞汝賢：《詞牌彙釋》，臺北：龍泉街自刊本，1963年。
趙滋蕃：《生活大師》，臺北：李白出版社，1986年。
趙無眠編著：《文革大年表》，臺北：明鏡出版社，1996年。
劉延濤編：《民國于右任先生年譜》，臺北：臺灣商務印書館，1988年。
劉海石：《清人題畫詩選注》，瀋陽：遼海出版社，1998年。
劉紹唐主編：《民國人物小傳》，臺北：傳記文學出版社，1975年。
劉揚忠：《唐宋詞流派史》，北京：中國社會科學出版社，2007年。
劉瑞潞：《唐五代詞鈔小箋》，湖南：岳麓書社，1983年。
劉葆編著：《現代中國人物誌》，澳門：大地出版社，1973年。
劉壽林、王文玉等編：《民國職官年表》，北京：中華書局，1995年。
劉維開：《中國國民黨職名錄》，臺北：中國國民黨中央委員會黨史委員會，1994年。
潘富俊：《中國文學植物學》，臺北：貓頭鷹出版社，2011年。
蔡文輝：《海峽兩岸社會之比較》，臺北：東大圖書，1988年。
蔡崇名：《宋四家書法析論》，臺北：華正書局，1986年。
蔣永敬、李雲漢、許師慎編：《楊亮功先生年譜》，臺北：聯經出版社，1988年。
蔣經國：《勝利之路》，臺北：正中書局，1988年。
鄭竹園：《臺灣海峽兩岸的經濟發展》，臺北：聯經出版社，1987年。

魯瑞菁：《諷諫抒情與神話儀式：楚辭文心論》，臺北：里仁書局，2002年。
魯實先：《殷曆譜糾譑》，臺中：中央書局，1954年。
魯實先：《殷契新詮之六》，臺北：新興書局，1963年。
錢基博：《現代中國文學史》，臺北：明倫出版社，1971年。
錢穆：《國學概論》，臺北：商務印書館，1968年。
嚴建文：《詞牌釋例》，杭州：浙江文藝出版社，1984年。

四、工具書

丁福保：《佛學大辭典》，臺北：天華出版社，1987年。
王彬主編：《古代散文鑒賞辭典》，北京：農村讀物出版社，1978年。
文訊雜誌社主編：《2007臺灣作家作品目錄》，臺北：國立臺灣文學館，2008年。
中村元：《佛教大辭典》，東京：東京書籍株式會社，1991年。
李盛平主編：《中國近現代人名大辭典》，北京：中國國際廣播出版社，1989年。
李榮主編，顏清徽、劉麗華編纂：《婁底方言辭典》，南京：江蘇教育出版社，1998年。
周勛初主編：《唐詩大辭典》，南京：鳳凰出版社，2003年。
姜亮夫：《歷代名人年里碑傳總表》，臺北：商務印書館，1970年。
唐圭璋、葉迦瑩等撰：《唐宋詞鑒賞辭典》，上海：上海辭書出版社，2006年。
夏承燾、唐圭璋等：《宋詞鑒賞辭典》，上海：上海辭書出版社，2007年。
徐中舒等編：《漢語大字典》，武漢：湖北辭書出版社／成都：四川辭書出版社，1986年。
馬興榮等主編：《中國詞學大辭典》，杭州：浙江教育出版社，1996年。
高樹藩編纂：《正中形音義綜合大字典》，臺北：正中書局，1974年。
康熙御製：《詞譜》，臺北：洪氏出版社，1980年。

張秉戌、謝哲庵主編：《清詩鑒賞辭典》，重慶：重慶出版社，1992年。
陶今雁主編：《中國歷代詠物詩辭典》，南昌：江西教育出版社，2002年二版。
湘鄉同鄉會：《湘鄉同鄉會通訊錄》，臺北：湘鄉同鄉會，1986年。
萬樹：《詞律》（索引本），臺北：廣文書局，1971年。
臧勵龢等編：《中國古今地名大辭典》，臺北：商務印書館，1960年。
臺灣中華書局：《辭海》，臺北：中華書局，1969年。
劉鈞仁原著，鹽英哲編著：《中國地名大辭典》，東京：凌雲書坊，1980年。
劉鈞仁原著，鹽英哲編著：《中國歷史地名大辭典》，東京：凌雲書坊，1980年。
諸橋轍次：《大漢和辭典》，東京：大修館書店，1960年。

五、論文‧期刊

（一）《民國人物小傳》

劉紹唐主編：《民國人物小傳》，第1冊，臺北：傳記文學出版社，1975年。
劉紹唐主編：《民國人物小傳》，第2冊，臺北：傳記文學出版社，1977年。
劉紹唐主編：《民國人物小傳》，第3冊，臺北：傳記文學出版社，1980年。
劉紹唐主編：《民國人物小傳》，第4冊，臺北：傳記文學出版社，1975年。
劉紹唐主編：《民國人物小傳》，第5冊，臺北：傳記文學出版社，1975年。
劉紹唐主編：《民國人物小傳》，第6冊，臺北：傳記文學出版社，1984年。
劉紹唐主編：《民國人物小傳》，第7冊，臺北：傳記文學出版社，1985年。
劉紹唐主編：《民國人物小傳》，第8冊，臺北：傳記文學出版社，1987年。
劉紹唐主編：《民國人物小傳》，第9冊，臺北：傳記文學出版社，1987年。
劉紹唐主編：《民國人物小傳》，第10冊，臺北：傳記文學出版社，1988年。
劉紹唐主編：《民國人物小傳》，第11冊，臺北：傳記文學出版社，1989年。

劉紹唐主編：《民國人物小傳》，第 12 冊，臺北：傳記文學出版社，1991 年。

（二）期刊・論文

《文訊》雜誌社編：《中華民國作家作品目錄》，臺北：行政院文建會，1999 年。

《東海大學校刊》第 7 期，1958 年。

《東海大學校刊》第 9 期，1958 年。

《東海大學校刊》第 146 期，1974 年。

《東海文學》第 12 期，1967 年。

《東海校友通訊》第 3 卷 3 期，1973 年。

〈韓國沽讀的奇葩李奇賢〉，《中國詩刊》第 4 卷第 2 期。

中央研究院歷史語言研究所：《慶祝王世杰先生八十歲論文集》，臺北：中央研究院，1970 年。

中國唐代學會主編：《第二屆國際唐代學術會議論文集》，臺北：文津出版社，1993 年。

石砳磊：〈清代科舉制度與湘籍鼎甲錄〉，《湘南文獻》第 5 卷，1969 年。

林泉：〈鄭彥棻傳〉，收入國史館編：《國史擬傳：中華民國國史稿》第 4 輯，臺北：國史館，1988 年。

封德屏、曾肅良主編：《文訊 30——作家珍藏書畫募款拍賣會圖錄》，臺北：臺灣文學發展基金會，2013 年。

唐作藩：〈湖南洞口縣黃梅鎮方言〉，收入北京大學中文系編：《語言學論叢》，上海：上海教育出版社，1960 年。

徐國能：〈蕭繼宗《實用詞譜》評介兼較舒夢蘭《白香詞譜》，龍沐勛《唐宋詞格律》在應用上之優劣得失〉，《暨南大學報》第 2 期，1999 年。

國立臺灣大學圖書館編：《國立臺灣大學教職員著作目錄》（文學院），臺北：臺大圖書館，1980 年。

國防部史政編譯局：《黃杰上將紀念集》，臺北：國防部史政編譯局，1973 年。

張以仁：〈溫飛卿〈菩薩蠻〉詞張惠言說試疏〉，《中央研究院中國文哲研究集刊》第 2 期，1992 年 3 月。

張以仁：〈試論溫庭筠的一首〈荷葉盃詞〉，收入《第一屆詞學國際研討會論文集》，臺北：中央研究院中國文哲研究所，1994 年。

曹聖芬：《陳果夫傳》，收入國史館編：《中華民國國史稿》，臺北：國史館，1988 年。

梁實秋評：《孟浩然詩說》，收入《東海學報》第 5 卷第 1 期，1963 年。

陳應龍：〈湖南行政區制之遞嬗〉，載於《湖南文獻季刊》第 6 卷第 3 期。

萬新華：〈傅抱石的中國美術史論研究〉，收入盧輔聖編：《中國美術史研究》，上海：上海書畫出版社，2008 年。

潘光哲：〈胡春惠教授的學術道路〉，中央研究院《近代中國史研究通訊》第 34 期，2002 年。

魯實先：〈劉歆三統曆譜證舛〉，《幼獅學誌》第 2 卷第 3 期，1963 年。

蕭繼宗：〈釋名〉，《國文天地》，1985 年 6 月 1 日創刊。

蕭繼宗：〈陳立夫先生九十壽序〉，《湖南文獻》第 17 卷第 3 期，1989 年 8 月。

蕭繼宗：〈近代名賢墨蹟十一輯序〉，《湖南文獻》第 18 卷第 1 期，1990 年 1 月。

蕭繼宗著，馮以堅翻譯：〈韓國詞壇的奇葩——李奇賢〉，《中國詩季刊》第 4 卷第 2 期，1973 年。

鍾慧玲：〈新詞誰解裁冰雪——蕭繼宗先生與《麝塵蓮寸集》探論〉，《東海中文學報》第 18 期，2007 年。

盧文駿：〈關漢卿考述（上）〉，《國立政治大學學報》第 2 期，《慶祝蔣復總先生七十歲論文集》，1960 年。

六、報紙

（一）國內

〈一中全會上午通過中委會正副秘書長〉，《民族晚報》，1976 年 11 月 19 日。

〈三新任中委會副秘書長願盡最大努力克盡職責〉,《臺灣新生報》,
　　　1976 年 11 月 20 日。
〈中央委員會秘書長張寶樹連任,陳奇祿、徐晴嵐、蕭繼宗任副秘書
　　　長〉,《聯合報》,1976 年 11 月 20 日。
〈中央委員會秘書長張寶樹獲連任,陳奇祿、徐晴嵐、蕭繼宗分別出任
　　　副秘書長〉,《中國時報》,1976 年 11 月 20 日。
〈中央常會通過蕭繼宗繼任黨史會主委員〉,《中央日報》,1975 年 6 月
　　　5 日。
〈中委會秘書長由張寶樹連任,陳奇祿、徐晴嵐、蕭繼宗為副秘書長〉,
　　　《青年戰士報》,1976 年 11 月 20 日。
〈王天昌主編:《書和人》〉,《國語日報・副刊》,1991 年 11 月 16 日。
〈史會主委蕭繼宗履任〉,《新生報》,1975 年 6 月 17 日。
〈中國國民黨中央委員會副秘書長秦孝儀,中央黨史會委員會主任委員
　　　蕭繼宗,中央日報社長楚崧秋等,25 日下午結束在日本和韓
　　　國的訪問,搭機返抵臺北、中央組織工作會主任李煥在機場歡
　　　迎〉,《中國時報》,1975 年 8 月 26 日。
〈秦孝儀訪日韓返國〉,《中國時報》,1975 年 8 月 26 日。
〈秦孝儀等一行訪問日韓歸來〉,《中央日報》,1975 年 8 月 26 日。
〈秦孝儀等訪日韓歸來〉,《中央日報》,1975 年 8 月 26 日。
〈國民黨一中全會咋舉行通過 22 位中常委暨正副秘書長〉;(蕭先生為
　　　副秘書長),《臺灣新生報》第一版,1976 年 11 月 20 日。
〈國民黨三新任副秘書長咸表克盡職責做好黨務工作〉,《中國時報》
　　　1976 年 11 月 20 日。
〈新任中央黨史會主委蕭繼宗認真負責〉,《中央日報》,1975 年 6 月 6 日。
〈新任黨史會主任委員蕭繼宗譽滿杏壇〉,《中華日報》,1975 年 6 月 6 日。
〈秦孝儀李煥等應邀與會〉,《聯合報》,1975 年 8 月 16 日。
〈《蔣總統秘錄》刊載周年《產經新聞》昨酒會慶祝〉,《聯合報》,1975

年 8 月 16 日。
〈秦孝儀李煥等應邀與會〉,《中華日報》,1975 年 8 月 16 日。
〈《蔣總統秘錄》發刊週年《產經新聞》盛會慶祝〉,《中華日報》,1975 年 8 月 16 日。
〈蕭繼宗出掌黨史〉,《臺灣時報》第二版,1975 年 6 月 23 日。
〈蕭繼宗接任史會主委〉,《中央日報》,1975 年 6 月 7 日。
〈蕭繼宗揮別人世〉,《中央日報》文教第 7 版,1996 年 3 月 18 日。
〈蕭繼宗履任黨史會主委〉,《青年戰士報》,1975 年 6 月 17 日。
〈黨史會主委蕭繼宗接任〉,《聯合報》,1975 年 6 月 17 日。
〈黨史會主委蕭繼宗履任〉,《中華日報》,1975 年 6 月 17 日。
〈黨史會新主任蕭繼宗昨接任〉,《中國時報》,1975 年 6 月 17 日。
東海大學:〈蕭繼宗教授兼任教務長〉,《校刊》,1974 年 3 月 1 日。
談海珠:〈我所敬愛的蕭老師〉,《中央日報・副刊》,1975 年 7 月 3 日。

(二) 國外
〈秦孝儀、李煥、蕭繼宗、楚崧秋、諸氏歡迎會〉,《自由新聞》,第 2 版,1975 年 8 月 14 日。
〈秦副秘書長一が的本社訪問〉,《產經新聞》,1975 年 8 月 15 日。
〈國民黨の要人迎元て盛大パーティノ〉,《產經新聞》,1975 年 8 月 16 日。
〈蔣介石秘錄──連載一周年祝〉,《產經新聞》,1975 年 8 月 16 日。
〈禮運英譯未書妥貼致使洋人吹毛求疵,蕭繼宗教授闡釋男有「分」涵意所指並非工作,而是配偶伴侶──記者鍾榮吉訪問稿〉,《世界日報》,1976 年 12 月 26 日。
〈名法家蕭繼宗夫婦來泰參加法人節〉,《世界日報》,1977 年 6 月 21 日。
〈蔣主席主持一中全會一致通過新任中常委張寶樹任中央委員會秘書長陳奇祿徐晴嵐蕭繼宗任副秘書長〉,《香港時報》,1976 年 11 月 20 日。

〈國民黨十一屆，一中主會通過新任常務委員張寶樹連任秘書長三新人為副〉，《香港星島日報》，1976年11月20日。

〈中全會通過新任中常務委員張寶樹連任秘書長〉，《香港工商日報》，1976年11月20日。

〈圖為：中國國民黨第十一屆中央委員會第一次全體會議，十九日上午通過蔣主席提中央委員會秘書長，副秘書長人選，秘書長由張寶樹連任，副秘書長李奇祿，徐晴嵐，蕭繼宗〉，《香港時報》，1976年11月21日。

〈秦副秘書長一行が歸國〉，《產經新聞》，1975年8月21日。

"Independence Symposium Told--Missionories Aided Korea Fneedonn," The korea Herald 27 September, 1975, P. 6

七、其他

蕭繼宗：《蕭繼宗先生日記》（部份）（手稿）

包括民國 66、67、68、69、70、71、72、73、74、75、76、77、78、79、80 等年份，共 15 冊

八、網頁

People 人物：David Knechtges 康達維，網址：http：//hcpeople.blogspot.com/2007/12/david-knechtges.html。

中文百科在線：翁文煒，網址：http：//www.zwbk.org/zh-tw/Lemma_Show/440969.aspx。

中央研究院語言學研究所：何大安，網址：http：//www.ling.sinica.edu.tw/v3-3-1.asp-UID=2.htm

中國現代文學研究網：趙滋蕃，網址：http：//www.modernchineseliterature.net/writers/ZhaoZifan/life-b5.jsp。

丹青海藏網：《保定陸軍軍官學校第一期同學錄》入藏保定軍校紀念館，網址：http：//www.pp6.cc/neiye_zxzx.php？id=2335。

天涯社區論壇：湘潭人張齡張劍芬先生在臺灣的對聯賞析，網址：http：//bbs.tianya.cn/post-23-743813-1.shtml。

知網空間：〈江絜生與張大千的詩畫交往〉，網址：http：//www.cnki.com.cn/Article/CJFDTotal-JHWS199503013.htm。

百度百科：吳企雲，網址：http：//baike.baidu.com/view/9127308.htm。

百度百科：侯思孟，網址：http：//baike.baidu.com/view/493624.htm。

百度百科：張默君，網址：http：//baike.baidu.com/view/477464.htm。

百度百科：劉紫垣，網址：http：//baike.baidu.com/view/9024383.htm/？fromTaglist。

百度百科：劉紫垣，網址：http：//baike.baidu.com/view/9024383.htm/？fromTaglist。

林繼勳，網址：http：//bk.51player.com/view/479175.htm。

范紹先，網址：http：//www.xingzi.gov.ou/xingzi/check.asp？nid=10878&newtype=17F2F 中國星子〉愛我星子〉王柳風〉編憶紀念。

高壽恆，網址：http：//xinsheng.net/xs/articles/gb/2004/4/18/2668.htm。

國立歷史博物館：曹志漪畫展，網址：http：//www.nmh.gov.tw/zh-tw/Exhibition/Content.aspx？Para=1|22|519&unkey=21。

張一寒，網址：http：//tw.search.yahoo.com/search？p=%E5%BC%B5%E4%B8%80%E5%AF%92&fr=yfp&ei=utf-8&v=0。

傅斯年圖書館：諸先生紀念網站——屈萬里先生，網址：http：//ib.lib.ihp.sinica.edu.tw/c/rare/MWSP/03-1-1.htm。

維基百科：胡慶育，網址：http：//zh.wikipedia.org/wiki/%E8%83%A1%E5%BA%86%E8%82%B2。

維基百科：孫科，網址：http：//zh.wikipedia.org/wiki/%E5%AD%AB%E7%A7%91。

維基百科：彭醇士，網址：http：//zh.wikipedia.org/wiki/%E5%BD%AD%E9%86%87%E5%A3%AB。

維基百科：楊亮功，網址：http：//zh.wikipedia.org/wiki/%E6%A5%8A%E4%BA%AE%E5%8A%9F。

維基百科：蔣經國，網址：http：//zh.wikipedia.org/wiki/%E8%94%A3%E7%B6%93%E5%9C%8B。

維基百科：蕭子升，網址：http：//zh.wikipedia.org/wiki/%E8%90%A7%E5%AD%90%E5%8D%87。

韓泰東，網址：http：//www.google.com.tw/search？hl=zh-TW&q=%E9%9F%93%E6%B3%B0%E6%9D%B1&btnG=Gq。

國家圖書館出版品預行編目（CIP）資料

蕭繼宗先生研究：詩與詩學篇／王建生著.
-- 初版. -- 新北市：華藝學術，2015.09
　面：公分
ISBN 978-986-437-036-8（平裝）
1.蕭繼宗　2.中國文學　3.文學評論

848.6　　　　　　　　　　　　　　　　104019367

蕭繼宗先生研究：詩與詩學篇

作　　者／王建生
責任編輯／陳水福
執行編輯／鐘曉彤
美術編輯／斐類設計

發 行 人／鄭學淵
總 編 輯／范雅竹
發　　行／陳水福
出　　版／華藝學術出版社（Airiti Press Inc.）
　　　　　地　　址：234 新北市永和區成功路一段 80 號 18 樓
　　　　　電　　話：(02)2926-6006　傳真：(02)2923-5151
　　　　　服務信箱：press@airiti.com
發　　行／華藝數位股份有限公司
　　　　　戶名（郵局／銀行）：華藝數位股份有限公司
　　　　　郵政劃撥帳號：50027465
　　　　　銀行匯款帳號：045039022102（國泰世華銀行　中和分行）
法律顧問／立暘法律事務所　歐宇倫律師
ISBN ／ 978-986-437-036-8
DOI ／ 10.6140/AP.9789864370368
出版日期／ 2015 年 9 月初版
定　　價／新台幣 400 元

版權所有・翻印必究　　Printed in Taiwan
（如有缺頁或破損，請寄回本社更換，謝謝）